Maurits Tompot / Ines van Bokhoven

Das Vermächtnis des Erasmus

Historischer Roman

Aus dem Niederländischen
von Martina Merckel-Braun

BRUNNEN
VERLAG GIESSEN · BASEL

Titel der niederländischen Originalausgabe:
Het geheim van Erasmus

Deutsche Lizenzausgabe:

www.brunnen-verlag.de
Lektorat: Eva-Maria Busch
Umschlagmotiv: Portrait of Erasmus of Rotterdam (1466-1536)
(oil on canvas) by Quentin Massys or Metsys (ca. 1466-1530)
© Palazzo Barberini, Rome, Italy/The Bridgeman Art Library
Nationality; Micha Pawlitzki
Umschlaggestaltung: Ralf Simon
Satz: Die Feder GmbH, Wetzlar
Druck und Bindung: GGP Media GmbH, Pößneck
ISBN 978-3-7655-1995-6

1466

Prolog

MARGARETHA GING DURCH den langen Mittelgang der St. Janskirche. *Geeraerts* Kirche. Das Gotteshaus war menschenleer. Alle Kerzen auf den Wandleuchtern und den kupfernen Kronleuchtern brannten. Sie warfen gespenstisch flackernde gelbe Flecken auf den Fußboden und schienen ihr den Weg durch das stille, steinerne Bauwerk zu weisen. Während sie nach vorn ging, hatte sie den Eindruck, dass die Heiligen von ihren Glasfenstern aus stirnrunzelnd auf sie herabschauten. Sie legte beschützend die Hände über ihren Bauch, denn sie hatte Angst, die strengen Gesichter würden das ungeborene Kind schon jetzt verfluchen, weil sie gesündigt hatte. Weil sie *beide* gesündigt hatten – sie *und er*.

Sie ging zum Altar der heiligen Gertrud, der Jungfrau, die lieber ins Kloster gegangen war, als einen Edelmann zu heiraten, und entzündete zwei Kerzen. Dann blickte sie hoch zu dem Fenster über dem Altar, wo eine Taufszene dargestellt war. Auf der linken Seite des Bildes sah sie einen jungen Edelmann, fast noch ein Kind, mit einem Salbengefäß in der einen und einer Kanne in der anderen Hand. An seinem Gürtel hing ein großes, bedrohlich wirkendes Schwert. An der anderen Seite des Taufbeckens stand eine Frau mit einer Schwesternhaube, die einen Säugling über das Wasser hielt. Neben ihr ein

Mann, der respektvoll seine Mütze abgenommen hatte, und ihm gegenüber eine junge Frau, die den Säugling liebevoll ansah. Auch Margaretha schaute ihn an; sie mochte ihren Blick gar nicht von dem molligen kleinen Kind lösen, das seine Händchen nach dem gläsernen Weihwasser ausstreckte.

Plötzlich erloschen alle Kerzen in der Kirche, eine nach der anderen. Schatten und Dunkelheit rollten wie eine schwarze Welle auf sie zu. Nur die Kerzen, die sie soeben angezündet hatte, brannten noch und umgaben sie mit einem schützenden Lichtkreis. Im selben Moment wurden die Figuren auf dem Glasbild lebendig: Der junge Edelmann deutete auf das Wasser im Taufbecken, dann auf die Frau mit dem Säugling. Die Frau nickte zustimmend, beugte sich vor und ließ das Kind beinah achtlos in das Weihwasser gleiten. Margaretha streckte die Arme aus, ein stummer Angstschrei löste sich von ihrem Mund. Sie hörte das Kind weinen und weinte mit ihm, während es ihr sein Gesicht zuwandte, bevor es langsam unter der Wasseroberfläche verschwand. Erschrocken schlug sie die Hände vor die Augen, sie wollte es nicht mehr sehen. Denn das Gesicht, das der Säugling ihr zugewandt hatte, war *Geeraerts* Gesicht gewesen …

Sie hörte ein kratzendes Geräusch und nahm die Hände von ihren Augen. Das Bild auf dem Glas hatte sich nun völlig verändert. Sie sah einen Mann hinter einem Schreibpult. Seine Feder fuhr kratzend über das Papier, und zu ihrem Entsetzen sah sie, wie Blut aus dem Tintenfass quoll, das auf der Kante des schrägen Pultes stand. Zuerst tropfte es nur über den Rand des schmalen, hohen Fässchens, aber bald wurde ein Bächlein daraus, dann zwei, und schließlich floss die dicke, rote Masse über die Rückseite des Schreibpultes hinweg, bis auf dem Boden zu Füßen des schreibenden Mannes eine große Pfütze entstand. Er schien das nicht zu merken und schrieb eifrig weiter, wobei er seine Feder immer wieder in das blutige Fass tauchte.

Als der Strom endlich versiegte, wehte eine schwarze Vogelfeder aus dem Tintenfass heraus. Sie verwandelte sich allmählich in eine Wolke, die die Form eines Schwertes hatte – des Schwertes, das der junge Edelmann in der Hand hielt und das sich nun auf Margarethas geschwollenen Bauch richtete. Ihr schauriger Schmerzensschrei hallte durch die düstere Kirche und versetzte die Heiligen auf den Glasbildern in Erstaunen.

Als sie erwachte, war der Schmerz immer noch da. Sie spürte, dass die Bettlaken an ihren Beinen durchnässt waren, und betete in panischem Schrecken: »O Gott, nicht hier, nicht jetzt …«

»Margaretha?«

Ihre Schwester Elisabeth, die neben ihr schlief, fuhr erschrocken hoch. Auch sie bemerkte, wie nass das Bett war.

»Greteke! Deine Fruchtblase ist geplatzt!«

Margaretha schloss die Augen wieder und wartete, bis die Schmerzwelle abgeebbt war. Aber sie war furchtbar beunruhigt: Was hier geschah, war ganz und gar verkehrt. Dieses Kind kam in jeder Hinsicht zu früh.

In ein paar Tagen hatte sie mit ihrer Schwester nach Rotterdam reisen wollen, um dort bei ihrer Mutter in aller Ruhe ihr zweites Kind zu gebären; es hätte frühestens in einem Monat zur Welt kommen dürfen. Sie hatte schon viel früher abreisen wollen, aber der kleine Pieter war krank geworden, und so war die Reise verschoben worden. Hier in Gouda wollte sie ihr Kind nicht zur Welt bringen – nicht bei all den Gerüchten, die in der Stadt kursierten.

Ihre Schwester stand auf. Sie stocherte in der Glut im Herd, um das Feuer wieder anzufachen, und zündete ein paar Öllampen an. Dann begann sie sich anzuziehen.

»Ich hole die Hebamme«, sagte sie. Ihr unruhiger Blick glitt vom Bett zum Fenster, gegen das der Ostwind den eisigen Herbstregen peitschte. »Bin gleich wieder da.«

»Nein!«, rief Margaretha. »Hol Geeraert!« Sie biss die Lippen aufeinander, weil sie von einer neuen Schmerzwelle ergriffen wurde, und sah ihre Schwester verzweifelt an. »Sag ihm Bescheid, bitte …«

Elisabeth setzte sich auf die Bettkante und strich ihrer Schwester die Locken aus der verschwitzten Stirn.

»Ich muss *zuerst* die Hebamme holen, Liebes«, sagte sie beschwichtigend. »Aber sobald ich sie zu dir geschickt habe, gehe ich sofort zum Priesterhaus, das verspreche ich.«

Margaretha nickte. Aber als Elisabeth aufstehen wollte, hielt sie sie noch einen Moment am Rock fest und sagte mit zusammengebissenen Zähnen: »Vergiss nicht, dass sie dort denken, dass ich seine Schwester bin … Vergiss das nicht, Liesken!«

Elisabeth hüllte sich in ihren Mantel und lächelte. »Das weiß ich doch, Greteke.«

Dann eilte sie hinaus.

Erster Teil

1552

1

Walram blies in seine klammen Hände und zog sich den Mantel enger um die Schultern. Hier oben auf dem Turm pfiff ein starker, eiskalter Wind. Gert, seinem jüngeren Gefährten, schien das wenig auszumachen: Trotz des heftigen Windes blickte er ganz ruhig über die Mauer der Galerie nach unten. Am Fuß des Glockenturmes streckte sich zu einer Seite die Stadt Gouda aus – ein friedliches Panorama von kleinen Häuser und roten Dächern, die dann und wann im Mondlicht sichtbar wurden, das durch die vorbeijagenden Wolken brach. Auf der anderen Seite lag das lange Schiff der St. Janskirche.

»Mir fallen bald die Hände ab«, beschwerte sich Walram. »Dieser elende Ostwind!«

Gert lachte. »Du wirst alt, Walram!«

»Pah!«, sagte der ältere Wächter spöttisch. »Wie meine selige Großmutter zu sagen pflegte: ›Das will ich hoffen!‹« Er schlug seinen Mantelkragen noch höher und nieste.

»Immer noch erkältet?«, fragte Gert mitfühlend.

Walram nickte. »Und dieser eisige Wind hilft auch nicht gerade«, meinte er. Er schnäuzte sich geräuschvoll die Nase, aber sein Trompeten wurde plötzlich durch ein lautes Grollen übertönt. Walram blickte von dem bunten Taschentuch auf.

»Was war das?«, fragte er Gert. Der junge Wächter schaute in den Himmel.

»Es klang wie ein Gewitter«, sagte er. »Aber das scheint mir …«

Er unterbrach seinen Satz, als im Osten ein heller Blitzstrahl über den Himmel fuhr, dem gleich darauf ein Knall folgte.

»Es zieht verdammt schnell hier herüber«, sagte Gert. Er starrte unablässig in den östlichen Himmel. Walram stand schon an der Turmtür, bereit, die Notglocke zu läuten. Ein weiterer Blitz, gefolgt von einem ohrenbetäubenden Donnerschlag, ließ die beiden vor Schreck aufspringen. Der Sturm wurde stärker, und plötzlich begann es heftig zu hageln.

»Was ist das für ein elendes Wetter!«, schrie Gert seinem Gefährten zu, während er zur Tür eilte, die Hände schützend über den Kopf gelegt. Ein neuer Donnerschlag ließ ihn erschrocken zusammenfahren. Das Gewitter schien nun direkt über der Stadt zu hängen.

Walram war schon im Turm auf dem Weg zur Notglocke, die ein halbes Stockwerk tiefer lag. Gert folgte ihm auf den Fersen. Draußen folgten die Donnerschläge immer schneller aufeinander; dann hörten sie direkt über sich eine Explosion. Sie spürten, wie der Turm unter ihren Füßen schwankte, und rochen beide den starken Brandgeruch, der heruntergeweht kam. Walram blickte nach oben und stieß einen heiseren Schrei aus. Ein dicker Balken stürzte direkt auf sie herab. Splitter staken aus dem abgebrochenen Ende. Während Walram sich instinktiv bückte und abwehrend die Arme über seinen Kopf hielt, war ihm bewusst, dass ein Blitz in den Turm eingeschlagen hatte. Und selbst in der Sekunde, die ihm noch blieb, dachte er an die Stadt und ihre Bürger.

Wenn das nur kein Brand wird …

Im nächsten Moment wurden Gert und er unter dem Balken zerquetscht, dessen rasender Fall kurz darauf von den Seitenwänden des Turmes gebremst wurde, zwischen denen er stecken blieb. Die Wächter waren auf der Stelle tot.

Ganz Gouda hatte den Einschlag gehört und gespürt. Dirck Crabeth, der Glasmaler, hatte ihn sogar beobachtet. Er hatte das Unwetter heranziehen hören und besorgt aus dem Fenster seines Ateliers geschaut. Der Raum lag höher als die Werkstatt und bot einen weiten Ausblick über die Dächer der Stadt. Der Turm der St. Janskirche überragte alles, und so hatte Dirck deutlich gesehen, wie der Blitz in die Turmspitze einschlug und es sofort zu brennen begann. Er zögerte keinen Augenblick und eilte die Treppe hinunter.

Zuyvert, der Küster, war mit seinen drei Söhnen als Erster zur Stelle. Aber schon bald waren auch viele Bürger auf den Beinen. Mit Ledereimern ausgerüstet, versuchten sie, den Brand zu löschen. Alle zeigten auf das große Loch im Turmknauf. Die Flammen, die dort herausschlugen, waren gegenwärtig noch klein, aber davon ließ sich niemand täuschen. Alle hörten auf die Bürgermeister, die sie anwiesen, Löcher in die Eisfläche des Hafens zu schlagen und von dort eine Löschkette bis zur Kirche zu bilden.

Aber als die Söhne des Küsters die verstümmelten Leiber der Wächter aus dem Turm trugen, wurde es still. Entsetzen ergriff die Menge. Dirck Crabeth, der zum Kirchenvorstand der St. Janskirche gehörte, schlug sich vor Grauen die Hände vor den Mund: Die Leiber der Männer waren durch den schweren Balken, der auf sie herabgestürzt war, fast bis zur Unkenntlichkeit entstellt. Eine junge, hochschwangere Frau stürzte weinend auf die Leichen zu, die zum Catharina-Spital getragen wurden.

»Gert!«, schrie sie und warf sich verzweifelt auf den Körper ihres Mannes. »Gert! Nein!«

Entsetzt starrte sie auf ihre Hände, mit denen sie ihren Mann umklammert hatte. Sie waren voller Blut. Sie schrie auf, unfähig, den Blick von ihren Händen zu lösen.

Der Pfarrer der St. Janskirche, Johannes 't Sanctius, war inzwischen auch herbeigekommen. Er ging zu der jungen Frau und wandte ihren Kopf mit beruhigenden Worten von dem Toten ab.

»Komm«, sagte er, »gib mir deine Hände, dann wische ich sie ab ... Siehst du, so.« Mit seinem Gewand wischte er ihr das Blut von den Händen. Die Frau wurde ruhiger, auch wenn ihr weiterhin die Tränen übers Gesicht rannen. Aber keiner hatte jetzt Zeit für tröstende Worte. Es musste gelöscht werden.

Jammernd folgte die Frau den Männern, die die Leichen forttrugen, während die Bürger einander die ersten Wassereimer reichten. Der Pfarrer blieb an der Brandstätte stehen: Es war *seine* Kirche.

Das Gewitter zog ab, und auch der Hagel wurde allmählich schwächer. Der Wind jedoch wollte nicht nachlassen. Er fachte die kleinen Flammen oben im Turm an; noch ehe die ersten Eimer die Wendeltreppe erreicht hatten, war die ganze Kirchturmspitze eine brennende Fackel. Tapfere Männer wagten sich mit den Eimern die Treppe hoch, um dem Feuer zu wehren ...

Die Hitze der hochschießenden Flammen brachte das Blei auf dem Kirchturmdach zum Schmelzen, und der heftige Wind schleuderte die heiße Glut auf die Reihe der Wasserträger hinab. Ihre Wollmäntel, die den glühenden Tropfen kaum standhalten konnten, waren ihr einziger Schutz, während sie verbissen damit fortfuhren, Wasser zur Brandstätte zu schleppen.

't Sanctius sah einen Mann, der sich mit ausgestreckten Armen vortastete und dabei vor Schmerzen schrie: Er hatte flüssiges Blei ins Gesicht bekommen und schwere Verbrennungen erlitten. Der alte Pfarrer fing ihn auf, bevor er zusammenbrach, und schleifte ihn von dem brennenden Turm weg.

»Helft mir!«, rief er in die Runde. Zwei Frauen liefen herbei und halfen, den Mann auf den Boden zu legen. 't Sanctius kniete bei ihm nieder, sprach eilig einige Segensworte und stand dann wieder auf, um anderen zu helfen. Die beiden Frauen kümmerten sich um den Verletzten.

Dirck Crabeth hatte sich in die Reihe der Wasserträger gestellt. Unaufhörlich reichte er volle Eimer weiter und nahm leere entgegen. Er war völlig durchnässt von dem überschwappenden eiskalten Wasser und hatte kein Gefühl mehr in Händen und Füßen. Aber er achtete nicht darauf. Dazu war keine Zeit.

Um zehn Uhr ertönte im Turm ein gespenstisches Läuten: Die Mechanik des Uhrwerks war offenbar noch nicht verbrannt. Das gab den Bürgern neue Hoffnung – wenn die Uhr noch funktionierte, war das Feuer vielleicht doch nicht so schlimm. Mit frischer Kraft reichten sie einander die Eimer weiter.

Um elf, nach einer weiteren, mühevollen Stunde schlug das Uhrwerk erneut, aber die Hoffnung war inzwischen nicht mehr so groß: Die Löscher auf der Wendeltreppe mussten immer weiter heruntersteigen. Nun, da das Dach völlig verbrannt war, hatte der Wind leichtes Spiel. Die Flammen wurden nach unten gedrückt, auf die löschenden Männer zu. Das war gefährlich, und schließlich mussten sie zusehen, dass sie wegkamen.

Das Feuer wurde immer heftiger und breitete sich weiter aus. Die Bürger konnten in ihrer Verzweiflung nichts anderes tun, als zu löschen und zu beten. Wenn das Feuer auf die Stadt übergriff, konnte heute Nacht ganz Gouda in Flammen auf-gehen …

Um Mitternacht brachen die Glockenstühle ein. Mit gewaltigem Getöse stürzte beim dritten Schlag die große Glocke herab und riss die kleineren im Fall mit herunter. Sie brachen auf dem Steingewölbe in tausend Stücke. Der entsetzliche Aufprall, der weiteres Unheil anzukündigen schien, ließ die Bürger vor Schreck erstarren. Auch Dirck Crabeth hielt einen Moment keuchend inne und blickte entsetzt zum Turm, der nun lichterloh brannte.

»Guter Gott«, betete er laut, so wie viele andere um ihn herum, »verschone unsere Kirche, verschone unsere Stadt!«

Die Kirche besaß große Glasfenster, die ein Feuer nicht überstehen würden: Die Hitze würde das Glas herausdrücken. Aber es war nicht mehr zu verhindern, dass das Feuer auf das Kirchenschiff übergriff, trotz des Ostwindes. Das verzehrende Feuer im Turm hatte sich einen Weg in die Kirche gefressen. Von innen heraus fing das Schiff Feuer, und bald schossen die ersten Flammen durch das hölzerne Gewölbedach, von wo aus es sich im ganzen Gebäude ausbreitete.

't Sanctius begriff, dass die St. Janskirche nicht mehr zu retten war. Er dachte an alles, was noch darin stand: Opferstöcke, Monstranzen, Kelche, Reliquienschreine, Messbücher, Leuchter ...

Er war der Erste, der ins brennende Kirchenschiff stürzte und den Umstehenden zurief: »Rettet, was sich retten lässt!« Dutzende von Bürgern eilten ihm nach.

Auch Dirck Crabeth folgte dem Pfarrer: Über verschiedenen Altären der Kirche hingen hölzerne Flügel, die sein Vater bemalt hatte. Wenn er die Fensterscheiben nicht retten konnte, konnte er zumindest versuchen, die Altarflügel nach draußen zu bringen. Aber in dem Augenblick, als er die Kirche betrat, drückte 't Sanctius ihm einen schweren, versilberten Abendmahlskelch in die Hand.

»Der Kelch der Jakoba von Bayern«, erklärte der Pfarrer hastig. »Sei vorsichtig!«

Dirck zog die Mütze, die er beim Löschen abgesetzt hatte, unter seinem Gürtel hervor und wickelte den Kelch behutsam hinein. Benebelt von Angst und Unglauben lief er damit ins Freie, wo der Schultheiß Floris van Assendelft in aller Eile ein paar Karren hatte bereitstellen lassen. So schnell wie möglich wurde das Inventar der St. Janskirche aus dem brennenden Schiff geholt und auf die Karren geladen. Wenn es zum Schlimmsten kam und die ganze Stadt in Flammen aufging, dann konnten diese Wagen schnell zu den Stadttoren hinaus sein.

Dirck gab dem Schultheißen den Kelch und lief in die Kirche zurück, um noch mehr herauszuholen, ehe es zu spät war. Aber während er damit beschäftigt war, die Altarflügel abzumontieren, wurde er plötzlich von dem starken Gefühl überwältigt, dass das, was er gerade erlebte, nicht wirklich geschah. Es schien alles nur ein Traum, ein Albtraum, in dem er den Lärm um sich herum hörte und die Hitze des Feuers auf seiner Haut spürte und doch nicht wirklich wahrnahm. Er sah seine eigenen Hände, die fieberhaft mit den Flügeln beschäftigt waren, und erkannte sie fast nicht mehr. Die Zeit schien stillzustehen, alle Bewegungen um ihn her kamen zum Erliegen, und er wusste kaum noch, was er eigentlich hier tat …

Ein brennender Balken, der sich aus dem Gewölbe gelöst hatte und krachend neben im zu Boden stürzte, riss ihn aus seiner Erstarrung. Er spürte, wie die aufspritzenden Funken seine Kleider durchdrangen und ihn verbrannten. Er warf noch einen letzten, bedauernden Blick auf den Flügel, den er hatte retten wollen, und rannte um sein Leben.

Das Werk seines Vaters, für ewig verloren …

Die ganze Umgebung der Kirche war erleuchtet, so hell loderte das Flammenmeer. Dirck hörte lautes Scherbenklirren. Die erste Glasscheibe war entzweigebrochen. Die Menschen versuchten eilig, sich in Sicherheit zu bringen, weg von den anderen Fensterscheiben, die nach draußen gedrückt wurden, weg von den umherfliegenden, messerscharfen Glasscherben.

»Geht nach Hause!«, schrie ’t Sanctius. »Versucht die Stadt zu retten, indem ihr eure Häuser nass haltet!«

Seine Worte waren überflüssig: Jeder sah, dass das Feuer nicht unter Kontrolle zu bringen war. Aber Dirck dachte an die gefrorenen Grachten, das Wasser, das immer noch von einer dicken Eisschicht bedeckt war. Er fuhr sich mit dem Ärmel über die Augen. Er sah die Brandblasen an seinen Händen und den Rauch, der aus den großen Löchern in seinen Kleidern aufstieg. Er musste nach Hause, zu Jutgen!*

In seiner Hast, nach Hause zu gelangen, bemerkte Dirck zunächst nicht, dass es zu regnen begonnen hatte. Erst als er den Markt überquerte und ein wahrer Platzregen daraus wurde, fiel es ihm auf. Während Gouda langsam nass wurde und die Bürger dankbar und glücklich zum Himmel aufblickten, verwandelte sich der Regen in einen echten Wolkenbruch. Wie aus Eimern stürzte das eiskalte Wasser auf die Stadt herunter. In wenigen Minuten war Gouda zu einem Schlammtümpel geworden, während sich von der Kirche her dicke Rauchschwaden durch die Straßen ausbreiteten, weil das Regenwasser in der Hitze des Feuers verdampfte.

Dirck breitete die Arme aus, hob das rußverschmierte Gesicht zum Himmel und lachte.

Die Kirche ist verloren, aber die Stadt ist gerettet!

Die Chronisten würden es später voller Ehrfurcht aufschreiben: Die Stadt wurde verschont, weil so viel Himmelswasser gefallen war, dass es in der Krimpenerwaard sogar eine riesige Überschwemmung gab …

---

* Gesprochen »Jütchen«; Anm. d. Übers.

2

Im Morgengrauen gingen die Bürger von Gouda erschöpft um die rußgeschwärzten, schwelenden Überreste ihrer einst so stolzen St. Janskirche herum. Nur die Außenmauern und zwölf Pfeiler waren stehen geblieben, alles andere war völlig zerstört.

Dirck, der sich in Begleitung der bestürzten Jutgen umschaute, sah Boudewijn, den Glöckner. Niedergeschlagen stand er neben den Schutthaufen, die einstmals der Turm gewesen waren. Dirck und Jutgen gingen auf den kopfschüttelnden Mann zu.

»Es ist unbegreiflich, Dirck«, sagte Boudewijn. Er war die ganze Nacht auf den Beinen gewesen – sein Gesicht und seine Hände waren immer noch voller Ruß. »Welcher Gott steckt sein Haus in Brand und löscht es dann gleichzeitig wieder?«

Dirck sah Jutgen an; er wusste keine Antwort. Jutgen legte dem Mann die Hand auf die Schulter.

»Es ist wirklich unbegreiflich, Boudewijn«, sagte sie. »Aber so sind Gottes Wege nun einmal.« Sie klopfte ihm ermunternd auf den Ärmel.

»Es ist jammerschade«, sagte Boudewijn. »Die einzige Glocke, die verschont blieb, ist Gabriel. Sie ist im Schallloch hängen geblieben. Ach, und denkt bloß an all die prächtigen Glasbilder, die jetzt zerstört sind …«

Dirck wurde genauso traurig wie der Glöckner, als er daran dachte. Einige der Glasfenster waren, ebenso wie die Altarflügel, die verbrannt waren, von seinem Vater geschaffen worden. Unersetzliche Werkstücke, in die er viel Liebe und Können investiert hatte. Es juckte Dirck in den Fingern, sich an die Arbeit zu machen, um neue Glasfenster für eine neue Kirche anzufertigen und so dem Namen seines Vaters wieder Ehre zu machen. Zweifellos würde der Stadtrat so schnell wie möglich eine neue Kirche bauen lassen. Das würde ihm wahrscheinlich einen großen Auftrag einbringen, vielleicht den größten seines Lebens.

»Mach dir keine Sorgen, Boudewijn – wenn wir die Kirche wieder aufbauen, mache ich dafür die schönsten Glasarbeiten, die du dir vorstellen kannst.«

In Boudewijns trübe Augen trat ein Hoffnungsschimmer.

»Eine neue Kirche …«, sagte er, als hätte er daran überhaupt noch nicht gedacht. Dann schien ihm bewusst zu werden, was das bedeutete. »Es wäre ein gigantisches Unternehmen, diese Kirche wieder aufzubauen. Die St. Janskirche war so groß! Und wenn du all die Glasbilder ersetzen müsstest … Vielleicht solltest du Wouter bitten, nach Hause zu kommen?«

Dircks Augen blitzen auf. »Das hat keinen Sinn«, sagte er scharf. »Er kommt sowieso nicht.«

Er hatte seinen Bruder seit dessen überstürzter Abreise vor über vier Jahren nicht mehr gesehen und auch nur wenige Briefe bekommen.

»Er hat es gut in Italien. Dort blüht die Kunst, hat er mir einmal geschrieben, und er hat mehr Arbeit, als er bewältigen kann. Nein, Wouter kommt nicht zurück wegen ein paar Fenstern.«

Dirck sah, wie Jutgen ihn anschaute. Er wusste, was sie dachte.

»Das ist schade«, sagte Boudewijn. »Ihr beide könntet miteinander etwas Schönes aus dieser neuen Kirche machen.«

»Mag sein«, sagte Dirck missgelaunt, »dazu wird es aber nicht kommen. Jutgen, komm, wir müssen weiter. Einen schönen Tag noch, Boudewijn.«

»Das war nicht nett von dir, Dirck«, sagte Jutgen, während sie weitergingen. »Boudewijn kann auch nichts dafür. Er meint es nur gut.«

»Ich weiß«, sagte Dirck. »Aber du weißt ebenso gut wie ich …«

»Ja, mein Lieber«, unterbrach Jutgen ihn, »ich weiß das alles. Aber es ist gar keine so schlechte Idee, Wouter zurückzuholen. Die Kenntnisse, die er sich in Italien erworben hat, könnte er hier gut einsetzen. Und wer weiß …«

»Das kannst du dir aus dem Kopf schlagen«, schnauzte Dirck. »Ich weiß, was geschieht, wenn Wouter kommt: dasselbe wie immer. Für so etwas habe ich keine Zeit.«

Jutgen schwieg und Dirck hätte sich am liebsten auf die Zunge gebissen.

Warum kann ich die Probleme mit Wouter nicht einfach auf sich beruhen lassen?

»Es tut mir leid«, sagte er und griff nach ihrer Hand.

3

Es war still in der kleinen, kalten Zelle. Das einzige Geräusch waren die mühsamen Atemzüge des alten Mönches, der schweißnass in seinem Bett lag.

»Vergib mir …«, murmelte er im Fieberwahn. »Ich wusste es nicht, mein Freund …«

Der junge Klosterbruder, der betend an seinem Bett saß, beugte sich besorgt vor. »Bruder Theobald?«

Im schwachen Licht der einzigen Kerze, die in der Zelle brannte, blickte er in das rote Gesicht des alten Mönches. Theobald war über achtzig Jahre alt und würde den Abend wahrscheinlich nicht überleben. Das Fieber war schon seit Tagen sehr hoch. Der alte Leib war erschöpft.

Theobalds Augen, grau und blind vom Star, öffneten sich plötzlich weit. Er richtete sich halb auf, schlug wild mit den Armen und bekam die Kutte des jungen Bruders zu fassen.

»Hör zu, Sasboud …«, keuchte er mit flehender Stimme.

»Ich habe getan, was du verlangt hast ... Aber ich wusste nicht, dass er es dir geschenkt hatte!«

Bewusstlos sank er in die Kissen zurück. Der junge Mönch deckte ihn sorgsam zu.

Was bedrückt ihn nur, dass er so quälende Fieberträume hat?

Nie hatte Theobald über Sorgen gesprochen oder über irgendwelche Dinge, die er bereute. Aber jetzt, in seinen letzten Stunden, bat er jemanden inständig um Vergebung.

Wer ist Sasboud?

Ein beleibter Bruder trat in die Zelle.

»Geh nur, Cornelis«, sagte er zu dem jungen Mönch. »Du hast schon zwei Nächte nicht geschlafen. Du wirst bald noch so krank wie Theobald. Ich passe schon auf ihn auf.«

Cornelis schüttelte den Kopf.

»Ich kann ihn jetzt nicht alleinlassen«, sagte er. »Er liegt im Sterben, Lambert. Und ich bin der einzige Freund, der ihm noch geblieben ist.«

Lambert schlug ein Kreuz. »Ich gehe den Prior holen«, sagte er. »Und Maes hat ohnehin so viel zu tun. Dieses Feuer heute Nacht ... Die St. Janskirche zerstört ...« Noch einmal schlug er ein Kreuz.

Theobald murmelte wieder etwas im Schlaf. Cornelis beugte sich zu ihm.

»Was ist denn, Theobald? Brauchst du etwas?«

Hinter ihm verließ Lambert die Zelle. Cornelis merkte es nicht. Er stützte Theobald, der einen starken Hustenanfall hatte und dicke Schleimbrocken ausspuckte. Der alte Mann litt furchtbare Atemnot: Während er hustete, rang er immer wieder keuchend nach Luft. Cornelis klopfte ihm auf den Rücken, und Theobald beruhigte sich ein bisschen. Erschöpft sank er zurück in die Kissen.

»Ich habe es versteckt, Sasboud, so wie du mir geschrieben

hast. Er ließ es bei mir zurück, als er wegging. Sei mir jetzt nicht mehr böse ...«

Cornelis ergriff Theobalds Hand. Der alte Mann tat ihm furchtbar leid.

»Ich bin dir nicht mehr böse«, sagte er tröstend. »Ich vergebe dir, Theobald.«

Über das Gesicht des alten Mönches zog ein schwaches Lächeln. Leicht drückte er Cornelis' Hand. Dann döste er wieder ein. Doch ein paar Sekunden später schrak er wieder hoch.

»Sasboud?«

»Ich bin da, Theobald. Ich bleibe bei dir.« Der einfache, gut gemeinte Betrug schien zu funktionieren.

»Hat Desiderius noch mal darüber gesprochen? Schreibt er dir noch?« Theobalds fiebriges Gesicht drückte Besorgnis aus.

Cornelis riss die Augen auf.

Spricht Theobald von Desiderius Erasmus? Aber der ist schon seit siebzehn Jahren tot ...

»Desiderius lässt dich herzlich grüßen«, sagte er.

Theobald schien erleichtert zu sein. »Sag ihm, dass seine Arbeit in Sicherheit ist ...«

Er atmete mühsam und stockend. »Sag ihm, sie liegt bei Andreas ...«

»Wer ist Andreas?« Cornelis hielt Theobalds Hand immer noch fest.

Spricht er von einer Arbeit von Erasmus, die er irgendwo versteckt hat?

Aber Theobald sagte nichts mehr. Er holte noch einmal röchelnd Atem und drückte kaum wahrnehmbar Cornelis' Hand. Cornelis spürte, wie die Finger erschlafften. Behutsam legte er die leblose Hand zurück aufs Bett. Nachdem er die Decke über Theobalds Gesicht gezogen hatte, schlug er ein Kreuz und kniete nieder zum Gebet.

4

Gerrit, der zwölfjährige Lehrling, der bei Dirck und Jutgen wohnte, trat in die Stube.

»Meister?« Er blickte schüchtern zu Dirck herüber, der in Gedanken auf der Bank am Feuer saß, das Zeichenbrett auf dem Schoß. »Meister?«

»Was ist denn?« Dirck blickte zerstreut auf.

»Entschuldigt, Meister, aber Govert lässt fragen, ob Ihr die ersten Probestücke prüfen kommt.« Gerrit war ein verlegener Bursche, der ständig befürchtete, etwas falsch zu machen. Er sah seinen Meister unsicher an.

Dirck lächelte. »Sag Govert nur, dass ich gleich komme. Er soll inzwischen mit den Grisaillen weitermachen.«

Gerrit nickte und ging weg. Dirck versank wieder ins Nachdenken. Die ganze Woche grübelte er schon über eine Frage nach, in der er keine Entscheidung treffen konnte. Aber heute konnte er es nicht länger aufschieben. Heute Abend fand die erste Sitzung des Stadtrates über den Wiederaufbau der St. Janskirche statt, die vor acht Tagen abgebrannt war. Als Mitglied des Kirchenvorstandes und Glasmaler musste er daran teilnehmen.

Dirck, der in jungen Jahren die Lateinschule am Markt besucht hatte, war ein intelligenter, gebildeter Mann. In einer Stadt wie Gouda war noch kaum etwas davon zu spüren, aber Dirck wusste, dass überall in der christlichen Welt Stimmen laut wurden, die eine völlige Erneuerung der Kirche forderten. Man verlangte, die Missstände innerhalb der katholischen Kirche abzuschaffen. Erasmus, Moore, Calvin, Luther – das waren bekannte Namen für Dirck. Er hatte Auszüge ihrer Werke gelesen. Es war leicht, daranzukommen, wenn man nur wollte, auch wenn die Lektüre vom Vatikan verboten war.

Er persönlich fühlte sich von der *Devotio moderna* angesprochen: der nüchternen, ehrlichen Lehre von Geert Groote, der jedem Zutritt gewährte zu den »Brüdern und Schwestern vom gemeinsamen Leben«, ohne ein Ordensgelübde zu verlangen. Insbesondere widmete er sich der der Unterweisung der Jugend. Dirck war ebenso wie viele Reformatoren davon überzeugt, dass ein Christ sich Gott so direkt wie möglich nahen sollte. Keine Kirche mit allmächtigen Prälaten und Päpsten, sondern ein reines, einfaches Christentum ohne komplizierte Zeremonielle und politische Hierarchie – ein Glaube, der den Menschen direkt zugänglich war. Er wusste, dass gerade diese Überzeugung in Rom auf viel Feindschaft gestoßen war. Aber so sehr er sich auch bemühte, er konnte nicht begreifen, was sündig daran war, Gott zu suchen. Manchmal hatte er das Gefühl, dass der Gott, über den 't Sanctius predigte, ein anderer war als der, zu dem er betete.

Dircks Glaube war schlicht: Er las die Bibel täglich, mit großer Aufmerksamkeit, und versuchte die Lehren, die er daraus zog, so gut es ging in die Tat umzusetzen. Aber er hatte nie im Leben auch nur daran gedacht, der Mutterkirche den Rücken zu kehren. Niemals. Denn trotz aller reformatorischen Bewegungen, von denen er gehört hatte, war Dirck der Meinung, dass eine Erneuerung aus der Kirche selbst, von Rom, kommen musste. Er hatte heiligen Respekt vor der Macht des Papstes, die ihm von Gott verliehen worden war – aber er war auch nicht blind. Mit Schaudern hörte er die Berichte von Reisenden über die Prozesse, die vor allem in Flandern gegen Ketzer geführt wurden. Inzwischen klebte viel Blut an den Händen der Inquisition. Angesichts der Leichtigkeit, mit der Todesurteile gefällt wurden, konnte Dirck davon ausgehen, dass auch das Blut unschuldiger Menschen dazugehörte.

Und so wusste er, dass es nicht ungefährlich war, was er heute Abend vorhatte. Aber er wusste auch, dass viele Menschen in Gouda ihn respektierten. Man würde ihn doch nicht gleich zum Scheiterhaufen verurteilen? In dieser Stadt würde es so schlimm nicht kommen …

Nun, er würde erst einmal sehen, wie die allgemeine Stimmung in der Versammlung war. Davon würde er dann seine Entscheidung abhängig machen.

»Lasst uns einen Tempel bauen wie Salomo, noch schöner als der vorherige!«

Der Ratssaal war brechend voll. Alle Mitglieder des Stadtrates und des Kirchenvorstands waren anwesend, ebenso viele Handwerker, die genau wie Dirck an dem Wiederaufbau beteiligt sein würden.

Andächtig lauschte man den leidenschaftlichen Worten des Pfarrers, der zunächst ein Gebet sprach. Er dankte für die Bewahrung der Stadt und betete für die Errettung der Seelen derjenigen, die im Feuer umgekommen ware. Schließlich erläuterte ’t Sanctius in aller Ausführlichkeit, wie er sich die neue Kirche vorstellte. Noch erhabener, prächtiger und beeindruckender sollte sie werden.

Dirck saß kopfschüttelnd an seinem Platz, während der Pfarrer redete. Tielman, der Schieferdecker, der neben ihm saß, blickte ihn erstaunt an.

»Was ist denn?«, flüsterte er. »Findest du nicht, dass er Recht hat? Eine schöne, große Kirche? Das bedeutet viel Arbeit für uns!«

»Es hat nichts mit den Abmessungen zu tun«, flüsterte Dirck. »Es geht mir um Nüchternheit, Aufrichtigkeit und …«

Plötzlich sah er die irritierten Augen des Pfarrers auf sich gerichtet.

»Verzeiht mir, Meister Crabeth, aber vielleicht wollt Ihr der ganzen Versammlung mitteilen, was Ihr zu sagen habt?«

Dirck fühlte sich ertappt und wurde rot. Wenn er sich auch

noch nicht sicher gewesen war, was er sagen wollte, so war es nun zu spät. Er musste sich äußern. Während er sich erhob, räusperte er sich nervös.

»Herr Pfarrer, in einer Eurer letzten Predigten habt Ihr erwähnt«, begann er vorsichtig, »dass Gott David wegen seiner Sünden nicht erlaubte, einen Tempel zu bauen.« Dirck sah, wie ’t Sanctius die Augenbrauen hochzog. Er fuhr fort: »Wenn das stimmt, dann ist es vielleicht auch so, dass Gottes Zorn unsere Kirche getroffen hat und das Feuer eine Strafe des Höchsten war. Die St. Janskirche war eine große, reiche Kirche und zeugte vielleicht zu sehr von unserer Eitelkeit. Ist es dann wirklich ein guter Plan, eine Kirche zu bauen, die noch prunkvoller ist als die vorige? Sollten wir uns nicht fragen, *warum* die St. Janskirche abgebrannt ist?«

Im Saal wurde es totenstill.

»Auch wenn ich zugeben muss, dass die Stadt nun, da das Gesindel mit den Zwangsaufräumungsarbeiten beschäftigt ist, um einiges sicherer geworden ist!«, setzte er scherzhaft hinzu, um die Spannung ein wenig zu lockern.

Im Saal erhob sich leises Murmeln. Dirck fasste Mut und sprach weiter.

»Hat Christus seine Nachfolger jemals beauftragt, Tempel zu bauen? Habt Ihr den Turm zu Babel vergessen, an dem Gott gewiss kein Gefallen hatte? Der letzte Auftrag Christi lautete: Geht hin und verkündigt der Welt das Evangelium, am besten in vielen Sprachen. Das hat nichts mit Kirchenbau zu tun. Aber wenn ich Pfarrer ’t Sanctius so höre, hat es den Anschein, als sollten wir keine Kirche, sondern eine Kathedrale errichten!«

Dirck bereute seine letzten Worte sofort. Es war nicht seine Absicht, den Pfarrer anzugreifen.

»Keine Angst, Meister Crabeth«, antwortete ’t Sanctius ruhig, »die St. Janskirche soll keine Kathedrale werden. Der

Bischofssitz wird in Utrecht bleiben. Und außerdem – das wird Euch freuen – wird es in Gouda kaum Verbrechen geben, solange gebaut wird, nicht wahr?«

't Sanctius hatte die Lacher auf seiner Seite. Über sein Gesicht zog ein breites, selbstgefälliges Grinsen. Er wusste, wie er Quertreiber anzufassen hatte.

»Meister Crabeth, gebt Ihr mir eine kluge Antwort auf die Frage, wo all die Einwohner von Gouda, gut und gern neuntausend Seelen, denn zur Messe gehen sollen, wenn wir die Kirche nicht wieder aufbauen? Sollen wir sie auf die Klosterkapellen verteilen, so wie in den vergangenen Tagen? Wenn wir so viele kleine Messen abhalten müssen statt einer großen, dann brauche ich viel mehr Kapläne. Wo sollen wir die hernehmen? Der gnädige Gott hat ein Wunder an uns getan und die Stadt verschont – wir können nicht von ihm erwarten, dass er Euch zuliebe ein Dutzend Kapläne vom Himmel herabsteigen lässt!«

Nun erhob sich lautes Gelächter und alle sahen Dirck an. Aber 't Sanctius war noch nicht fertig.

»Und wo sollen die Gemeindevorsteher dem Volk bei schlechtem Wetter ihre Bekanntmachungen mitteilen? Wie sollen die Stadtwächter vor Feuer und Feinden warnen, wenn sie nicht von einem Turm herabschauen können? Wie sollen wir das Volk warnen, wenn wir keinen Glockenturm haben? Wo sollen die Menschen begraben werden?«

Mit arrogantem Blick schaute er Dirck an; der gab jedoch noch nicht auf.

»Ein Turm muss nicht unbedingt ein Kirchturm sein, und die Bürger kann man auch im Rathaus empfangen«, sagte er heftig. »Und was das Begraben angeht: Kann das nicht unter freiem Himmel stattfinden?«

Nun erhob sich erschrockenes Gemurmel. Das waren kühne Reden! Dem Gesicht des Pfarrers war anzusehen, dass er kurz davor war, die Beherrschung zu verlieren.

Wie kann Dirck Crabeth sich erdreisten, solch einen Unsinn zu erzählen?, dachte der alte Pfarrer. *Ist Gouda auch schon auf dem Wege, eine Brutstätte der Ketzerei zu werden? Das greift ja um sich wie eine Seuche!*

Laut sagte er zu den Männern: »Gibt es noch mehr unter euch, die so darüber denken? Dann können wir die Versammlung für heute Abend beenden.«

Man hätte eine Stecknadel fallen hören. 't Sanctius sah Dirck scharf an, aber Dirck schwieg.

»Niemand? Ausgezeichnet. Dann würde ich die Versammlung gern ohne weitere Störungen fortsetzen. Meister Cornelis, wenn Ihr so freundlich wärt?«

Der Architekt trat vor. Er sprach über die Bedeutung der Kirche als Begegnungsstätte, an der die Gemeindemitglieder sowohl Gott als auch einander begegnen konnten. Er versprach, dass der Turm klein bleiben würde.

»Das wird uns nicht weiter schwerfallen«, setzte Meister Cornelis hinzu, »denn bei dem morastigen Boden hier in Gouda geht es gar nicht anders.«

Er befestigte eine Zeichnung an einer bereitstehenden Staffelei und begann seinen Entwurf zu erläutern. Er war nach dem neuen italienischen Baustil, dem *Stili Novo,* angefertigt. Auffällig waren die hohen Fenster, sodass viel Licht ins Innere fallen konnte. Der Grundriss blieb unverändert.

Der Architekt sprach enthusiastisch und ziemlich lange über seinen Bauplan. Als er schließlich fragte, ob noch jemand eine Frage hätte, war Dirck der Erste, der die Hand hob. Widerwillig erteilte 't Sanctius ihm das Wort.

»Und welche Pläne gibt es bezüglich der Bilder?«, fragte Dirck. Er achtete nicht auf den ungeduldigen Blick des Pfarrers. »Wenn ich unseren Baumeister recht verstanden habe, sollen viele Fenster in die neue Kirche kommen. Was werden wir darauf abbilden?«

»Dasselbe wie vorher«, sagte ’t Sanctius kurz angebunden. »Die Verehrung der Mutter Maria, die sieben Sakramente und das Leben der Heiligen.« Er wollte einem anderen Fragensteller das Wort erteilen, aber Dirck kam ihm zuvor.

»Verzeiht mir«, sagte er vorsichtig, »aber lassen wir uns dann nicht eine großartige Möglichkeit entgehen? Die Kirche soll natürlich in einem neuen Stil erbaut werden – die Baukunst hat sich schließlich weiterentwickelt. Und auch die Malerei hat bedeutende Fortschritte gemacht. Wenn wir die Kirche in neuem Stil erbauen, sollten wir dann nicht zumindest darüber nachdenken, auch eine neue Ikonografie zu verwenden?«

Aber ’t Sanctius antwortete bestimmt: »Vorläufig behalten wir das alte Konzept bei; damit waren alle zufrieden.«

Mit einer gebieterischen Handbewegung schnitt er Dirck das Wort ab. »Ich denke, wir sollten jetzt eine Pause machen. Dann können alle den Entwurf von Meister Fredrickszoon in Ruhe begutachten. Danach ist noch genug Zeit für Fragen.«

Die Anwesenden scharten sich um die Skizzen des Baumeisters, aber ’t Sanctius stürzte sich auf Dirck wie ein Habicht auf seine Beute.

»Crabeth, was ist das für ein Unsinn, den Ihr da vorbringt? Das bin ich von Euch nicht gewöhnt!«

»Es war nicht meine Absicht, Euch zu beleidigen«, sagte Dirck, der gewiss keinen Zwist mit dem Pfarrer suchte. »Ich habe nur auf mein Gewissen gehört.«

»Euer Gewissen?«, fragte der Pfarrer. »Dann führt es Euch in die Irre!«

Es war Dirck unangenehm, ’t Sanctius zu widersprechen – er hatte immer viel Respekt vor dem Pfarrer gehabt. Aber er konnte nicht länger schweigen.

»Ich musste an das Gleichnis vom Senfkorn denken«, sagte er, so ruhig er konnte. »Jesus sagte, mit dem Himmelreich sei es wie mit einem Senfkorn. Es ist vielleicht das kleinste von allen Samenkörnern, aber wenn es aufwächst, wird es zu einem so großen Baum, dass die Vögel des Himmels in seinen Zweigen wohnen können.«

»Ich kenne die Geschichte«, sagte ’t Sanctius ungeduldig. »Was wollt Ihr damit sagen?«

»Vielleicht hat das Christentum auch viel Ähnlichkeit mit solch einem riesigen Baum, einem, in dem die Teufel wohnen können …«

Dirck sah den missbilligenden Blick des Pfarrers.

»Seit wann seid Ihr in der Theologie so zu Hause, dass Ihr es wagt, so dreiste Reden zu schwingen?«, fragte ’t Sanctius und verschränkte entrüstet die Arme.

Dirck hielt tapfer stand. »Ich lese auch manchmal in der Bibel, schon wegen meiner Arbeit, wie Ihr wisst. Und es ist doch verständlich, dass ich zu begreifen versuche, was ich lese, wenn man von mir erwartet, dass ich ein Fensterbild davon mache.«

»Macht Euch dann bewusst, dass diese Dinge nicht so einfach sind, wie Ihr denkt!« ’t Sanctius begann sich zu erregen, aber Dirck konnte nun nicht mehr zurück.

»Ich möchte gerade behaupten, dass die Botschaft der Bibel sehr einfach zu begreifen ist«, verteidigte er sich. Vor allem die Botschaft Christi ist für alle verständlich. Findet Ihr nicht, Vater? Christus war doch der Menschensohn, nicht der Papstsohn?«

Die Augen des Pfarrers verengten sich vor Wut, und Dirck merkte erneut, dass er zu weit gegangen war.

»Ihr seid auf dem Irrweg, Crabeth!«, schnauzte ’t Sanctius. »Wie könnt Ihr, ein einfacher Glasmaler, es wagen, solche Dinge zu sagen? Von Sachen zu sprechen, die Ihr geweihten Priestern überlassen müsst? Ich rate Euch, viel zu beten und vor allem, viel zu beichten!«

Er warf noch einen verächtlichen Blick auf Dirck, schüttelte den Kopf und ging dann weg, um mit Meister Fredeicks-zoon über dessen Entwürfe zu sprechen.

Der reiche Bierbrauer Van Reijnegom, der Sekretär des Stadtrates, und der strenge Altbürgermeister Heije kamen kopfschüttelnd auf Dirck zu.

»Sei doch vernünftig, Dirck, und fang keinen Streit mit 't Sanctius an«, sagte der Bierbrauer diplomatisch. »Es ist Blödsinn, was du da sagst. Du bist ein gottesfürchtiger Mann; gerade du musst doch begreifen, dass die Bürger von Gouda eine Kirche brauchen!«

Dirck sah zu 't Sanctius hinüber, der sich angeregt mit dem Baumeister unterhielt.

»Ein Gebetshaus, einen Ort, an dem wir zusammenkommen können, *das* brauchen wir. Die St. Janskirche kann meinetwegen eine große Kirche werden, aber auf keinen Fall ein Tempel voller strahlender Schätze!«

Van Reijnegom lächelte liebenswürdig, aber Heije zog eine Augenbraue hoch.

»Ich gebe dir einen guten Rat, Crabeth: Pass auf, was du sagst, und mach uns keine unnötigen Probleme«, sagte der Altbürgermeister drohend. »Und sieh vor allem zu, dass du niemandem auf die Füße trittst. An deiner Stelle würde ich diesen Rat annehmen.«

Dirck blieb allein mit seinem Bierkrug sitzen. Niemand sprach mit ihm. Nur Advokat Hendrik Lethmaet, der an ihm vorbeikam, als er sich nach der Unterbrechung wieder an seinen Platz begab, nickte ihm freundlich zu.

5

Im Laufe der folgenden Tage fragte sich Dirck, ob er bedauerte, was er gesagt hatte – und er kam zu dem Ergebnis, dass dies nicht der Fall war.

Ich habe ehrlich gesagt, was ich empfunden habe.

Außerdem konnte 't Sanctius es sich erlauben, die Meinung des Glasmalers vollkommen zu ignorieren. Er würde das sicher auch tun.

Ich habe zumindest gesagt, was ich auf dem Herzen hatte …

Und dabei würde es dann wohl auch bleiben.

Prior Maes, der noch ziemlich junge Prior der Regulare, war ein sympathischer, belesener Mann. Dirck mochte ihn sehr. Er wusste, Maes würde die Entwürfe, die er ihm heute bringen wollte, gut beurteilen können.

Am Kloster der Augustiner Regulare wurde noch viel gearbeitet. Die Ordensbrüder hatten es vor einigen Jahre bezogen, nachdem ihr Kloster in Steyn, nicht weit von Gouda entfernt, einer Feuersbrunst zum Opfer gefallen war. Es wurde beschlossen, kein neues Gebäude zu errichten, sondern ein leer stehendes Brigittenkloster an der Straße *De Raam* in Gouda zu beziehen, auch wenn dieses noch nach den Wünschen der Regulare umgebaut werden musste. So wurde dort beispielsweise eine neue Kapelle angebaut, die natürlich bemalte Glasfenster erhalten sollte. Dirck Crabeth hatte auf Bitten des Priors ein Angebot gemacht, und dieser streckte nun verlangend seine Hände danach aus.

»Meister Crabeth, was habt Ihr für uns zu Papier gebracht?«, fragte er, während er sich die Brille auf die Nase klemmte.

»Ich habe mein Bestes getan, Hochwürden«, sagte Dirck

bescheiden. Es waren Szenen aus dem Neuen Testament. Dirck hatte während der Versammlung nicht umsonst so leidenschaftlich gesprochen. Seiner Ansicht nach war es ein großartiger Auftrag.

Der Prior sah sich die Blätter, die auf dem Tisch ausgebreitet lagen, sehr genau an. Der Maler wartete ruhig ab.

»Darf ich Euch zu Euren Entwürfen gratulieren? Sie sind wunderbar, noch schöner, als ich erwartet hatte!« Der Prior hatte noch nicht die Hälfte gesehen; aber Dirck wusste schon jetzt genau, dass er den Auftrag bekommen würde. Er war stolz.

Während der Prior weiter die Entwürfe studierte, dachte Dirck an seinen Vater, den alten Crabeth, der nach Gouda gezogen war, weil er hier Abnehmer für seine einzigartige Glasmalerkunst zu finden hoffte. Die wohlhabende Stadt hatte ihn mit offenen Armen empfangen: Einen fachkundigen Glasmaler konnte man gut gebrauchen. Als Dirck das Geschäft seines Vaters übernahm, war es bereits ein blühendes Unternehmen, aber Dircks Einsatz und Talent hatte den Namen Crabeth noch berühmter gemacht.

Wenn Wouter doch nicht weggegangen wäre – wir hätten zusammen etwas Großartiges aufbauen können!

Er versuchte den Gedanken an seinen Bruder abzuschütteln. Wouter war nun einmal gegangen. Er hatte es selbst so gewollt. Aber für einen Moment hatte er ihre letzte Begegnung wieder vor Augen: Wouter, der mit hochrotem Kopf schrie, dass er es gründlich satthabe und fortan seinen eigenen Weg gehe. Dirck hatte zurückgebrüllt, dass er, wenn er so dickköpfig und besserwisserisch blieb, wirklich besser ginge.

»Vater hat nicht umsonst *mir* das Geschäft hinterlassen!«, hatte er seinem Bruder unter die Nase gerieben, bevor er die Tür hinter ihm zuknallte.

Ich hätte das nicht sagen dürfen, dachte er jetzt. *Ich bin doch genauso ein Hitzkopf wie er. Aber warum wollte er auch nicht auf mich hören?*

Ein Woche später war Wouter abgereist, ohne sich zu verabschieden. Die seltenen Briefe, die Dirck ab und zu erhalten hatte, waren sehr sachlich gewesen. Wouter hatte mitgeteilt, dass er in Frankreich umherreise, und später, dass er in Venedig, wo es mehr als genug Arbeit für Glasmaler gebe, ein großes Atelier eröffnet habe. Weit, weit weg von Gouda.

Dirck blickte auf die Entwürfe auf dem Tisch. Sein Vater hätte sie schön gefunden, das wusste er. Es war Dirck nie schwergefallen, es seinem Vater recht zu machen. Mit seiner Arbeit war der alte Crabeth immer zufrieden gewesen, und als Erstgeborenem war ihm von Anfang an die bedingungslose Liebe seines Vaters sicher gewesen.

Mit Wouter war das anders. Wouter war schwierig, ein weinender Säugling, der sich an die Mutterbrust klammerte und nur widerstrebend entwöhnen ließ. Später erwies er sich als besonders empfindlicher Junge. Wenn sein Vater seine Arbeiten in der ihm eigenen direkten Art kritisierte, konnte Wouter schlecht damit umgehen und bekam immer wieder Zornausbrüche. Und das hatte dann zur Folge, dass er erneut Bekanntschaft mit Vaters harten Händen machte …

Warum machte Wouter es sich selbst immer so schwer?

Aber so sehr er Wouter auch beschuldigte und ihm Vorwürfe machte – er wusste, dass er seinen Bruder schlicht und einfach vermisste.

Eine Stunde später stand Dirck wieder draußen. Prior Maes hatte ihm versprochen, dass Dirck seine Entwürfe innerhalb einer Woche zurückbekommen würde – versehen mit dem *Vidimus,* der billigenden Unterschrift der Geldgeber.

Dirck war zufrieden.

6

Obwohl er noch keine zwanzig Jahre alt war, hatte Cornelis schon eine umfassende Ausbildung genossen. Sein Vater, ein Rotterdamer Jurist, hatte dafür gesorgt, dass sein Sohn frühzeitig lesen und schreiben lernte. Cornelis war ein besonders intelligentes Kind, und ihm wurde bestimmt, die Universität Leuven zu besuchen, um eines Tages in die Fußspuren seines Vaters zu treten. Aber Cornelis sehnte sich nach etwas anderem. Genau ein Jahr hatte er es in Leuven ausgehalten, dann war er nach Gouda zurückgekehrt und hatte zu Hause verkündet, er wolle ins Kloster gehen, um Gott zu dienen. Trotz der nachdrücklichen Ablehnung seines Vaters hatte er an seinem Vorsatz festgehalten und sich vor etwas über einem Jahr den Regularen angeschlossen.

Dort hatte man ihm als Novizen sofort die Aufgabe übertragen, für den alten Bruder Theobald zu sorgen – die Aufgabe, die jeder im Kloster als die unangenehmste betrachtete. Der blinde Bruder konnte nichts mehr selbst tun und musste wie ein kleines Kind gebadet und angekleidet werden. Aber trotz seines hohen Alters war er geistig noch gut beisammen. Seine Betreuer hatten es nicht leicht mit ihm, denn er beschimpfte sie, wenn er sie nicht mochte, oder warf ihnen gar im Zorn sein Essgeschirr an den Kopf.

Mit Bruder Cornelis kam er jedoch von Anfang an gut aus. Vielleicht lag es daran, dass Cornelis keine Angst davor hatte, den alten Bruder fest anzufassen oder ihn gar seinem Schicksal zu überlassen, wenn er sich wieder einmal schlecht benahm. Vielleicht lag es auch einfach daran, dass Cornelis ebenso literaturbegeistert war wie Theobald selbst.

Denn Cornelis hatte sich aus zwei Gründen für die Goudaer Regulare entschieden. Zum einen wusste er, dass Erasmus in diesem Kloster gelebt hatte. Das war zwar schon lange her, aber die Erinnerung an den berühmten Rotterdamer Gelehrten war in dem Kloster so lebendig, dass man ihn dort noch immer »Desiderius« nannte statt »Erasmus«. Cornelis war davon tief beeindruckt: Es war, als würde Erasmus immer noch als enger Freund aller Brüder in dem Kloster herumgeistern.

Außerdem besaßen die Regulare eine umfangreiche Bibliothek, in der genügend Bücher standen, die Cornelis noch nicht gelesen hatte. Er liebte diese Bibliothek so sehr, dass er Prior Maes gebeten hatte, ihm die Verantwortung dafür zu übertragen. Nun, da Bruder Theobald nicht mehr da war, brauchte er eine neue Aufgabe, und Cornelis tat nichts lieber, als die prächtige Bibliothek der Klosterbrüder, die nach dem Umzug ziemlich oberflächlich eingeräumt worden war, gründlich zu sichten. Prior Maes war gern auf seinen Vorschlag eingegangen: Er hatte alle Hände voll mit dem Umbau zu tun. Und so verbrachte Cornelis seine Tage inmitten der Bücher und Handschriften. Oft war er bis spät in die Nacht hinein damit beschäftigt, zu ordnen und zu katalogisieren.

Aber heute hatte er die Bibliothek ordentlich auf den Kopf gestellt. Die Sätze, die Theobald vor seinem Tod gestammelt hatte, ließen Cornelis nicht mehr los. War es möglich, dass er über ein Werk von Erasmus gesprochen hatte? Während der ganzen Zeit, in der Cornelis für den alten Mönch gesorgt hatte, hatte der Mann kein Wort darüber verloren, dass er ein Freund des berühmten Bruders aus Steyn gewesen war.

Heute Morgen hatte Cornelis, während er über diese Frage nachgrübelte, eine Eingebung gehabt, die so auf der Hand lag, dass er selbst lachen musste.

Warum bin ich nicht längst darauf gekommen?

Bruder Lambert war noch kurz hereingekommen, um ein Werk von Augustinus, das er studiert hatte, wieder an seinen Platz zu stellen. Als er Cornelis dort zwischen hohen Bücherstapeln auf dem Boden hocken sah, hatte er ihn erstaunt angeschaut und gefragt, ob er vielleicht Hilfe brauche. Aber Cornelis hatte ihn abgewimmelt. Es war besser, wenn er nicht jedem erzählte, wonach er suchte.

Am späten Nachmittag kam Cornelis endlich dazu, die großen Bücherkisten zu öffnen, die hinten in der Bibliothek standen. Er hatte keine Ahnung, was sich darin befand, aber schon als er die allererste öffnete, war ihm klar, dass er das schon viel eher hätte tun müssen. Die erste Kiste war voller alter Rechnungen und Ähnlichem. Die zweite enthielt alte Korrespondenz, und die dritte war besonders vielversprechend: Sie enthielt eine stattliche Anzahl eingenähter Handschriften, die mit Jahreszahlen versehen waren. Vorsichtig holte er eine heraus, die die Jahreszahl MDXXIV trug, und schlug sie auf.

Ein Register!

Er hatte gefunden, was er suchte: die Klosterregister. Er betrachtete die sorgfältige Auflistung von Namen und Jahreszahlen, die von sicherer Hand aufgeschrieben worden war. Das Eintrittsdatum jedes einzelnen Mönchs stand vermerkt, ebenso wie das Todesdatum. Auch wenn ein Mönch in ein anderes Kloster übergewechselt oder aus dem Orden ausgetreten war, so war dies festgehalten worden. Cornelis klappte die Handschrift zu und suchte weiter in der Kiste.

Theobald sagte immer, er schätze, dass er über achtzig Jahre alt sei. Er ist vermutlich zwischen seinem fünfzehnten und zwanzigsten Lebensjahr eingetreten. Das bedeutet, ich muss die Register um das Jahr 1490 herum suchen.

Er fand sie, nachdem er die Stapel zur Hälfte durchgesehen hatte: die Register von MCDLXXXV bis MCDXCV (1485–1495). Er blies den Staub herunter und nahm die Papiere mit zum Lesepult. Eines nach dem anderen arbeitete er durch, auf der Suche nach Theobalds Namen. Aber als Erstes fand er den Namen »Erasmus«. Er entdeckte ihn im Register des Jahres

1487. Da stand vermerkt, welches Gelübde Erasmus abgelegt hatte, dass er in Gouda, Utrecht, Deventer und 's Hertogenbosch zur Schule gegangen sei und wer seine Eltern waren.

Cornelis suchte weiter, aber 1487 gab sonst nichts mehr her. Das folgende Register jedoch bescherte ihm einen anderen Namen, der seine Aufmerksamkeit erregte: Andreas. Es war der erste Andreas, der ihm bis dahin begegnet war, und er stellte fest, dass es auch hier um einen Klostereintritt und ein Gelübde ging.

Das Alter passt gut, auch wenn ich nicht genau weiß, ob es derselbe ist, von dem Theobald gesprochen hat.

Ein paar Seiten weiter fand er dann endlich Theobalds Eintritt, Anfang 1488; dicht darunter stieß er auf den einzigen Namen, der noch gefehlt hatte: Sasboud. Aber bei diesem Namen waren weder Eintrittsdatum noch Gelübde vermerkt. Dort stand nur ein einziger seltsamer Satz: »Nichts gefunden in seiner Zelle.«

Langsam drang zu Cornelis durch, was dies alles bedeutete.

Wenn Theobald in seinem Fiebertraum die Wahrheit gesagt hatte und wenn er von derselben Sache gesprochen hatte, auf die sich dieser Registereintrag bezog ... dann gab es irgendwo ein Werk von Erasmus, das niemand kannte. Oder zumindest *nicht mehr* kannte. Denn wenn damals in Sasbouds Zelle »nichts« gefunden wurde, dann hatte man offensichtlich nach »etwas« gesucht.

Er sah sich den eigenartigen Satz noch einmal an. Es stand nirgends, was man gesucht hatte, aber Cornelis' Herz begann immer schneller zu klopfen.

Wenn ich dieses Werk finden könnte!

Er nahm ein Stück Papier vom Tisch und begann die Registereintragungen abzuschreiben.

7

Dirck streckte sich schläfrig in seinem Bett aus und blieb noch ein bisschen liegen. Er horchte auf das laute Gackern draußen.

Der Winter ist zum Glück fast vorbei: Die Gänse fliegen schon seit Tagen und die Sonne geht immer früher auf!

Er drehte sich zu Jutgen hinüber. Ihr Gesicht war bleich und ihre Augen waren verzerrt vor Kopfweh.

»Bist du wieder krank?«, fragte er und nahm ihre Hand, die sich kalt anfühlte.

Jutgen seufzte. »Es dreht sich alles: mein Kopf, mein Magen ...«

»Ich lasse die Läden zu«, flüsterte Dirck. »Dann kannst du noch ein bisschen schlafen.«

Er küsste sie sacht auf die Stirn. Jutgen hatte das öfter. Einen Tag lang litt sie unter schweren Kopfschmerzen und musste sich häufig übergeben, und im Laufe des Abends ging es ihr dann meist wieder besser. Dirck wollte, dass sie heute ausruhte. Mette, die Magd, konnte mit Leichtigkeit einen Tag lang den Haushalt führen und für ihre kranke Herrin sorgen.

Schon fast zwanzig Jahre waren Jutgen und er nun verheiratet, und er liebte sie noch ebenso sehr wie damals, als sie einander kennengelernt hatten. Sie waren glücklich miteinander, und da Dirck in seinem Beruf äußerst tüchtig war, hatten sie es gut, ja sogar sehr gut. Ihr einziger Kummer war ihre Kinderlosigkeit; in all den Jahren war Jutgen zweimal schwanger gewesen, und beide Male hatte sie das Kind noch vor dem dritten Monat verloren. Es wohnten immer ein oder zwei junge Lehrbuben bei ihnen, und deren Anwesenheit füllte einen Teil der Leere, aber Dirck wusste, dass Jutgen ihre Kinderlosigkeit ständig mit sich herumtrug wie eine schmerzende Narbe. Und auch er sehnte sich nach einem Sohn, einem Nachfolger.

Leise kleidete er sich an und entfachte ein Feuer im Ofen, damit Jutgen nicht fror. Dann ging er nach unten.

In der Küche sprangen ihre Hunde Dexter und Sinister an ihm hoch. Er spielte ein bisschen mit ihnen, gab ihnen Futter und aß zusammen mit Gerrit eine Schüssel Brei am Küchenherd. Mette teilte er mit, dass Jutgen krank sei; sie solle alles so verrichten wie nötig.

Die Magd, eine junge, schlaksige Frau, die erst seit ein paar Monaten bei ihnen arbeitete, nahm es ungerührt zur Kenntnis. »Ich bringe ihr ein bisschen Suppe hoch«, sagte sie pflichtschuldig.

Dirck unterdrückte einen gereizten Seufzer. Er hatte wenig Geduld mit Mette, die er gleichgültig und faul fand – und Mette schien es nicht zu interessieren, was ihre Arbeitgeber von ihr dachten.

Nach dem Frühstück ging er in die Werkstatt. Während Gerrit das Feuer in den Glasöfen schürte, überprüfte Dirck die Glasplatten, das Blei, das Papier und das Werkzeug, damit seine allmählich eintrudelnden Arbeiter sich ans Werk machen konnten. Er selbst wollte so schnell wie möglich zum Rathaus, da der Architekt versprochen hatte, dass heute endlich ein Holzmodell der neuen Kirche im Ratssaal stehen würde.

Es war ein kurzer Weg von der Zeugstraat, in der er wohnte, bis zum Markt, wo sich das Rathaus befand. Er kam oft auf den Platz: Jutgen und er genossen es immer, zwischen den Ständen herumzuschlendern und ein Gespräch mit Bekannten auf der Straße anzuknüpfen. Aber seit er sich bei der Bauversammlung vor ein paar Wochen so offen geäußert hatte, war es wie ein Lauffeuer durch die Stadt gegangen: Dirck Crabeth, der berühmte Glasmaler, hat es gewagt, Pfarrer 't Sanctius die

Stirn zu bieten und seine Macht infrage zu stellen! Manche Leute schauten Dirck neugierig an, aber die meisten schüttelten innerlich den Kopf über den Vorfall. Die Angst war groß, und manch ein Passant wich Dircks Blick aus, auch wenn er jeden genauso freundlich grüßte wie immer.

Während der vergangenen Wochen hatte er sogar das Gefühl, dass er beobachtet wurde. Auf der Straße fühlte er sich verfolgt, und wenn er sich dann umschaute, sah er oft gerade noch, wie sich jemand duckte oder beiseitedrehte. Zumindest glaubte er das zu sehen. Er hatte sich selbst immer wieder vorgehalten, dass er Gespenster sehe, aber jedes Mal, wenn er sich das erfolgreich eingeredet hatte, geschah es von Neuem.

Heute fiel ihm nichts Besonderes auf, bis er um die Ecke auf den Marktplatz einbiegen wollte. In einer Schaufensterscheibe sah er einen Mann in einem braunen Mantel. Er hatte diesen Mantel gerade eben schon einmal gesehen, das wusste er genau: Er gehörte einem Mann, der schräg gegenüber von seinem Haus gestanden hatte und sich in dem Moment, als Dirck aus der Tür kam, umgedreht und in das schmutzige Wasser der kleinen Gracht geschaut hatte.

Mit großen Schritten überquerte Dirck den Marktplatz und eilte auf das Rathaus zu. Er redete sich ein, dass er sich das nur einbildete, schielte aber trotzdem vorsichtig über die Schulter … Kein Zweifel, der Mann verfolgte ihn! Als Dirck die Treppe zum Ratssaal hinaufstieg, ging der Mann jedoch weiter. Dirck atmete erleichtert auf.

Ich habe es mir doch nur eingebildet!

Er lachte kurz über sich selbst und zog die Tür auf.

Im Ratssaal war es still. Er war ganz allein in dem großen Raum. In der Mitte des Saales stand das Holzmodell auf einem kleinen, hohen Tisch; so konnte es von allen Seiten gut gesehen werden. Er trat näher; seine Schritte hallten in der Totenstille, die in dem Saal herrschte, unerwartet laut.

Er musste zugeben, dass der Entwurf für die neue St. Janskirche von großer, beinah majestätischer Schönheit war. Nun sah er, was der Architekt mit seinen Ausführungen über die vielen hohen Fenster, die in das Bauwerk kommen sollten, gemeint hatte. Er war beeindruckt.

So wirkt es ja fast, als seien die Wände ganz aus Glas!

Er hörte, wie die schwere Tür des Ratssaales sich öffnete, und blickte auf. War es sein Verfolger? Aber er sah Bartho, den Bleigießer, der in seinem grauen Mantel hereinkam. Bartho ging ebenfalls zu dem Modell und begrüßte Dirck.

»So«, sagte er, »auch schon neugierig? Ich will doch gern sehen, was für eine Aufgabe mich erwartet!«

Er bückte sich und wand sich hin und her, um zu sehen, wie der Regen vom Dach hinabgeleitet werden sollte. Stirnrunzelnd hörte Dirck ihn murmeln: »Wie sollen wir den Regen aus den Abflussrohren herausbekommen?«

Auch Dirck hatte seine Zweifel bei dem, was er sah.

Es ist natürlich schön, all diese Fenster. Aber einige sind so nah beieinander, die werden sich bestimmt gegenseitig überstrahlen …

»Nun ja«, meinte Bartho, nachdem sie das Modell eine Zeit lang studiert hatten, »ich glaube, der Architekt will, dass wir das Unmögliche möglich machen!«

»Schön ist es schon«, sagte Dirck. »Aber ob wir es auch so bauen können?«

»'t Sanctius wird seinen Willen schon bekommen«, schnaubte Bartho. »Du kennst unseren guten Pfarrer: Er wird notfalls für ein Wunder sorgen!«

Er sah Dirck verstohlen an.

»Nicht alle in Gouda sind mit 't Sanctius und dem Stadtrat einer Meinung«, sagte er leise. »Ich habe dich auf der Versammlung gehört. Du hast Mut, Crabeth!«

Er schlug Dirck jovial auf die Schultern, und ehe Dirck etwas darauf erwidern konnte, sagte er: »So, ich muss wieder an die Arbeit. Guten Tag, Dirck!«

Dirck nickte ihm kurz zu, froh über den unerwarteten Beistand, und fuhr fort damit, das Modell zu studieren.

Dieses Überstrahlen, das wird noch ein Problem … Wer soll all die Fenster machen? Meiner Ansicht nach sind das über fünfzig! Und wer bestimmt, welche Themen auf ihnen dargestellt werden?

Widerstrebend dachte er an die Szenen aus dem Leben der Heiligen, die 't Sanctius so gern in der Kirche sah. Wie viel mehr Freude machte es ihm doch, die Passionsgemälde für die Regulare anzufertigen! Er liebte Herausforderungen, keine ständigen Wiederholungen.

Dirck war so tief in Gedanken versunken, dass er gar nicht bemerkte, dass jemand den Saal betreten hatte, nachdem Bartho weggegangen war. Erst als er den dunkelbraunen Mantel neben sich sah, schrak er hoch.

»Hendrik Lethmaet!«

Jetzt erst erkannte er das Gesicht des Mannes, der in dem Mantel steckte.

»Ich dachte einen Augenblick lang … Bist du in der Stadt hinter mir hergelaufen?«

Hendrik nickte und sagte dann leise: »Kann ich heute am späten Abend zu dir nach Hause kommen?« Er schaute sich um. Dirck hatte den Eindruck, dass er nervös war.

»Worum geht es denn?«

Hendrik beugte sich herüber.

»Heute Abend«, flüsterte er. »Dann erzähle ich dir, was du wissen musst. Kann ich vorbeikommen?«

Dirck wusste nicht, was er davon halten sollte.

Warum tut Hendrik so geheimnisvoll?

»Natürlich«, sagte er zögernd.

Die Tür ging wieder auf, und es kamen zwei Männer herein.

»Sprich mit niemandem darüber«, sagte Hendrik noch schnell. Dann verließ er hastig den Ratssaal und achtete dabei darauf, dass die eintretenden Männer sein Gesicht nicht sahen. Dirck blieb verwundert zurück.

Am Abend aß er die Suppe, die Mette gekocht hatte; Jutgen lag immer noch im Bett.

»Sie ist sehr krank dieses Mal«, sagte Mette, die auf der schmalen Bank am Feuer saß und mit einem Holzlöffel im Kochtopf rührte. »Ich werde gleich mal schauen, ob sie etwas bei sich behalten kann.«

»Hat sie den ganzen Tag nichts gegessen?«, fragte Dirck.

Die Magd schüttelte den Kopf. »Nein, sie sagt, dass sie nichts will. Sie will einfach nur schlafen.«

»Dann lass sie schlafen«, sagte Dirck.

Mette zuckte die Schultern und fuhr unbeirrt damit fort, im Topf herumzurühren. Sie hatte ihm den Rücken zugewandt.

Nach dem Essen ging Dirck hoch, um nach Jutgen zu sehen. Sie schlief fest. Ihr Gesicht war immer noch blass. Mette hatte nicht übertrieben: Jutgen war sehr krank. Sie hatte Sinister, ihre Lieblingshündin, die sie immer »Sientje« nannte, zu sich ins Bett genommen. Das Tierchen lag in ihrem Arm und blinzelte ihm schläfrig zu, als er herantrat. Er wollte Jutgen um keinen Preis wach machen, darum schlich er sich wieder aus dem Schlafzimmer.

Spät am Abend kam Hendrik vorbei. Dirck bat ihn, leise zu sein, damit Jutgen nicht gestört wurde, und bot ihm einen Stuhl am Ofen an.

»Ich vertraue dir, Dirck.« Hendrik fiel sofort mit der Tür ins Haus. »Du bist ein begabter Glasmaler …«

»Möchtest du jemand mit einem Fenster überraschen?«, fragte Dirck, der immer noch nicht begriff, was sein Besucher wollte.

Hendrik lächelte. »Nein, äh, das heißt ... mein Onkel Herman Lethmaet will dich sprechen.«

Dirck war sprachlos. Hendriks Onkel war der ehrwürdige Professor Lethmaet, der an der berühmten Sorbonne studiert hatte. Aber er war auch Inquisitor, derzeit in Groningen und Friesland ...

Was will Professor Lethmaet von mir?

Schlagartig fiel ihm ein, dass ganz Gouda über sein Auftreten bei jener Versammlung sprach, und ihn beschlich ein unbehagliches Gefühl.

»Mein Onkel hat mich ausdrücklich gebeten, weiter nichts mit dir zu besprechen. Er wollte nur, dass du zu ihm kommst.«

Dirck versuchte, die Nerven zu behalten, aber er spürte, dass er in Panik geriet.

Kann ich wegen dem, was ich gesagt habe, auf den Scheiterhaufen kommen?

»Will er etwa, dass ich ihn in Friesland besuche?«

»Mein Onkel ist krank und ist von Brüssel beurlaubt worden. Er hält sich derzeit im Dekanat in Utrecht auf. Du musst ihn so schnell wie möglich aufsuchen.«

Dirck schwieg.

Um verurteilt zu werden?

»Ich nehme an, dass ich nicht darum herumkomme?«, fragte er matt.

Hendrik schüttelte den Kopf. »Er hat ausdrücklich nach dir verlangt.«

»Aber was will er denn von mir?« Dirck hörte die Angst in seiner eigenen Stimme.

»Es tut mir leid, Dirck. Ich kann dir nichts dazu sagen. Geh nach Utrecht, dann wird sich alles klären.«

Dirck flehte: »Meine Frau ist krank und ich habe so viel zu tun!«

»Das macht nichts!«, sagte Hendrik. »Mein Onkel ist es gewöhnt, dass die Leute tun, was er sagt. Wenn du nicht gehst, lässt er dich holen.«

Er lässt mich holen! Guter Gott, steh mir bei!

Dirck nickte. Ihm war vor Anspannung übel. Er hatte den Eindruck, dass er sein eigenes Todesurteil unterzeichnete.

»Nimm genügend Gesellen mit, denen du vertrauen kannst, damit du sicher in Utrecht ankommst. Aber erzähl niemandem davon!«

Dirck nickte atemlos. Er hatte noch nie so große Angst gehabt. Selbst der Balken, der hinter ihm niedergestürzt war, als er in der brennenden Kirche stand, hatte ihn nicht so erschreckt wie die Aussicht, vor einem Inquisitor erscheinen zu müssen.

Hendrik reichte Dirck eine Wegbeschreibung und eine Adresse, dann erhob er sich.

»Ich will dich nicht länger aufhalten, Dirck. Ich hoffe, dass es deiner Frau bald wieder besser geht. Und du weißt ja – schweigen wie ein Grab!«

Seine letzten Worte jagten Dirck einen Schauer über den Rücken. Später, als Hendrik längst weg war und er schlaflos neben Jutgen im Bett lag, hallten sie immer noch in seinen Gedanken wider.

8

ZWEI TAGE NACH Hendriks Besuch saß Dirck schweigend im Sattel. Auf dem Weg nach Utrecht grübelte er darüber nach, was ihn dort erwarten würde. Er hatte Angst. Jutgen hatte es ihm angemerkt, und er hatte ein schlechtes Gewissen gehabt wegen der Ausflüchte, die er hatte ersinnen müssen, um auf ihre forschenden Fragen zu antworten. Er hatte sie noch nie angelogen. Aber Hendrik hatte ihn nachdrücklich angewiesen, mit niemandem darüber zu sprechen, und außerdem wollte er Jutgen nicht beunruhigen. Er wusste immer noch nicht, warum er nach Utrecht musste.

Unter anderen Umständen hätte ihm der Ritt sicher gefallen. Der Frühling kündigte sich vorsichtig an, und seine beiden Reisegefährten genossen diesen unerwarteten Ausflug in vollen Zügen. Aber während in der Ferne der Domturm sichtbar wurde, fragte sich Dirck, ob er eigentlich den Verstand verloren hatte. Warum ritt er seinem eigenen Untergang entgegen? Er könnte sein Pferd wenden, ihm die Sporen geben und wie der Wind davonpreschen, bis er Holland weit hinter sich gelassen hätte. Er könnte mit Jutgen nach Italien gehen, so wie Wouter, der sich dort eine gute Existenz aufgebaut hatte …

Ich bin kein Feigling.

Er hob den Kopf und sah Gottes vollkommene Schöpfung: die leuchtend weißen Wolken am blauen Himmel, das junge grüne Gras, das überall emporwuchs, das milde Sonnenlicht, das alles vor Freude lächeln ließ. Er beschloss, sich in das Unvermeidliche zu fügen und sich dem zu stellen, was auf ihn zukam.

Seine Gesellen ließ er in einer Herberge zurück, um die Pferde zu versorgen. Die Männer wünschten ihm Glück. Sie dachten, er würde mit einem möglichen Auftraggeber über ein Fensterbild sprechen.

Das Dekanat am Marienplatz ließ sich nach Hendriks Beschreibung leicht finden. Es war ein großes, imposantes Steinhaus, das den Eindruck von Macht und Einfluss vermittelte. Dirck fröstelte, als er es sah. Er nahm allen Mut zusammen und ging die breite Marmortreppe hinauf. Der Türklopfer fiel mit schwerem Pochen auf die Eingangstür.

Er wurde von einer streng dreinblickenden Haushälterin eingelassen. Sie nahm ihm ohne viele Worte den Mantel ab und führte ihn über Gänge und Treppen zu einem Studierzimmer, das von großen Fenstern erhellt wurde. In seiner Mitte stand ein Tisch mit schweren Stühlen, deren lederne Sitzflächen so gut gepflegt waren, dass sie glänzten. In einer Ecke stand ein prachtvoll verziertes Lesepult, und die Regale an den Wänden waren voller Bücher. Was jedoch Dircks größte Bewunderung auf sich zog, war ein Bleiglasfenster in der Rückwand. Seine Farbenpracht stand in starkem Kontrast zu dem übrigen Raum. Dirck betrachtete es fasziniert. Es war von hervorragender Qualität und stellte das Porträt eines Mannes dar. Die arroganten Augen über den herabhängenden Wangen gaben ihm die Ausstrahlung eines griesgrämigen Buhmanns.

Ist das ein Porträt des Professors? Ist Inquisitor Lethmaet so eitel? Und wer hat es angefertigt?

Die Tür ging auf und der Professor trat ein. Obwohl er sich schwer auf seinen Stock stützte und ein Wolltuch um die Schultern trug, das ihn vor der Kälte schützte, machten sein schwarzer Talar und seine starke Persönlichkeit ihn zu einer eindrucksvollen Erscheinung. Dirck sah, dass er Recht gehabt hatte: Das Glasgemälde war in der Tat ein Porträt von Lethmaet, auch wenn der Mann in dem Fenster jünger war.

Lethmaet lächelte, als er Dirck sah, der nervös seine Mütze abnahm und sich ehrerbietig verbeugte.

»Meister Crabeth!«, sagte der alte Mann. Er hustete kurz. »Es freut mich, dass Ihr meiner Einladung gefolgt seid. Aber nehmt doch Platz …«

Er deutete gastfreundlich auf einen Stuhl an dem großen Tisch und setzte sich selbst auf die andere Seite.

»Vielen Dank, Hochwürden«, sagte Dirck höflich. Seine Hände zitterten, als er den Stuhl zurechtschob. »Es ist mir eine große Ehre, dass Ihr mich empfangen wollt. Ich hoffe, dass ich Euch bei guter Gesundheit antreffe?«

Lethmaet schnaubte.

»Ich bin ein alter Mann, Meister Crabeth. Ich habe meine besten Jahre lange hinter mir.«

Er schenkte Dirck Wein ein.

»Es ist mir ebenfalls eine Ehre«, fuhr er fort, »dass ich solch einen berühmten Glasmaler empfangen darf. Ich habe Eure Arbeiten gesehen, in Amsterdam und Den Haag, und ich habe sie sehr bewundert.«

Dirck neigte den Kopf. Es hatte nicht den Anschein, als stünde dieser Mann im Begriff, ihn in Fesseln legen zu lassen.

»Vielen Dank«, sagte er. »Meine Arbeit ist mein Leben, Herr Professor. Ich freue mich, wenn ich damit auch einen anderen erfreuen kann.«

Er nippte von seinem Wein und wartete darauf, was Lethmaet sagen würde. Aber der alte Professor schwieg. Er schaute Dirck nur mit gegeneinandergelegten Fingerspitzen und gerunzelter Stirn an. Dirck wurde wieder vom Zweifel gepackt. Würde er nun doch an Ort und Stelle verurteilt werden?

Nach einer langen Stille, während der Lethmaet vor allem nachzudenken schien, holte der Professor plötzlich tief Luft und sagte: »Tja, Meister Crabeth. Ihr fragt Euch sicher, warum ich Euch den ganzen Weg nach Utrecht habe kommen lassen.«

Dirck richtete sich auf seinem Stuhl auf.

Ich brenne darauf, es zu erfahren. Alles ist besser als diese Ungewissheit.

»Seid Ihr ein tapferer Mann, Meister Crabeth?«

»Tapfer?« Dirck fühlte sich plötzlich schwach. »Warum fragt Ihr das?«

Lethmaet stand mühsam auf und kam auf Dirck zu. Er setzte sich auf den Stuhl neben ihm und wandte sich ihm zu, während er leise fortfuhr: »Ich habe aus zuverlässiger Quelle erfahren, was Ihr auf der ersten Bauversammlung für die neue St. Janskirche in Gouda gesagt habt.«

Dirck schluckte.

Also doch!

Er spürte, wie er den Boden unter den Füßen verlor. Sein Schicksal war besiegelt.

Ach Jutgen, um dich tut es mir am meisten leid ...

»Dort habt Ihr Euch doch ganz offen für eine ganz neuartige Gestaltung der Fenster ausgesprochen, nicht wahr?« Lethmaet schaute Dirck direkt in die Augen.

Dirck wurde blass. Seine Stimme zitterte. »Ich, äh ... Was ich damit gemeint habe, war ...«

Der alte Mann legte Dirck die Hand auf die Schulter.

»Ach, werter Meister Crabeth – ich sehe jetzt, was Ihr denkt, und ich begreife es ... Ihr befürchtet, dass ich Euch habe kommen lassen, um Euch anzuklagen.« Lethmaet lachte kurz auf. »Ihr könnt mir glauben: Wenn ich Euch hätte verfolgen wollen, dann hätte ich das ganz anders gemacht. Aber ich sehe keinen Sinn darin, aufrechte Christen einzusperren, auch wenn ihre Überzeugung nicht in allen Einzelheiten den Regeln der Kirche entspricht. Und ich denke, dass Euer Glaube aufrichtig ist.«

Dirck war selten so verwirrt gewesen. Aber Lethmaet gab ihm keine Gelegenheit, seine Gedanken zu ordnen.

»Es war mutig, Euch so deutlich gegen die althergebrachte Ordnung auszusprechen. Ich habe selbst auch schon regelmäßig mit der Unerbittlichkeit Roms Bekanntschaft gemacht. Viele meiner theologischen Arbeiten über die Kirchenreform sind, da sie im ketzerischen Basel gedruckt wurden, prompt auf dem Index *Librorum Prohibitorum* gelandet.«

Ein schalkhaftes Lächeln zog über die Lippen des alten Mannes. Dirck wusste, was er meinte: die Liste der verbotenen Bücher, die der Vatikan aufgestellt hatte.

»Aber jetzt bin ich alt, und es wird nicht mehr lange dauern, bis mich der Schöpfer zu sich nehmen wird. Und alte Menschen, Meister Crabeth, haben alle eine große Schwäche: Weil sie keine große Zukunft mehr haben, auf die sie sich freuen können, blicken sie oft auf die Vergangenheit zurück. Ich bin keine Ausnahme von dieser Regel, fürchte ich. Ich denke in der letzten Zeit viel zu oft an die Vergangenheit. Wisst Ihr, wer Erasmus war?«

Noch ehe Dirck auf diese unerwartete Frage antworten konnte, lachte der Professor fröhlich auf.

»Ach, Erasmus, der war nie um Worte verlegen! Wenn ich nur an seine Bettelbriefe denke, wenn er mal wieder Geld gebraucht hat! Köstlich, wie er alle um den Finger zu wickeln versuchte!«

Dirck stieß einen leisen Pfiff aus. Es war sehr erleichternd, dass er heute nicht auf einem Schafott enden würde, aber ihm war vollkommen schleierhaft, worauf der alte Mann eigentlich hinauswollte.

Natürlich weiß ich, wer Erasmus war. Wer hat nicht von diesem berühmten Bürger der Stadt Gouda gehört? Aber was hat Erasmus mit Glasfenstern zu tun? Was will Professor Lethmaet nur von mir?

Das Lachen des Professors ging in einen Hustenanfall über, und Dirck holte diensteifrig den Weinkelch, den Lethmaet auf der anderen Seite des Tisches hatte stehen lassen. Nachdem er ein paar Schlucke getrunken hatte, fuhr der Professor fort: »Ich kannte Erasmus sehr gut. Er war damals Professor in Leuven; ich hatte gerade mein Studium an der Sorbonne abgeschlossen – ein Grünschnabel, der sich Rat für die Zukunft holen wollte. Und wir, beide alte Goudaer, wurden Freunde fürs Leben! Stellt Euch vor, mit solch einem großen Denker befreundet zu sein! Ich wollte alles wissen, was er mich lehren konnte. Und das Wichtigste, was er mich damals lehrte, Meister Crabeth, war, dass die Heiligen Schriften die »schönen Künste« übertreffen, ja dass sie alles übertreffen. Erasmus war in erster Linie ein Mann der Schrift. Für ihn war das geschriebene Wort das kostbarste Gut. Die mangelnde Bildung des Volkes machte ihm sehr zu schaffen. Ein Mensch, der die Heilige Schrift nicht selbst lesen kann, muss sich das Wort Gottes von einem anderen erklären lassen.«

Er beugte sich wieder zu Dirck herüber und sagte leise: »Die Tatsache, dass die Leute nicht lesen können, Meister Crabeth, gibt der Kirche eine gewaltige, beinah unvorstellbare Macht. Habt Ihr darüber jemals nachgedacht?«

Dirck hatte Angst, Antworten zu geben, mit denen er sich doch noch verdächtig machte. Darum hielt er den Mund und ließ den Professor weitersprechen.

Lethmaet war jetzt richtig in Fahrt gekommen und wetterte: »Die Angst und der Glaube ungebildeter Menschen werden auf skandalöse Weise missbraucht! Und das, obwohl im Evangelium steht, dass das Wort so weit wie möglich verbreitet werden muss! Denkt Ihr nicht, dass diese Verbreitung um einiges effektiver vonstattengehen würde, wenn man das Wort Gottes wenigstens einmal selber lesen könnte? Erasmus, der Pädagoge, wollte die ganze Welt unterrichten. Er suchte schon in jungen Jahren nach einem Weg, nach einer Möglichkeit, wie alle erfahren konnten, was in der Bibel steht. Als junger Novize im Emmauskloster zu Steyn glaubte er die Lösung gefunden zu haben. Aber leider sieht Rom das wie üblich anders ...«

Der Professor kratzte sich die Wange und schien einen Moment lang tief in Gedanken versunken.

»Und was war die Lösung, die Erasmus gefunden hatte?«, fragte Dirck, den dieser Angriff auf Rom beeindruckt hatte. Der alte Mann sah ihn freundlich an.

»Mein bester Meister Crabeth, die Lösung, das seid Ihr!« Zufrieden lehnte sich der Professor an den Tisch.

»Was? Wer? Ich?«, stammelte Dirck und schaute den Professor mit dümmlichem Gesicht an.

»Ich werde Euch etwas Erstaunliches erzählen«, sagte Lethmaet lachend. »Erasmus hat in seiner Jugend eine kurze Zeit lang gemalt und gezeichnet. Ja, ich sehe, dass Ihr mir nicht glaubt, aber ich sage Euch die Wahrheit! Er wurde von einem Bruder im Kloster zu Steyn in dieser Kunst unterrichtet. Und er hat dies nicht zum Zeitvertreib getan! Er hatte einen ehrgeizigen Plan, der schon lange vor seinem Eintritt ins Kloster geboren wurde – nämlich während seiner Besuche in den prächtigen Kirchen und Kathedralen der Städte, in denen er studierte. Und dieser Plan, Meister Crabeth, hat ganz viel mit der St. Janskirche zu tun.«

Lethmaet ignorierte Dircks verblüfftes Gesicht und stand auf. Er ging im Zimmer auf und ab, während er erzählte und sein Stock im Rhythmus seiner Schritte auf die Eichendielen klopfte. »Erasmus und ich sprachen oft über Gouda, das könnt Ihr Euch vorstellen. An vielen Abenden haben wir Erinnerungen ausgegraben: an das Goudaer Kuytbier*, das prächtige Stadthaus und natürlich die St. Janskirche, das Herz der Stadt. Erasmus, der damals schon älter war, erzählte mir an einem dieser Abende von einem Plan, den er als Jüngling gefasst hatte. Denn je mehr er den Kinderschuhen entwuchs und sich allmählich dem Erwachsenenalter näherte, desto bewusster wurde ihm, dass er ein privilegierter Mensch war, weil er lesen und schreiben konnte. Schon in jungen Jahren war er sehr bildungsbeflissen, und da er fromm erzogen worden war, war es besonders die Theologie, die ihn anzog. Es war sein Traum, gerade den Menschen, die nicht lesen konnten, das Wort Gottes zu schenken – in seinen Augen waren sie

* Ein Weißbier, das damals weit über die Stadtgrenzen hinaus bekannt und beliebt war; Anm. d. Übers.

die verwundbarsten. Und so hatte er sich Folgendes überlegt: Wenn man das Wort Gottes nicht lesen kann, dann kann man es immer noch sehen!«

Lethmaets Augen glänzten vor Vergnügen. Er nahm wieder neben Dirck Platz, ganz außer Atem durch seine eigene Aufregung. »Stellt Euch das einmal vor: prächtige Glasfenster in der neuen St. Janskirche, mit Bildern, die nicht das Leben der Heiligen, sondern Themen aus dem Neuen Testament darstellen. Wie findet Ihr das?«

Er schaute Dirck, der noch immer nichts begriff, triumphierend an.

»Erasmus wollte mithilfe der Mal- und Zeichenstunden, die er erhielt, seine Pläne zu Papier bringen«, lachte Lethmaet. »Zeichnen konnte er nicht, aber das hinderte ihn nicht daran, ein Büchlein zu schreiben und es selbst zu illustrieren. Und weil er damals noch nahe bei Gouda im Kloster wohnte, richtete sich seine Aufmerksamkeit auf den Ort, der sich am offensichtlichsten dazu anbot, dem Volk das Wort Gottes vor Augen zu führen: die Fenster der St. Janskirche. Der Kirche seiner Kindheit.«

Endlich begann Dirck zu begreifen, worauf Lethmaet hinauswollte.

»Erasmus hat eine Ikonografie entworfen? Für die St. Janskirche?« Das war beinah zu schön, um wahr zu sein.

Lethmaet nickte, glücklich wie ein kleines Kind. »Das *Corpus Vitrearum*«, schloss er seinen Bericht und lehnte sich zufrieden auf seinem Stuhl zurück.

»Der gläserne Leib …«, murmelte Dirck. Er konnte es kaum glauben. Erasmus, der eine Ikonografie entwickelt hatte.

Aber wenn das wahr ist …

Die Gedanken, die nun auf ihn einstürmten, ließen ihn schwindeln.

»Darf ich dieses Büchlein sehen?«

Lethmaet schüttelte den Kopf.

»Das ist die große Schwachstelle an meiner Geschichte, Meister Crabeth: Ich habe es nicht. Erasmus hat mir von jedem seiner Bücher ein Exemplar hinterlassen, aber dieses Werk befand sich nicht in seinem Besitz. Wenn ich mich recht erinnere, hatte es wegen dieses Büchleins gewisse Probleme gegeben ... Erasmus wollte, dass es aus dem Kloster verschwand, und als der Bruder, der ihm Zeichenunterricht erteilt hatte, austrat, bat Erasmus ihn, das Büchlein mitzunehmen und sicher zu verwahren.«

Enttäuscht sank Dirck in sich zusammen.

»Ich würde gern einiges zur Finanzierung der neuen Fenster beitragen«, sagte Lethmaet. »Und natürlich erst recht, wenn es Euch gelingt, sie nach Erasmus' Entwürfen zu gestalten.«

»Mit allem Respekt, Hochwürden, aber ich begreife nicht recht, was Ihr von mir wollt.« Dirck war enttäuscht. Er hatte sich von Lethmaets Begeisterung anstecken lassen, und nun stellte sich heraus, dass der alte Professor ihm ein Luftschloss vor Augen gemalt hatte.

»Ohne das Buch kann ich kein Fenster nach Erasmus' Entwürfen anfertigen. Dieser Bruder, dem Erasmus es gegeben hat, lebt bestimmt nicht mehr. Und auch das Büchlein wird verschwunden sein nach all den Jahren.«

»Würdet Ihr ein Buch, das Erasmus geschrieben hat, wegwerfen?«, fragte Lethmaet. »Natürlich nicht. Erasmus kommt demnächst auch auf den Index, das könnt Ihr mir glauben. Rom macht seine Arbeit gründlich genug. Aber das tut seiner enormen Beliebtheit keinen Abbruch. Er ist in ganz Europa bekannt und wird immer noch begeistert gelesen. Ein Werk von Erasmus, so klein und einfach es auch sein mag, ist viel Geld wert. Nein, das Büchlein existiert noch, davon bin ich überzeugt.«

»Aber warum ist es dann nie aufgetaucht? Warum hat der Besitzer noch nie versucht, es zu Geld zu machen?«

»Das, Meister Crabeth«, sagte der Professor lächelnd, »werdet Ihr erfahren, wenn Ihr es findet.«

Dirck verschluckte sich fast an seinem Wein.

»Wollt Ihr, dass ich es suche?«

»Natürlich! Ihr habt doch selbst gesagt, dass Ihr die Fenster nicht nach seinen Entwürfen anfertigen könnt, wenn Ihr das Buch nicht habt!«

Geschickt hatte der alte Mann Dirck die Pistole auf die Brust gesetzt.

»Und ich werde Euch helfen, wo ich kann«, fügte Lethmaet hinzu. Er pochte sich ungeduldig mit dem Finger auf die Stirn. »Wenn ich mich doch nur an den Namen erinnern könnte. Es tut mir leid, Meister Crabeth, aber es ist so lange her, dass Erasmus mir das erzählte. Der Name des Bruders ist mir leider entfallen, aber wie ich Euch bereits sagte, ist der Mann kein Mitglied der Regulare mehr. Er konnte sich an das Klosterleben nicht gewöhnen und hat Steyn schon vor Ablauf des Noviziats verlassen. Erasmus erzählte, dass er nach Rotterdam wollte, um dort als Maler zu arbeiten. Er hat dort geheiratet und Kinder bekommen. Ich denke, dass Ihr in Rotterdam anfangen müsst.«

Es schien für Lethmaet bereits ausgemachte Sache zu sein, dass Dirck sich auf die Suche nach dem Buch begab.

»Ich fühle mich geschmeichelt, dass Ihr so viel Vertrauen in mich setzt, Hochwürden«, sagte Dirck vorsichtig. »Aber denkt Ihr nicht, dass wir nach einer Stecknadel im Heuhaufen suchen? Angenommen, Ihr habt Recht und das Büchlein von Erasmus existiert noch. Wie gut sind Eurer Meinung nach die Chancen, dass ich es finde? Außerdem habe ich gerade einen großen Auftrag von den Regularen in Gouda erhalten und werde damit in der nächsten Zeit ...«

»Überhaupt kein Problem!«, unterbrach Lethmaet ihn. »Ich war selbst direkt an den Verhandlungen über ihren Umzug in das Brigittenkloster beteiligt, und die Regulare sind mir noch einige Gefallen schuldig. Ihr werdet die Zeit bekommen, die Ihr braucht, dafür werde ich sorgen. Lasst eure Lehrlinge und Gesellen nur schon ordentlich arbeiten. Ihr *müsst* dieses Büchlein einfach finden!«

Plötzlich klang die Stimme des Professors ernst. »Werter Meister Crabeth, wie kann ich Euch von der Wichtigkeit meines Plans überzeugen?« Er seufzte. »Früher oder später wird sich der Hof in Brüssel damit befassen. Gouda sucht Stifter für seine neue Kirche, und Regenten tun nichts lieber, als Symbole ihrer Macht zu errichten. Außerdem hat der Kaiser für die vorige St. Janskirche auch einige Fensterbilder gestiftet. Wenn ich mich nicht irre, hat Euer Vater sie angefertigt. Und in Den Haag hat der Kaiser ein Fenster von Euch machen lassen, nicht wahr?«

Dirck nickte. Es war schon wieder fünf Jahre her, dass er diesen Auftrag bekommen hatte, aber er hatte ihm wirklich viel eingebracht: Er war fürstlich bezahlt worden und hatte ihn in ganz Holland bekannt gemacht.

»Wart Ihr nicht derjenige, der 't Sanctius voller Leidenschaft auf den christlichen Riesenbaum hingewiesen hat, in dem die Teufel wohnen?«, fuhr Lethmaet mit seinem Plädoyer fort. »Vielleicht denkt Ihr, dass ein einfacher Glasmaler aus Gouda wenig gegen die Macht des Hofes ausrichten kann. Aber Ihr irrt Euch. Ich weiß, dass der Kaiser dem Werk von Erasmus nicht völlig gleichgültig gegenübersteht. Natürlich, er richtet sich nach Rom und verteidigt die heilige Mutterkirche, aber nicht umsonst hatte er Erasmus einmal als Berater in seinem Dienst. Erasmus hat eine Reihe seiner Werke extra für den Kaiser geschrieben, in der Hoffnung, dass der Kaiser daraus lernen würde, wie er ein christlicher Friedensfürst sein kann. Ich habe meine Verbindungen bei Hofe; eine Ikonografie von Erasmus für die neue St. Janskirche in Gouda – das wird zumindest denkbar sein. Aber es gibt da auch ein Problem …«

Lethmaet seufzte.

»Kaiser Karl ist alt. Sein Sohn, Kronprinz Philipp, hat schon vor drei Jahren seine festliche Antrittsreise durch die Niederlande gemacht. Das hat er nur aus einem einzigen Grund getan: Er wird seinen Vater schon bald ablösen. Karls Nachfolger ist äußerst fromm und wird sicher ein offenes Ohr dafür haben, gerade den Bau einer Kirche zu fördern, um dadurch seine eigene Macht zu demonstrieren. Der Prinz sieht sich selbst gern als einen zweite Salomo, einen wahren Friedensfürsten. Ob er das auch ist, wird sich noch herausstellen. Er ist sehr konservativ, und ich weiß nicht, ob er in einer Kirche, die seine Macht zeigen soll, mit einer Ikonografie von Erasmus einverstanden wäre. Darum ist Eile geboten; ich kann den Hof in Brüssel bearbeiten, meinen Plänen gegenüber wohlwollend zu sein. Aber wenn Philipp einmal den Thron bestiegen hat, bin ich mir meines Einflusses nicht mehr sicher.«

Lethmaet sah den Zweifel und die Angst in Dircks Augen.

»Ich weiß«, sagte der Professor entschuldigend, »ich verlange viel von Euch. Aber stellt Euch doch einmal vor: Eure Glasbilder, die dem suchenden Auge Antworten schenken und gleichzeitig niemanden vor den Kopf stoßen. Das klingt unmöglich, aber ich weiß genau, dass Ihr es könnt … mithilfe von Erasmus.«

»Professor Lethmaet, das ist …« Dirck war schockiert. »Ihr wisst doch, wie gefährlich das ist?«

Sein Misstrauen war noch immer nicht völlig geschwunden. Warum sollte ein Inquisitor ihn bitten, solche ketzerischen Dinge zu tun?

Stellt er mich auf die Probe, um zu sehen, ob ich zuschnappe? Damit er mich hinterher anklagen kann?

Aber aus irgendeinem Grund konnte Dirck das nicht glauben. Lethmaet mochte ein mürrisches Gesicht haben und einen autoritären Eindruck machen – er wirkte grundehrlich.

Außerdem hat er selbst auch Bücher geschrieben, die von der Kirche mit dem Bann belegt wurden …

»Bester Meister Crabeth, ich weiß nur allzu gut, wie gefährlich das ist. Und ich muss Euch ehrlichkeitshalber noch sagen, dass ich Euch nicht beschützen kann, wenn wir dadurch in Schwierigkeiten geraten. Dann gehen wir miteinander aufs Schafott, ich ebenso wie Ihr. Aber stellt Euch einmal selbst diese Frage: Wer bekommt in seinem Leben jemals die Gelegenheit, das Wort Gottes wirklich unter den Menschen zu verbreiten?«

Nach seinen letzten Worten, die schwer auf Dircks Gewissen lasteten, entstand eine drückende Stille.

Das ist wirklich ein starkes Argument … Wie soll ich einem anderen seine mangelnde Bereitschaft vorwerfen, wenn ich selbst nicht den Mut habe, diese Herausforderung anzunehmen? Der Professor, der nota bene als Inquisitor für Rom arbeitet, bittet mich, ihm dabei zu helfen, das Wort Gottes zu verbreiten. Und dann noch in reformatorischem Sinne … Ist das nicht etwas, wonach ich mich schon seit Jahren sehne?

Aber alles, was Lethmaet gesagt hatte, machte ihm Angst.

»Ich bin ein Glasmaler, kein Unruhestifter«, sagte Dirck. »Und wenn Ihr Recht habt und der Hof sich in die Ikonografie einmischt, dann scheint mir das alles gänzlich aussichtslos.«

Und doch wüsste ich so gern, was in dem Büchlein steht … Eine Bilderserie für Glasfenster, von Erasmus entworfen – die muss ich sehen!

Er spürte, dass seine Neugier die Oberhand gewann.

»Ich kann mich zumindest einmal auf die Suche machen«, sagte er schließlich. »Aber ich kann Euch nichts versprechen.«

Lethmaets Gesicht hellte sich auf.

»Ich danke Euch, Meister Crabeth. Ihr habt einem alten

Mann soeben eine große Freude gemacht. Wenn ich jung wäre, würde ich Euch begleiten!«

Dirck lächelte mitfühlend. Worauf hatte er sich da eingelassen?

Als er sich verabschiedete, gab ihm der Professor noch einen Krug Wein mit.

»Erlaubt mir, Euch diese kleine Aufmerksamkeit zu erweisen«, sagte Lethmaet und zwinkerte ihm zu. »Das war einer von Erasmus' Lieblingsweinen, ein würziger Burgunder. Ich schenke ihn Euch, damit er Euch inspiriert, aber auch, weil ich mich bei Euch entschuldigen möchte. Ich habe Euch während der vergangenen Wochen beobachten lassen. Nein, es war nicht mein Neffe Hendrik, der ist für so etwas viel zu ungeschickt. Er hat Euch nur angesprochen, weil ich wusste, dass Ihr ihm vertrauen würdet. Bitte verzeiht mir all die Geheimnistuerei – aber ich musste sicher sein, dass Ihr der richtige Mann seid für diesen Auftrag.«

Dirck war erleichtert, das zu hören. Er hatte sich also nichts eingebildet!

»Wäre es nicht besser, wenn Ihr jemanden von Euren Leuten losschickt, um nach dem Buch zu suchen, so wie Ihr sie hinter mir hergeschickt habt?«, fragte er. Trotz seiner Neugier auf das Büchlein war er immer noch nicht erpicht auf eine Schnitzeljagd.

Lethmaet lächelte schwach.

»Diese Leute, wie Ihr sie nennt, arbeiten nicht für mich, Meister Crabeth. Sie arbeiten für die Mutterkirche. Ihnen den Auftrag zu geben, in Gouda einen möglichen Ketzer auszuspionieren, das kann ich mir schon erlauben. Aber sie auf die Suche nach diesem Büchlein zu schicken … Nein, das würde zu viele schlafende Hunde wecken.«

Das Lächeln war von Lethmaets Gesicht verschwunden.

»Nein, Meister Crabeth, es ist besser, wenn wir das möglichst für uns behalten. Aber ich verspreche Euch: Ich werde Euch nicht mehr verfolgen lassen. Wenn Ihr den Eindruck habt, dass Ihr wieder verfolgt werdet, dann könnt Ihr sicher sein, dass es nicht in meinem Auftrag geschieht.«

Er bedachte Dirck noch mit einem letzten ernsten Blick.

»Ich rate Euch, sehr vorsichtig zu sein, Meister Crabeth.«

9

Dirck war schon oft in Rotterdam gewesen und wusste sofort, an wen er sich wenden musste: an Claes Munt, einen Pfandleiher, den er bei seinem letzten Besuch in der Stadt in einer Herberge kennengelernt hatte. Jemand hatte Munt an ihn verwiesen, weil der Pfandleiher den Wert eines Triptychons erfahren wollte, das man ihm verpfändet hatte. Dirck hatte gesagt, dass er kein gewöhnlicher Maler, sondern ein Glasmaler sei, aber das hatte Munt nichts ausgemacht. Um die Sache hinter sich zu bringen, hatte Dirck einen ziemlich hohen Preis genannt. Munt war mehr als zufrieden gewesen und hatte ihn nicht nur zu einem Bier eingeladen, sondern auch versprochen, dass der Goudaer Glasmaler sich jederzeit an ihn wenden könne, ganz egal, in welcher Angelegenheit.

»Ich weiß genau Bescheid über jeden, der in dieser Stadt wohnt«, hatte Munt gesagt. »Wenn jemand zum Beispiel einen Glasmaler suchen würde für einen gut bezahlten Auftrag, würde ich das schnell erfahren …«

Munt war erfreut, Dirck wiederzusehen, und begrüßte ihn herzlich. Aber von einem malenden, steinalten Mönch hatte er noch nie gehört.

»Aus dem Emmauskloster zu Steyn ausgetreten, sagt Ihr?«,

fragte er, nachdem Dirck seine Geschichte erzählt hatte. Er dachte nach und rief dann über die Schulter nach hinten: »Hermen!«

Ein vierschrötiger Junge kam aus dem Hinterzimmer, einen schmierigen Putzlappen in der Hand.

»Hermen, kennst du einen Maler, der früher einmal Mönch war? Er muss schon ziemlich alt sein.«

Der Bursche schüttelte den Kopf. »Sagt mir nichts. Ich kenne zwar ein paar Mönche, aber keinen, der malt. Zu welchem Orden gehört er?«

»Er war ein Augustiner Regular«, sagte Dirck. »Er ist schon früh ausgetreten.«

Hermen dachte gründlich nach, aber ihm fiel niemand ein.

Munt wandte sich Dirck zu. »Es tut mir leid, aber ich fürchte, ich kann Euch nicht helfen.«

Dirck griff nach seinem Mantel.

Was hatte ich denn erwartet? Dieser Mönch müsste jetzt schon weit über achtzig oder gar neunzig sein ... Ich suche etwas, das nicht existiert. Ein Phantom.

»Das macht nichts, Munt«, sagte er. »Habt dennoch vielen Dank für Eure Mühe.«

Er nickte dem Jungen zu, der immer noch in der Tür stand, eine tiefe Denkfalte auf der Stirn.

»Hermen, was stehst du da noch herum?«, fragte Munt ungeduldig.

»Vielleicht liege ich falsch«, sagte Hermen, »aber ich kenne einen Graveur, der am anderen Ende der Stadt wohnt. Er heißt Sasboud und er ...«

»Was für ein Unsinn, Hermen!«, fiel Munt ihm ins Wort. »Sasboud, ja, den kenne ich auch! Der hat hier in schlechten Zeiten ab und zu Sachen verpfändet. Ein unfreundlicher Kerl! Aber das kann niemals der alte Mann sein, die Ihr sucht, Meister Crabeth. Sasboud ist nur etwa zehn Jahre älter als Ihr und bestimmt kein ausgetretener Mönch.«

»Nein«, sagte Hermen beleidigt, »aber sein Vater schon, soweit ich weiß.«

Dirck schaute den Jungen hoffnungsvoll an.

»Wo finde ich den Mann?«

Kurze Zeit darauf stand Dirck vor einem kleinen, verwahrlosten Häuschen in einer engen Gasse. Der Verputz war schmutzig und bröckelte ab, eines der Fenster hatte einen Sprung und der Türklopfer war wahrscheinlich schon vor Jahren abgebrochen. Dirck pochte mit der Faust an die Tür.

Die Tür öffnete sich. Ein mürrischer Mann sah ihn an.

»Ja?«

»Seid Ihr Sasboud, der Graveur?«

Jetzt wurde der Mann offensichtlich misstrauisch.

»Wer will das wissen?«

Dirck stellte sich vor.

»Was hat ein Glasmaler aus Gouda bei mir zu suchen? Meister Crabeth, wenn Ihr einen Graveur braucht, dann rate ich Euch, einen besseren zu suchen als den, den Ihr in diesem Haus findet. Ich wünsche Euch eine gute Reise.«

Ehe Dirck etwas antworten konnte, wurde die Tür zugeknallt. Ein paar Stücke Putz rieselten von der Mauer herunter. Dirck starrte auf die geschlossene Tür.

Munt hat nicht übertrieben. Das ist wirklich ein außergewöhnlich unfreundlicher Mensch.

Er trat an das schmuddelige Fenster. Er konnte nicht viel von dem erkennen, was dahinter lag, aber dennoch rief er: »Ich suche keinen Graveur, ich suche einen alten Mann, der Sasboud heißt. Vielleicht Euren Vater, ich weiß es nicht. Das Einzige, was ich weiß, ist, dass er einmal im Kloster in Steyn war, zusammen mit Erasmus von Rotterdam. Wenn Ihr den Mann kennt, sagt es mir. Wenn nicht, will ich Euch nicht länger zur Last fallen!«

Seine Stimme hallte an den Mauern der engen Gasse wider. Es kam keine Antwort aus dem Häuschen. Dirck blieb noch einen Moment stehen, aber es blieb still. Enttäuscht drehte er sich um.

Dann endet meine Suche hier. Ich muss mit leeren Händen nach Gouda zurück. Wie traurig wird Lethmaet darüber sein …

Hinter ihm knarrte die Tür.

»Was wollt Ihr von meinem Vater?«

Dirck wandte sich überrascht um. In der Tür stand der mürrische Graveur.

»Ich würde gern mit ihm reden, das ist alles«, sagte Dirck.

»Worüber?«

»Über die Malstunden, die er Erasmus erteilt hat, vor langer Zeit, als beide noch jung waren«, antwortete Dirck.

Der Graveur verschränkte die Arme über der Brust.

»Mein Vater ist tot. Seit beinah zehn Jahren.«

Er musterte Dirck von Kopf bis Fuß und sagte zum Schluss: »Vielleicht solltet Ihr hereinkommen.«

Das Häuschen wirkte von innen noch düsterer als von außen. Durch die schmutzigen Fenster fiel kaum Licht. Dirck fühlte sich unwohl.

»Warum interessiert Ihr Euch so für meinen Vater?«, fragte Sasboud.

Dirck wollte ihm nicht zu viel erzählen und sagte nur, dass er das Werk von Erasmus bewundere. Damit schien sich der Graveur zufrieden zu geben. Er schob Dirck einen wackligen Stuhl hin und ging dann die Treppe zum oberen Stockwerk hinauf. Dirck hörte über seinem Kopf Gepolter und Geschiebe, und kurz darauf kam Sasboud mit einer kleinen Kiste zurück, die er auf die verschlissene Tischplatte stellte.

»Das, Meister Crabeth, ist alles, was mein Vater mir hinterlassen hat«, sagte Sasboud. Er öffnete die Kiste, aus der ein muffiger Geruch emporstieg. Dann nahm er ein paar Papiere heraus.

»Wertloses Zeug«, sagte er und schaute Dirck an. »Mein Vater war nicht reich und auch nicht besonders sparsam. Was er hatte, gab er aus ... und auch, was er nicht hatte. Er hat mir nichts als Schulden hinterlassen, der alte Narr.«

Er warf die Papiere wieder in die Kiste. Dirck stand auf.

»Darf ich einmal hineinschauen?«, fragte er.

Sasboud nickte zustimmend.

»Aber Ihr dürft nicht erwarten, dass ihr einen verlorenen Schatz darin findet«, sagte er verächtlich. »Mein Vater hatte nur ein bescheidenes Talent. Und selbst davon habe ich nur einen kleinen Teil geerbt.«

In der Kiste befanden sich zahlreiche Skizzen. Dirck holte einige heraus und betrachtete sie. Sie waren in der Tat nicht sehr bemerkenswert. Aber sie bewiesen Sachverstand und gute technische Kenntnisse, und Dirck begriff, warum Erasmus bei diesem Mann Unterricht genommen hatte.

»Er hat seine Probezeit nie beendet«, berichtete Sasboud. Dirck sah ihn verständnislos an.

»Das Kloster«, erläuterte der Graveur. »Mein Vater fand es schrecklich dort. Er war nur deswegen hingegangen, weil seine Eltern sich das wünschten – er wäre lieber selbst bei einem Maler in die Lehre gegangen. Und weil er das Kloster verlassen hat, konnte er nicht mehr nach Hause. Er ist hierher gekommen, nach Rotterdam. Er hatte gehofft, sich hier als Maler durchschlagen zu können, aber niemand war an seinem Gestümper interessiert. Graveure, die wurden gesucht. Die Drucker brauchen immer Graveure, die Illustrationen für sie anfertigen. Darum wurde er Graveur – und ich auch.«

Dirck stöberte weiter in der Kiste, während Sasboud erzählte. Er betrachtete die Zeichnungen, die Skizzen, die Entwürfe. Und dann fand er einen Brief.

Sasboud sah ihn an.

»Ihr wolltet doch etwas über Erasmus erfahren? Das ist ein Brief von ihm, den er an meinen Vater geschrieben hat. Lest ihn nur.«

Voller Ehrfurcht, aber auch voller Unglauben blickte Dirck auf das Papier in seinen Händen.

Weiß dieser Mann nicht, dass ein Brief von Erasmus wertvoll ist? Dass viele seiner Briefe schon veröffentlicht wurden? Warum bringt er ihn nicht zu einem Drucker?

Das alte Papier knisterte, als Dirck den Brief entfaltete. Die Handschrift war energisch und klar, wie es einem jungen Mann entsprach. Der Brief war in lateinischer Sprache geschrieben und auf das Jahr 1488 datiert. Erasmus hatte ihn im Kloster zu Steyn geschrieben, in freundschaftlichem, ungezwungenem Stil. Und gleich oben stand etwas, das Dircks Aufmerksamkeit erregte.

»*Der Bote sagte mir, dass du dringend nach Blumen verlangt hast*«, las Dirck, »*aber ich weiß nicht, was für Blumen du meinst. Du weißt doch selbst, dass jetzt noch keine Zeit ist für Blumen; die gedeihen besser im Frühjahr als im kalten Winter! Im Ernst, ich begreife nicht, was du meinst. Oder geht es um das Büchlein, in das ich dir ein paar Blumen gemalt habe, als wir zusammen waren, und das, ich weiß nicht, wie, vor Kurzem wieder bei mir aufgetaucht ist?*«

Dirck sah Sasboud an.

»Das Büchlein, von dem er schreibt – wisst Ihr etwas darüber?«

Sasboud nahm Dirck den Brief aus der Hand.

»Ich habe das seit Jahren nicht mehr angeschaut«, murmelte er, während er las. »Mal sehen ... ah ja, das Büchlein. Ja, davon hat mein Vater manchmal erzählt. Und von dem Streit.«

»Streit?«, fragte Dirck. Sasboud gab ihm den Brief zurück.

»Lest nur weiter.«

Dirck suchte die Stelle, wo er aufgehört hatte, und las weiter:

»*Es ist mir unangenehm, dass ich dir das sagen muss, aber du hast mich beinah in Schwierigkeiten gebracht durch die Sorglosigkeit, wie du mit dieser Sache umgegangen bist. Hendrik, der es mir gebracht hat, sagte mir, du hättest ihm versichert, dass ich dir das Büchlein damals verkauft hätte. Du weißt doch selbst, dass das nicht stimmt! Ich habe es natürlich heftig bestritten und konnte ihn schließlich davon überzeugen, dass deine Behauptung nicht der Wahrheit entsprach.*«

»Was war denn geschehen?«, fragte Dirck.

Sasboud grinste. »Versteht mich recht, Meister Crabeth: Mein Vater und Erasmus waren damals dicke Freunde. Aber sie haben *einmal* Streit gehabt, und dabei ging es um dieses Büchlein. Erasmus war dadurch in Schwierigkeiten gekommen, weil man ihn verdächtigte, er hätte es an meinen Vater verkauft.«

»Und Privatbesitz ist im Orden der Regulare verboten«, überlegte Dirck.

»Genau«, erwiderte Sasboud. »Mein Vater hat nie beabsichtigt, Erasmus damit in Schwierigkeiten zu bringen. Er hatte es einem anderen Bruder im Vertrauen erzählt, als er seine Sachen packte, um das Kloster zu verlassen.«

»Aber *hatte* Erasmus ihm das Büchlein verkauft?«, fragte Dirck.

Sasboud zuckte die Schultern. »Ich war nicht dabei, Meister Crabeth. Ich kann es Euch nicht sagen.«

Er blickte fragend auf den Brief, den Dirck immer noch festhielt. Dirck gab ihn zurück; er begriff, dass Sasboud das Gespräch beenden wollte.

»Wisst Ihr, was in dem Büchlein stand? Und wo es jetzt ist?«

Sasboud schüttelte den Kopf. »Mein Vater meinte, es seien Skizzen zu Geschichten aus dem Neuen Testament. Ich habe es nie gesehen und weiß auch nicht, wo es ist. Wahrscheinlich ist es einfach verschwunden.«

Dirck nickte.

Skizzen zu Geschichten aus dem Neuen Testament … Das ist ohne Zweifel das Büchlein, von dem Lethmaet gesprochen hat.

Seine Aufregung wurde durch seine Enttäuschung gedämpft. Sasboud hatte das Büchlein nicht. Dirck war letztlich doch umsonst nach Rotterdam gekommen.

Siehst du, es ist schon lange verschwunden! Du hast dich von der Hoffnung eines alten Mannes anstecken lassen.

Er blickte auf den Brief, den Sasboud nun behutsam zusammenfaltete.

Wenn Lethmaet den lesen könnte …

»Könnte ich den Brief bekommen?«

Sasboud wurde misstrauisch. »Warum?«

»Weil ich jemanden kenne, der ihn bestimmt gern sehen würde«, antwortete Dirck ehrlich.

»Wen?«

»Das kann ich nicht sagen«, erwiderte Dirck. »Aber ich kann Euch versichern, dass es ein ehrenhafter, vertrauenswürdiger Mann ist. Dieser Brief würde ihm sehr viel bedeuten.«

»Das ist ein Brief von Erasmus!«

Sasboud war sich offensichtlich doch darüber im Klaren, dass das Dokument, das er in Händen hielt, einigen Wert besaß. »Den gebe ich nicht einfach so her!«

»Das verstehe ich«, sagte Dirck. »Und wie ist es mit einer Abschrift? Ihr seid Graveur, Ihr habt bestimmt Papier und Schreibzeug im Haus. Es würde nicht lange dauern.«

Nach einigem Nachdenken gab Sasboud widerstrebend nach. Er schlurfte in sein Atelier hinter dem Haus und kam mit grobem, billigem Papier, einer Gänsefeder und einem Tintenfass zurück.

»Aber schnell«, sagte der Graveur, der nun wieder in seine mürrische Art verfallen war. »Ich habe noch Arbeit heute.«

Er bot Dirck einen Platz am Tisch an, und Dirck schrieb den Brief unter Sasbouds wachsamem Blick in aller Eile ab.

10

Es war gut, dass Dirck – wie Lethmaet bemerkt hatte – über die nötigen Gesellen und Lehrlinge verfügte, denn die Arbeit an den elf Passionsfenstern für das Kloster der Regulare musste weitergehen. Gerrit, Jan und Adrian waren noch jung, und vor allem Gerrit musste noch viel lernen. Aber es gab genügend Aufgaben, die die Lehrlinge in eigener Verantwortung durchführen konnten. Für die Arbeiten, die mehr Erfahrung erforderten, hatte er Jakob und Willem. Und wenn es nötig war, konnte er die Werkstattleitung problemlos Govert anvertrauen, seinem ältesten Gesellen, der nun schon mehr als zwölf Jahre für ihn arbeitete.

Dirck hatte Lethmaet geschrieben und ihm von seinem vergeblichen Besuch bei Sasboud berichtet. Er hatte eine Kopie des Briefes von Erasmus mitgeschickt und ziemlich wütend die Passage unterstrichen, in der stand, dass das Buch zu Erasmus zurückgebracht worden war. Lethmaet hatte ihn umsonst nach Rotterdam geschickt.

Heute Morgen war ein Bote mit Lethmaets Antwort gekommen. Der Inquisitor entschuldigte sich demütig für sein schlechtes Gedächtnis.

»*Vergebt mir altem Mann!*«, schrieb er. »*Ich kann meiner Erinnerung offenbar nicht mehr vertrauen. Denn selbst jetzt, da ich Euren Brief gelesen habe, erinnere ich mich nicht daran, dass Erasmus dies jemals erzählt hat …«*

Er bat Dirck inständig darum, weiterzusuchen, wo auch immer. Aber Dirck hatte das Gefühl, in eine Sackgasse geraten zu sein. Dieses Büchlein war unauffindbar, verschwunden, einfach weg!

Dennoch konnte er nicht loslassen. Es hatte sich so großartig angehört: eine Ikonografie von Erasmus, dem berühmten Denker aus Rotterdam, der auf so vielfältige Weise mit Gouda verbunden war. Es war genau das, was die neue St. Janskirche brauchte. Wenn der Stadtrat sich nicht für einen einfacheren Bauplan der Kirche gewinnen ließ, dann würden die Fenster von Erasmus den Besuchern doch zumindest noch *etwas* geben, worüber sie nachdenken konnten …

Lethmaet hatte mittlerweile auch an den Stadtrat geschrieben und mitgeteilt, dass er über eine Anzahl Fenster mit Aposteldarstellungen verfüge, die in Utrecht im Besitz der Kirche aufbewahrt würden. Er könne nicht dafür einstehen, in welchem Zustand sich die Fenster befänden, aber er wolle sie nach Gouda schicken. An Dirck schrieb er einen persönlicheren Brief, in dem er erklärte, dass diese Fenster sicher ein Bestandteil der neuen Ikonografie werden könnten. Als Gestalten aus dem Neuen Testament würden sie gut zu einer Bilderreihe über das Leben Jesu passen.

Dirck beharrte immer noch auf seiner Meinung, wenn während der Bauversammlungen über die neue Ikonografie gesprochen wurde, auch wenn 't Sanctius den Stadtrat vorläufig auf seiner Seite zu haben schien. Und Dirck bekam die Folgen zu spüren: Der Klatsch nahm zu, und seine Aufträge gingen zurück. Freunde wurden plötzlich misstrauisch, und Bekannte schüttelten den Kopf.

Aber die Sache hatte auch eine Kehrseite: Ab und zu, an verschwiegenen Orten und in unerwarteten Augenblicken wagten manche Bürger Goudas, Dirck zuzuflüstern, dass sie auf seiner Seite stünden. So wie Bartho, der Bleigießer, es ihm im Rathaussaal gesagt hatte: Nicht jeder stimmte mit 't Sanctius überein. Es waren meist einfache Menschen, die ihm das sagten: Handwerker, Tagelöhner, Knechte und Kleinhändler. Die meisten von ihnen konnten weder lesen noch schreiben, aber sie fragten mit größerem Ernst nach dem Wort Gottes als manch einer der privilegierten Ratsherren, mit denen Dirck sich herumschlagen musste. Er begriff immer mehr, wie recht Lethmaet hatte: Diese einfachen Menschen waren machtlos und verwundbar.

»Dirck?«

Er blickte zerstreut von dem Entwurf hoch, an dem er arbeitete. Jutgen stand neben dem Zeichenbrett und hielt ein zusammengefaltetes Stück Papier in der Hand.

»Das habe ich gerade gefunden ... Ich glaube, es ist unter der Tür durchgeschoben worden.«

Sie reichte ihm das Papier. Dirck faltete es auf und erstarrte vor Schreck. Auf dem Bogen stand mit großen, blutroten Buchstaben:

NON MISERIBERIS EIUS SED
ANIMAM PRO ANIMA
OCULUM PRO OCULO
DENTEM PRO DENTE
MANUM PRO MANU
PEDEM PRO PEDE EXIGES
Mea est ultio et ego retribuam in tempore.
Gouda MDLII Anno

Dirck begriff mit einem Blick, was das war. Jutgen schaute ihn fragend an.

»Ist es etwas Wichtiges?«

»Nein«, sagte Dirck und versuchte seinen Schreck vor ihr zu verbergen. Jutgen zog die Augenbrauen hoch.

»Du guckst, als hättest du eine Todesnachricht erhalten. Was steht darin?«

Dirck schluckte. Er wollte sie nicht beunruhigen. Nachdem er aus Utrecht zurückgekommen war, hatte er ihr alles erzählt; ihm war nichts anderes übrig geblieben. Ganz Gouda klatschte inzwischen über ihn, und er wollte nicht, dass sie auf der Straße davon erfuhr. Jutgen hatte gesagt, dass sie ihm Recht gab, dass sie sogar stolz darauf war, dass ein Mann wie Professor Lethmaet sein Vertrauen in Dirck setzte.

Dirck brachte es jetzt nichts übers Herz, ihr zu verraten, was wirklich in diesem Brief stand. Es hätte sie sehr beunruhigt.

»Wieder ein Kunde, der absagt ...«, seufzte er und faltete das Papier zusammen. »Wenn das so weitergeht, essen wir bald nur noch trockenes Brot.«

Sie legte ihm die Hand auf die Schulter, und er küsste ihre Finger, zu besorgt, um sich wegen seiner Lüge schuldig zu fühlen. Als sie weg war, faltete er den Zettel wieder auseinander.

Dein Auge soll ihn nicht schonen: Leben um Leben, Auge um Auge, Zahn um Zahn, Hand um Hand, Fuß um Fuß. Die Rache ist mein, ich will vergelten.

Gouda, im Jahr 1552 ...

Wer sollte ihm einen Drohbrief schicken? Er fragte sich nicht, warum; das schien angesichts all der Klatschgeschichten, die in Gouda über ihn kursierten, auf der Hand zu liegen. Aber wer hasste ihn so sehr, dass er es nötig fand, ihm zu drohen?

Es geht nicht um Hass. Das ist nichts als Manipulation ... Sie wollen dir Angst machen, Dirck, mehr ist es nicht. Sie wollen dich zum Schweigen bringen.

Er sprach sich selbst Mut zu, um seine Angst zu bezwingen,

aber jedes Mal, wenn er den Brief las, zitterten seine Hände, und seine Kehle war wie zugeschnürt.

Ich muss herausfinden, wer mir das geschickt hat ... Dafür brauche ich die Hilfe von jemandem, dem ich vertrauen kann und der sich mit Handschriften auskennt und Lateinisch kann ... aber wer könnte das sein?

Er dachte an Pastor 't Sanctius.

Kann er mir das geschickt haben?

Dirck verwarf diesen Gedanken gleich wieder. Der Pfarrer kämpfte fanatisch für Rom und gebrauchte dabei vielleicht nicht immer faire Mittel, aber er kämpfte zumindest in aller Öffentlichkeit. Dirck konnte sich nicht vorstellen, dass 't Sanctius sich zu solchen Methoden herablassen würde.

Aber soll ich ihm diesen Brief zeigen? 't Sanctius ist furchtbar zornig auf mich, nach all dem, was ich gesagt habe. Außerdem steht er voll und ganz auf der Seite des Stadtrates. Wie vertrauenswürdig sind diese Herren?

Er dachte an den netten und intelligenten Prior Maes. Sollte er es wagen, sich damit an ihn zu wenden?

Bleibt mir denn etwas anderes übrig?

»Ich muss mal kurz in die Stadt«, sagte er zu seinen Knechten.

11

CORNELIS SAH DEN Mann vor der Tür des Priors stehen. Das Morgenlob war gerade vorüber und Cornelis war auf dem Weg zur Bibliothek.

»Sucht Ihr Prior Maes?«, fragte er.

Der Mann nickte. »Ich würde gern etwas mit ihm besprechen«, sagte er, während er sich nervös am Bart zupfte.

»Prior Maes ist nicht da«, sagte Cornelis. »Er ist beim Bischof in Utrecht und kommt erst nächste Woche wieder zurück. Mein Name ist Bruder Cornelis. Kann ich Euch vielleicht behilflich sein?«

Cornelis sah den Mann noch einmal genau an.

Das ist doch Meister Crabeth, der Glasmaler, der für unsere Kapelle arbeitet!

Crabeth zog die Augenbrauen hoch. »Das ist ja ärgerlich«, sagte er. Er sah blass aus, fand Cornelis.

Er wiederholte sein Angebot. »Kann *ich* Euch irgendwie zu Diensten sein?«

Er sah jetzt erst, dass der Glasmaler ein Stück Papier in der Hand hielt, mit dem er nervös herumfuchtelte.

»Ich weiß nicht ...«, zögerte Crabeth. Er tat Cornelis leid.

»Was es auch ist, Meister Crabeth«, sagte er leise, »ich möchte gern versuchen, Euch zu helfen.«

Der Glasmaler sah Cornelis nachdenklich an. Konnte er ihm vertrauen? Er seufzte tief.

»Ich habe heute einen merkwürdigen Brief erhalten. Er ist auf Lateinisch geschrieben.« Crabeth hob kurz das Papier, das er in der Hand hielt.

»Und den möchtet Ihr gern übersetzt bekommen?«, fragte Cornelis. Aber Crabeth schüttelte den Kopf.

»Ich weiß, was darinsteht.«

Cornelis beschloss, dieses Gespräch nicht auf dem Gang weiterzuführen, wo jeder sie hören konnte. Es ging offensichtlich um etwas Ernstes.

»Folgt mir, dann können wir in Ruhe reden.«

Er führte den Glasmaler in die Bibliothek und bot ihm dort einen Stuhl an einem Lesetisch an.

»Erzählt mir von eurem merkwürdigen Brief, Meister Crabeth.« Cornelis nahm ihm gegenüber Platz. »Ihr seht aus, als hätte der Inhalt Euch sehr erschreckt.«

»Wisst Ihr, was ich während der Bauversammlungen für die neue St. Janskirche gesagt habe?«, fragte Crabeth.

Cornelis lächelte. »Ich fürchte nicht, Meister Crabeth. Ich halte mich meist innerhalb dieser Mauern auf und kümmere mich wenig um die Außenwelt. Was habt Ihr denn gesagt?«

»Ich bin ehrlich gewesen, das ist alles. Ich habe mein Gewissen sprechen lassen. Was ist ein Mann wert, wenn er nicht auf sein Gewissen hört?«

Cornelis nickte ernst. Er wusste wie kein anderer, was Dirck meinte. Sein Vater schrieb ihm immer noch nicht zurück, obwohl Cornelis ihn angefleht hatte, ihm zu vergeben. Er litt jeden Tag aufs Neue darunter. Aber er bereute seinen Eintritt ins Kloster nicht.

»'t Sanctius will wieder dieselbe Ikonografie für die neuen Fenster«, fuhr Crabeth fort. »Dieselben Heiligenbilder. Als würde sich in Gottes weiter Welt nie etwas ändern!« Der Glasmaler begann sich in Rage zu reden. Cornelis hörte ihm geduldig zu. »Bilder von Geschichten aus dem Alten und Neuen Testament, die würden die Menschen erreichen! Sie würden sie inspirieren und ihnen helfen, Gottes Wesen und sein Handeln zu verstehen! Aber 't Sanctius will nichts davon wissen, und was 't Sanctius will, will auch der Stadtrat. Inzwischen spricht ganz Gouda schlecht von mir, und ich bekomme *das*!«

Er schob Cornelis das Papier zu. Der Bruder hatte den kurzen Brief schnell gelesen.

»Habt Ihr eine Ahnung, wer Euch bedroht?«, fragte er.

»Nein«, sagte Crabeth. »Darum bin ich hierhergekommen: Vielleicht hätte Prior Maes etwas entdeckt, was mir entgangen ist, etwas, woraus sich schließen lässt, wer das geschrieben hat …«

Cornelis sah sich den Brief noch einmal an.

»Ich kann Euch auf jeden Fall sagen, dass es ganz gewöhnliches, billiges Papier ist. Es hat kein Wasserzeichen und kann daher überall gekauft sein. Die Tinte sieht aus, als sei sie selbst gemacht, und rote Tinte ist leicht herzustellen. Was die Handschrift betrifft: Der Schreiber hat absichtlich den Schreibstil verändert, damit man seine Handschrift nicht erkennt. Dumm ist derjenige also nicht, auch wenn sein Latein nicht perfekt ist. Statt *miseriberis* müsste es eigentlich *misereberis* heißen …«

»Könnte er hier geschrieben worden sein?«

Nun grinste Cornelis breit. »Habt Ihr hier auch schon Feinde, Meister Crabeth? Nein, das kommt nicht von hier. Wir benutzen teureres Papier, seht Euch den Stapel an, der auf dem Tisch liegt. Aber was ich viel interessanter finde, ist die Auswahl des Textes.«

»Warum?«

»Das steht im 5. Buch Mose, Kapitel 19, Vers 21. Derjenige, der den Brief geschrieben hat, hat bestimmt keine Ahnung von Theologie. Denn dieser Text wird regelmäßig falsch interpretiert, so wie Euer Briefschreiber das auch getan hat. Es ist kein Text, der von den Regeln der Rache spricht. Im Gegenteil, es geht gerade darum, die Rache zu verbieten, wenn der Gerechtigkeit Genüge getan wurde. Ständige Vergeltungsmaßnahmen wie die *Vendette* in Italien zu verhindern. In dem Vers vor dem bewussten Text steht: … *damit du das Böse aus deiner Mitte wegtust, auf dass die anderen aufhorchen, sich fürchten und hinfort nicht mehr solche bösen Dinge tun in deiner Mitte.* Versteht Ihr?«

Crabeth nickte.

»Der Briefschreiber ist also kein Geistlicher, sonst hätte er das gewusst«, schloss Cornelis. »Ihr müsst ihn unter den Laien suchen.« Er gab Crabeth den Brief zurück. »Das ändert jedoch nichts daran«, fuhr Cornelis fort, »dass Euch jemand Angst machen will. Ich an Eurer Stelle würde damit zum Schultheiß gehen.«

Crabeth schüttelte den Kopf. »Ich würde am liebsten mit niemandem mehr darüber sprechen.«

Er stand auf. »Ich danke Euch für Eure Zeit, Bruder Cornelis. Ich wäre Euch dankbar, wenn auch Ihr mit niemandem darüber sprechen würdet.«

Wieder nickte Cornelis ernst. »Selbstverständlich, Meister Crabeth. Macht Euch keine Sorgen – Priester können schweigen.«

Crabeth schaute sich um und betrachtete die vielen Bücher.

»Ich habe gehört, dass Ihr in Eurer Bibliothek auch zahlreiche Werke von Erasmus habt«, sagte er.

Cornelis nickte. »Dem versuche ich im Moment dadurch Rechnung zu tragen, dass ich die Bibliothek einmal gründlich ordne«, sagte er lächelnd. Dann finden wir vielleicht noch das eine oder andere wieder.«

Zum zweiten Mal sah Cornelis, dass Crabeth zögerte. Und dann fragte der Maler: »Habt Ihr hier zufällig ein Büchlein mit Skizzen von Erasmus?«

»Skizzen?« Darüber brauchte Cornelis nicht nachzudenken. »Von Erasmus? Nein, von so etwas habe ich noch nicht einmal gehört. So etwas besitzen wir auf keinen Fall.«

Crabeth nickte dem Bruder beruhigend zu.

»Ich hatte es auch nicht erwartet«, sagte er, während er schon zur Tür ging.

»Darf ich fragen, was das für ein Büchlein ist?«, erkundigte sich Cornelis neugierig.

Der Glasmaler schwieg.

»Ich suche nämlich auch etwas, das mit Erasmus zu tun hat«, sagte Cornelis. »Es ist eine merkwürdige Geschichte …«

Crabeth schaute ihn überrascht an. »Was sucht Ihr denn?«

»Das ist ja das Seltsame – ich weiß es nicht«, sagte Cornelis. »Das hört sich bestimmt unsinnig an, bitte entschuldigt. Ich will es Euch erklären. Ich habe mich in diesem Kloster um einen Bruder gekümmert, der schon sehr alt war und der Erasmus gut gekannt hat. Vor Kurzem ist er gestorben, und ich war bei ihm, als er starb. Vor seinem Tod sagte er einige äußerst seltsame Dinge. Er phantasierte, müsst Ihr wissen. Es ist natürlich möglich, dass das alles keine Bedeutung hatte. Diese Möglichkeit habe ich durchaus in Betracht gezogen. Aber ich habe inzwischen genügend Hinweise gefunden, um zu vermuten, dass Theobald, so hieß der Bruder, wirklich versucht hat, etwas zu erzählen.«

»Und was hat er Eurer Ansicht nach zu erzählen versucht?« Der Glasmaler strich sich aufgeregt über den Bart.

Nun war Cornelis derjenige, der einen Moment zögerte.

»Es ist der Schluss, den ich selbst aus einer Handvoll vager Informationen gezogen habe, Meister Crabeth. *Sehr* vager Informationen, die auch nicht unbedingt etwas miteinander zu tun haben müssen. Ich würde es Euch nicht erzählen, wenn Ihr nicht eben nach Erasmus gefragt hättet. Denn ich habe die Vermutung, dass es irgendwo ein Werk von Erasmus gibt, das gut versteckt ist und das nur wenige jemals gesehen haben.«

Er sah, wie der Glasmaler blass wurde und die Hände vor den Mund schlug.

»Fühlt Ihr Euch unwohl?«, fragte Cornelis besorgt.

Crabeth schüttelte den Kopf. In seinen Augen spiegelte sich Unglaube.

»Sagtet Ihr ... Spracht Ihr von einem unbekannten Werk von Erasmus?« Er hielt immer noch die Hände vor den Mund.

Cornelis nickte. »Aber, Meister Crabeth, Ihr solltet Euch besser wieder setzen, scheint mir.«

Er bot dem Maler erneut einen Stuhl an.

»Ich habe Euch vorhin nach einem Büchlein gefragt, das ich suche. Ich suche es im Auftrag eines anderen«, erläuterte Crabeth. »Jemand, dessen Namen ich nicht nennen möchte.

Er hat mich gebeten, die Sache so gut wie möglich geheim zu halten. Ich verlange von Euch daher äußerste Diskretion. Ihr sagtet ja, dass Ihr schweigen könnt. Sagt niemandem etwas von dem, was ich Euch jetzt erzählen werde.«

Er sah Bruder Cornelis streng an. Cornelis nickte atemlos.

»Der Titel des Buches, das ich suche«, begann Crabeth, »lautet *Corpus Vitrearum.*«

12

»Verflucht noch mal! Kannst du denn nicht *einmal* aufpassen!«

Mit rotem Kopf stand Dirck vor Mette, der Magd. Zwischen ihnen lag eine zerbrochene Tonschale. Und Dirck war mit seiner Geduld definitiv am Ende. Mit donnernder Stimme hielt er ihr vor, dass auf diese Weise noch das ganze Geschirr in der Jauchegrube verschwinden würde. Es war nicht das erste Mal, dass ihr etwas kaputtgegangen war.

Die Magd stammelte eine schwache Entschuldigung, kam aber nicht gegen Dircks Zornausbruch an. Erst als Jutgen hereinkam und ihm die Hand auf den Arm legte, beruhigte er sich ein bisschen.

»Dirck, lieber Mann«, sagte Jutgen, »willst du es nicht mir überlassen, mich um den Haushalt zu kümmern?«

Dirck sah sie nicht an, sondern hielt seine zornigen Augen auf Mette gerichtet.

Jutgen sah die Scherben am Boden liegen. »Mette, ich hoffe für dich, dass dies das letzte Mal ist. Und damit du es lernst, ziehe ich es dir diesmal vom Lohn ab. Meinst du, das wird helfen?«

Die Magd warf Jutgen einen bösen Blick zu.

»Ich werde den Besen holen«, sagte sie hasserfüllt, »und die Scherben *ordentlich* wegkehren.«

»Es wäre mir lieber, wenn du uns allein lässt, Mette«, sagte Jutgen. »Aber ich möchte gern gleich noch unter vier Augen mit dir sprechen. Bleib darum im Haus. Bis gleich dann, du kannst jetzt hinausgehen.«

Mette zog die Nase hoch und zog geräuschvoll die Tür hinter sich zu.

»Diese Magd verlässt heute noch unser Haus«, grollte Dirck. »Ich lasse bestimmt nicht zu, dass sie in diesem Ton mit dir spricht.«

»Diese Magd ist mir im Moment ganz gleichgültig«, sagte Jutgen. »Ich hatte sowieso schon vor, sie zu entlassen. Aber ich mache mir Sorgen um dich, Dirck. Du bist schon seit Tagen ungenießbar. Wenn ich es nicht besser wüsste, würde ich denken, dass dir irgendetwas Kummer macht.«

Nach all den Jahren, die sie bereits zusammen waren, vergaß Dirck immer noch, dass er für Jutgen ein offenes Buch war. Es hatte keinen Sinn, ihr etwas zu verschweigen. Und Sorgen vor ihr geheim zu halten war gänzlich unmöglich.

Er seufzte und setzte sich hin.

»Erinnerst du dich noch daran, dass du mir vorige Woche einen Brief gebracht hast?«

Jutgen dachte nach. »Meinst du den Brief, der unter der Tür durchgeschoben war? Von dem einen Kunden, der abgesagt hat?«

Die Erinnerung an seine Lüge ließ ihn erröten.

»Ja, den.«

Er suchte zwischen seinen Kleidern, zog das Papier hervor und gab es Jutgen. Sie schaute es an und schüttelte den Kopf.

»Ich verstehe kein Wort. Was steht da?«

»Es ist ein Drohbrief. *Auge um Auge, Zahn um Zahn,* das steht da. Und noch mehr von dieser Angstmacherei.«

»Soll das ein Scherz sein?« Sie sah ihn ungläubig an. »Vielleicht ist er falsch zugestellt worden?«

»Drohbriefe werden nicht falsch zugestellt.«

»Ist es wegen dem, was du gesagt hast?« Jutgens Blick wurde plötzlich eine Nuance besorgter. »Wer schickt so etwas?«

»Das wüsste ich auch gern.«

Während Jutgen neben ihm Platz nahm, erzählte er ihr von dem langen Gespräch, das er mit Bruder Cornelis geführt hatte.

Cornelis hatte Dirck von dem sterbenden Bruder Theobald und seinen rätselhaften letzten Worten erzählt. Dirck hatte ihm seinerseits die Abschrift des Briefes von Erasmus gezeigt. Cornelis war vor Begeisterung ganz außer sich gewesen.

»Dieses Büchlein kann nicht weit weg sein!«, hatte er gerufen, nachdem er den Brief gelesen hatte. »Erasmus schreibt, dass er es zurückbekommen hat; aber Ihr sagt, er hätte Lethmaet erzählt, dass er es nicht mehr besäße. Und der alte Theobald versicherte mir ... nun ja, er versicherte Sasboud, dass er das Büchlein versteckt hätte. Bruder Theobald hat sein ganzes Leben in diesem Orden verbracht, und fast die ganze Zeit über hat er hier zwischen den Büchern gesessen. Wo kann er es sonst versteckt haben als hier in der Bibliothek?«

Dirck hatte eingewandt, der alte Theobald hätte nach Cornelis' eigenen Worten gesagt, das Büchlein sei bei einem gewissen Andreas. Cornelis hatte daraufhin geseufzt und gesagt, er würde etwas darum geben, wenn er wüsste, wer dieser geheimnisvolle Andreas sei.

»Sein Plan ist, sich auf die Suche nach diesem Andreas zu begeben«, sagte Dirck nun zu Jutgen. »Und das wird keine einfache Sache werden. Er will die ganze Bibliothek durchforsten und alle Dokumente studieren, die sich mit der Geschichte des Klosters befassen. Er kann das besser machen als ich: Ich habe zu viel Arbeit mit meinen Fenstern. Und vor allem will ich mich nicht noch verdächtiger machen, als ich ohnehin schon bin. Ich werde jetzt schon schief genug angeguckt, und du auch.«

Jutgen ging nicht darauf ein, aber Dirck wusste, dass es ihr zu schaffen machte, wie viel in der Stadt über die Crabeths geklatscht wurde. Er überlegte, ob er Floris van Assendelft, dem Schultheißen, den Drohbrief zeigen sollte. Er könnte ihn um Rat fragen, was er tun sollte. Aber dann beschloss er, über die ganze Sache zu schweigen, um keine Aufmerksamkeit auf sich zu lenken. Der Drohbrief war doch pure Angstmacherei, redete er sich ein, und ließ ihn in einer Kiste in seinem Atelier verschwinden.

Einige Tage später ging Dirck zur nächsten Bauversammlung – auch wenn seine Füße schwer wie Blei waren, denn er war überzeugt, dass der Verfasser des Drohbriefes dort ebenfalls anwesend sein würde. Aber dann verlor während der Versammlung doch niemand ein Wort über Dirck und seine umstrittene Haltung.

Nachdem alle Platz genommen hatten, ging Reinier van Reijnegom zum Rednerpult. Er hielt einen Brief in der Hand, der auf dickem, teurem Pergament geschrieben war.

»Freunde«, sagte er, »unsere Gebete sind erhört worden! Ich habe hier ein Schreiben von Virgilius, dem Sekretär des Staatsrates. Er schreibt im Namen unseres geliebten Prinzen Philipp, der vor knapp drei Jahren seine Antrittsreise durch Holland gemacht hat. Während dieser Reise hat er Gouda leider nicht besucht, aber das bedeutet nicht, dass ihm das Schicksal unserer Stadt gleichgültig wäre! Nein, er hat von dem Brand der St. Janskirche gehört und seinem Sekretär mitgeteilt, dass es ihm eine Ehre wäre, uns mit Geldern für den Wiederaufbau behilflich zu sein.«

Dirck dachte an das, was Lethmaet ihm erzählt hatte. Es wunderte ihn nicht. Solch ein Verhalten war durchaus üblich.

Der Prinz sieht sich selbst gern als zweiten Salomo, als einen wahren Friedensfürsten. Ob er das auch ist, wird sich noch herausstellen.

Dirck hatte noch nie von einem König gehört, der das anstrebte – aber er kannte auch keinen König, der in seiner Jugend die Werke von Erasmus zu lesen bekommen hatte, so wie es bei Philipp geschehen war. Denn obwohl der Kaiser jede Form von Ketzerei heftig bekämpfte, hatte Erasmus dank seines diplomatischen Talents bei Hofe immer ein offenes Ohr gefunden und sogar einige Bücher für Kaiser Karl und dessen Sohn geschrieben.

Man kann nur hoffen, dass der Prinz sich den Inhalt dieser Bücher zu Herzen genommen hat ... Die Welt kann einen Salomo gut gebrauchen.

13

Im dämmerigen Abendlicht blickte Cornelis sich um. Zum zweiten Mal innerhalb kurzer Zeit war es ihm gelungen, die große Bibliothek in ein heilloses Chaos zu verwandeln. Leider hatte er diesmal nicht gefunden, was er suchte. Missmutig setzte er sich an den Lesetisch und dachte, dass es heute vermutlich spät werden würde. Denn bevor er zu Bett ging, musste er dieses Durcheinander wieder aufräumen.

Warum kann ich es nicht finden?

Prior Maes hatte ihm versichert, vor drei Jahren während des Brandes in Steyn sei alles aus der Bibliothek gerettet worden, weil die größte Aufmerksamkeit gerade der Buchsammlung gegolten habe. Die kostbaren Werke, die das Kloster besaß, durften nicht verloren gehen.

Warum ist es dann nicht da?

Ebenso hatte er nichts über diesen Andreas herausfinden können. Er wusste nicht einmal sicher, ob der Andreas aus dem Register wirklich derjenige war, von dem Theobald gesprochen hatte. Darum hatte er alle Register von 1480 bis 1510 überprüft. Er war noch auf einen weiteren Andreas gestoßen, aber der war dem Register zufolge im Jahr 1482 gestorben – sieben Jahre, bevor Theobald eingetreten war. Und so war Cornelis keinen Deut schlauer geworden.

Widerstrebend erhob er sich von seinem Stuhl und begann aufzuräumen, aber mit seinen Gedanken war er ganz woanders.

Wenn es beim Umzug nicht mitgekommen ist … vielleicht ist es dann doch verbrannt?

Er war noch nie an der Stelle gewesen, wo das Kloster zu Steyn gestanden hatte. Er könnte einmal einen Spaziergang dorthin machen.

Aber was ist dort noch zu sehen? Außerdem liegt dieser Brand schon drei Jahre zurück. Was damals noch stand, wird jetzt auch verschwunden sein …

Bruder Clemens steckte den Kopf durch die Tür.

»Prior Maes schickt mich, du sollst zu ihm kommen«, sagte er. Er blickte auf die Bücherstapel, die darauf warteten, zurückgestellt zu werden, und stieß einen leisen Pfiff aus. »Was ist denn hier passiert? Bist du hinter einer Ratte her gewesen?«

Cornelis grinste. »So was in der Art, ja. Ich habe sie leider nicht gefunden.«

Er wischte sich die staubigen Hände an der Kutte ab.

»Was will Prior Maes von mir? Beschwert er sich über das Durcheinander hier? Du kannst ihm ausrichten, dass ich alles wieder aufräume, wenn ich fertig bin.«

Bruder Clemens schüttelte den Kopf. »Ich weiß es nicht. Er hat nur gesagt, dass ich dich holen soll. Und wann kommst du mal wieder zum Essen?«

»Ich hole mir immer etwas in der Küche, ein Stück Brot oder so …«

»Brot?« Clemens lachte. »Gestern Abend stand im Refektorium gebratener Kapaun auf dem Tisch. Das scheint mir besser als Brot mit Staub. Aber beeil dich, du kannst Prior Maes nicht warten lassen.«

Cornelis gab nach und kletterte über ein paar schwankende Bücherstöße hinweg. Während er die Tür der Bibliothek hinter sich schloss, fragte er: »Weißt du vielleicht, wie ich zu dem alten Kloster in Steyn komme?«

Auch Maes machte sich Sorgen um Cornelis.

»Ich verstehe, dass du dich wohlfühlst inmitten all der Bücher«, sagte der freundliche Prior. »Aber vielleicht übertreibst du doch ein bisschen. Du isst schlecht, habe ich gehört, und nach den Ringen unter deinen Augen zu urteilen, bekommst du auch viel zu wenig Schlaf. Vielleicht sehe ich das etwas zu einfach – aber solltest du nicht mal ein bisschen frische Luft schnappen? Das würde dir sicher Appetit machen, und du könntest bei Tisch mal wieder ordentlich zugreifen.«

Cornelis schwieg. Er war erst einige Male im Studierzimmer des Priors gewesen und schaute sich interessiert um. Aber als er merkte, dass Maes auf eine Antwort wartete, sagte er schnell: »Ich, äh … ich hatte mir gerade vorgenommen, morgen einen großen Spaziergang zu machen. Ich dachte, ich könnte doch mal nach Steyn wandern. Ich habe noch nie gesehen, wo das alte Kloster stand.«

Nun lächelte der Prior zufrieden. »Das ist wirklich eine gute Idee! Es ist ein schöner Weg, und das Wetter ist auch gut …« Er bemerkte, wie Cornelis sich umschaute, und stand auf.

»Habe ich dir das schon mal gezeigt? Wie durch ein Wunder haben wir es aus dem Feuer retten können.«

Gefolgt von Cornelis, trat er zu einem hölzernen Medaillon, das an einem Ehrenplatz neben dem großen Kamin hing. Sie war Cornelis früher schon einmal aufgefallen: eine Reliefbüste von Erasmus, bunt bemalt auf schwarzem Hintergrund. Aber er hatte sie noch nie aus der Nähe gesehen. Neugierig betrachtete er das Medaillon, vor allem die Buchstaben, die rundherum auf der Einfassung geschrieben standen und die er nun zum ersten Mal lesen konnte.

»*Desiderius Erasmus, Goudae conceptus, Roterodami natus, a 1467, 28 die octob.*«, las er.

»Gezeugt in Gouda, geboren in Rotterdam …«, fragte Cornelis. »Warum steht das da?«

»Das wüssten wir auch gern!« Der Prior lachte. »Merkwürdig, nicht? Ich dachte, du würdest es sicher gern sehen, bei deinem Interesse für unseren Erasmus.«

Cornelis blickte noch einmal auf das Medaillon, verwundert über die ungewöhnliche Mitteilung. Es war bekannt, dass Erasmus' Eltern nicht verheiratet waren – sein Vater war ein Priester gewesen. Und Cornelis wusste, dass Erasmus sich sehr wegen seines *defectus natalis*, seiner unehelichen Geburt, geschämt hatte. Geert Gerritszoon, wie er eigentlich hieß, war ein Bastard, und zwar kein x-beliebiger: Er war der Sohn einer Arzttochter und eines Priesters, der in der Sünde verharrte – aus demselben Verhältnis war schon zuvor ein Sohn geboren. Papst Leo X. hatte Erasmus im Jahr 1517 Dispens verliehen, aber dennoch blieb es in den Augen des großen Denkers ein Schandfleck. Diese uneheliche Zeugung so offen auf der Einfassung eines Medaillons zu erwähnen, erschien Cornelis beinah unschicklich.

»Wer hat es gemacht?«, fragte er Prior Maes.

»Ein Bruder, dessen Name leider nicht mehr bekannt ist. Das Teil ist schon alt; es entstand noch vor Erasmus' Tod, auch wenn er damals schon längst nicht mehr bei den Regularen lebte. Desiderius hat es selbst gestiftet. Aber warum er das mit seiner Zeugung aufschreiben ließ ... Es ist uns ein Rätsel.«

Die Glocke des Refektoriums schallte durchs Gebäude. Cornelis sah auf, als er sie hörte.

»Dann werde ich jetzt zum Essen gehen, oder?«

Lachend begleitete der Prior ihn hinaus.

14

DIE WANDERUNG NACH Haastrecht war sehr angenehm, Cornelis genoss den Weg geradezu. Er gab Prior Maes in Gedanken Recht und nahm sich vor, öfter nach draußen zu gehen – auch wenn er wusste, dass daraus wahrscheinlich doch nichts werden würde. Er steckte seine Nase nun einmal am liebsten in die Bücher. Aber heute war er froh über die Entscheidung, zum Kloster von Steyn zu wandern. Es war herrliches, warmes Sommerwetter, und eine leichte Brise, die von der Ijssel her wehte, ließ seine schwarzweiße Kutte flattern.

Die Menschen, denen er unterwegs begegnete, waren freundlich und gut gelaunt. Das war Bruder Clemens zufolge auch schon anders gewesen: Früher, als die Brüder noch in Steyn lebten und regelmäßig über diesen Deich nach Gouda gingen, hatte die Jugend sich gern einen Spaß daraus gemacht, die arglosen Mönche zu erschrecken und dann in ihrer Verwirrung vom Deich zu schubsen. Cornelis hatte lauthals über die Geschichte gelacht. Aber nun, da er selbst hier entlangging, schaute er sich doch ein bisschen aufmerksamer um, als er das sonst getan hätte.

Es war nur eine knappe Wegstunde bis zu dem Ort, den Clemens ihm beschrieben hatte. Cornelis hatte von ihm auch gehört, dass das Land verkauft worden war. Auf dem Gelände sei neu gebaut worden.

Darüber hat man offenbar nicht viel Gras wachsen lassen!

Voller Bewunderung, aber auch enttäuscht, betrachtete er den stattlichen Bauernhof, der hier errichtet worden war.

Nun ist natürlich nichts mehr übrig von dem, was hier gestanden hat, und ich habe die Chance verpasst, hier etwas Bedeutsames zu finden.

Eine Frau mittleren Alters lief um das Gebäude herum. Sie sah Cornelis und kam auf ihn zu.

»Kann ich Euch helfen, Bruder?«, fragte sie freundlich.

Cornelis zeigte auf den Bauernhof. »Schön«, sagte er anerkennend.

»Ja, wir sind stolz darauf«, sagte die Frau. »Es ist gutes Grasland für das Vieh, und Steine gab es nach dem Feuer natürlich auch genug.« Sie blickte Cornelis an. »Seid Ihr irgendwohin unterwegs?«

Cornelis rieb sich unsicher unter der Nase. »Ja, ich war unterwegs zu, äh … zu Eurem Bauernhof.«

Die Bäuerin sah ihn erstaunt an und lachte verständnisvoll. »Ach ja, jetzt sehe ich es erst. Ihr tragt das schwarzweiße Habit der Regulare. Habt Ihr hier gelebt? Wart Ihr dabei, als das Kloster abbrannte?«

Cornelis schüttelte den Kopf. »Nein, ich bin erst seit einem Jahr im Orden. Aber ich habe viel von diesem Ort gehört, und darum habe ich beschlossen, mir selbst einmal ein Bild davon zu machen.«

»Viel gehört?«, lachte die Bäuerin. »Bestimmt darüber, wie froh die Brüder waren, als sie hier wegkonnten! Sie sind sofort in die Stadt gezogen, weg von diesem nassen Boden. Ja, und wir haben hier jetzt eine schöne Käserei. Unser Käse ist lecker, Bruder! Ich war gerade dabei, die Laibe umzudrehen.«

»Gab es noch einiges, das Ihr gebrauchen konntet, als Ihr

das Anwesen gekauft habt?«, fragte Cornelis. Er wollte verhindern, dass die Bäuerin sich zu ausführlich über ihren Käse ausließ.

»O ja, allerdings!«, bestätigte sie. »Steine brennen nicht, Bruder. Ihr könnt die Klostermauern in unserem Hof wiederfinden! Aber was für meinen Mann den Ausschlag gab, waren die Ställe und die Scheunen. Nur das Hauptgebäude selbst wurde in dem Brand zerstört; der Rest ist ziemlich unbeschädigt geblieben und ließ sich beinah sofort wieder benutzen. Das hat uns viel Zeit und Geld erspart. Wollt Ihr die Gebäude sehen?« Sie öffnete das Tor.

Eigentlich hatte Cornelis kein großes Interesse daran, aber die Bäuerin guckte, als würde sie darauf brennen, ihm den schönen Hof zu zeigen. Cornelis beschloss, ihr den Gefallen zu tun, und ging mit.

Es gab zwei Ställe und drei kleine Vorratsscheunen, an denen Cornelis nichts Besonderes auffiel. Bei einem der Ställe war ein Mann gerade dabei, einen starken Ochsen abzuschirren, der vor einem Karren stand.

»Anna!«, rief er der Frau zu. »Haben wir Besuch?«

»Der Bruder möchte den Hof gern sehen«, entgegnete die Bäuerin. »Oder jedenfalls das, was von dem alten Kloster noch übrig ist.«

»Tja«, sagte der Bauer und klopfte anerkennend auf die Stallmauer, »das ist alles, was noch da ist: unsere Ställe. Aber sie sind stabil gebaut. Die werden noch ein paar Jahre stehen bleiben!«

Cornelis betrachtete pflichtschuldig die verputzten Wände. Sie waren von schweren Eichenbalken durchzogen, die die Mauern in unregelmäßige, schiefe Flächen einteilten. Die Ställe wirkten dadurch in der Tat sehr stabil. Cornelis verstand, dass der Bauer froh darüber war, aber ihm selbst bedeutete es nicht viel.

»Bitte verzeiht mir, wo habe ich nur meine Manieren!«, rief der Bauer plötzlich. »Ihr habt doch gewiss Durst? Anna, hol schnell etwas zu trinken!«

Die Bäuerin lief zu dem großen Wohnhaus und der Bauer bot Cornelis Platz auf einer runden Bank an, die im Schatten einer großen Linde stand. Kurz darauf kam die Bäuerin mit einer Kanne Gerstensaft und zwei Bechern zurück. Sie stellte das Getränk bei den Männern ab und ging wieder ins Haus.

»Der große Erasmus hat hier noch gewohnt«, sagte der Bauer, nachdem er Cornelis eingeschenkt hatte. »Aber das wusstet Ihr wahrscheinlich schon.«

Cornelis nickte leicht, während er trank. Dann stellte er seufzend den leeren Krug ab.

»Habt Ihr hier noch irgendwelche Sachen gefunden, als Ihr zu bauen begannt?«, fragte er, während er sich den Mund abwischte.

»Was für Sachen meint Ihr?«, fragte der Bauer. »Wir haben nämlich wirklich alles Mögliche gefunden, das könnt Ihr Euch vorstellen.«

»Nun ja«, sagte Cornelis vorsichtig, »habt ihr vielleicht Bücher gefunden?«

»Bücher?« Der Bauer lachte. »Nein, Bruder, keine Bücher. Die haben die Regulare rechtzeitig in Sicherheit gebracht. Und falls doch etwas dageblieben ist: Bücher brennen ziemlich gut, nicht?« Er schenkte Cornelis noch etwas zu trinken ein. »Nein, wir fanden hauptsächlich Keramikgegenstände, die von der Hitze geborsten waren. Und Glasscherben von den Fenstern, die uns auch nichts nützten. Lasst mich überlegen … verzogenes Besteck, verschmorte Federn aus den Kissen und Deckbetten, solches Zeug eben. Wir haben hier viel aufräumen müssen.« Er zeigte auf einen großen Erdhaufen am Ende des Hofes. »Wir haben alles dort in die Grube geworfen und mit Erde zugedeckt. Dann setzt es sich mit der

Zeit von selbst, und irgendwann sieht man nichts mehr davon.«

Bedauernd blickte Cornelis zu dem Haufen hinüber.

Liegt dort zwischen all dem anderen Zeug vielleicht das »Corpus Vitrearum« und verrottet? Einfach vergraben, weil noch so viel zu tun war?

Er trank seinen Becher leer und erhob sich. Bleigraue Wolken begannen sich am Horizont aufzutürmen: Ein Unwetter zog herauf. Der Bauer sah es auch.

»Habt Dank für die Erfrischung«, sagte Cornelis. »Aber jetzt muss ich mich auf den Rückweg nach Gouda machen.«

Der Bauer begleitete ihn noch zum Tor. »Ich hoffe, dass Ihr es vor dem Gewitter schafft. Kommt doch wieder einmal vorbei!«

In der Ferne begann es schon leise zu donnern. Cornelis schüttelte ihm die Hand und machte sich eilig auf den Weg.

15

In den Wochen, die auf den Drohbrief folgten, merkte Dirck, dass seine Welt nicht einstürzte. Tag für Tag ging er seiner gewohnten Arbeit nach, ohne dass etwas Besonderes geschah. Allmählich verlor er seine Angst. Bestimmt hatte sich jemand nur einen schlechten Scherz erlaubt. Kein Grund zur Panik. Wie auch immer, er wollte nicht mehr darüber nachdenken.

Mit den Fenstern für die Regulare ging es gut voran. Das war auch wichtig, denn der Bau der neuen St. Janskirche machte sichtbare Fortschritte. Der Turm war als Erstes wieder errichtet worden und würde bald fertiggestellt sein. Aber auch das Querschiff begann schon Form anzunehmen. Die offenen Fensterfalze mussten provisorisch mit billigem grünem Glas verschlossen werden, da die Bauarbeiter in der Kirche sonst von der Zugluft weggeblasen worden wären und zu viel Regen ins Innere eingedrungen wäre. Es war eine riesige Aufgabe, die Dirck seinem ältesten Gesellen Govert übertragen hatte. Dieser arbeitete nun zusammen mit Adrian und Willem jeden Tag auf der Baustelle.

Die Glasfenster mit den Apostelbildnissen waren aus Utrecht gekommen. Lethmaet hatte einen Brief beigefügt, in dem er erklärte, dass drei Glasbilder fehlten, die er gern von Meister Crabeth ersetzt haben würde. »Weil ich seine Arbeit sehr bewundere«, hatte er geschrieben. Selbstverständlich hatte er mit keinem Wort erwähnt, dass sie miteinander in Verbindung standen.

Die Apostelbilder waren stark beschädigt, aber Dirck hatte versichert, dass er sie restaurieren könnte. Und er sah auch kein Problem darin, die drei fehlenden Fenster zu ersetzen.

Was macht es schon, dass ich weniger Aufträge bekomme? Die St. Janskirche nimmt all meine Zeit und Aufmerksamkeit in Anspruch, und dann sind da noch die Fenster für die Regulare …

Die Morgensonne strahlte durch die großen Atelierfenster, und die Reflexion des Sonnenlichts auf dem Papier ließ Dircks Augen tränen. Das Bild des Apostels Thomas war das erste, das er ersetzen wollte. Er hatte schon ein paar Skizzen gemacht, um die Einteilung des Glases zu bestimmten, aber ihm fehlte noch ein Modell für Thomas.

Ich könnte Govert das Fenster des Apostels Thaddäus machen lassen. Das kann er dann gleich als Werkstück für seine Meisterprüfung benutzen – denn inzwischen ist er auf jeden Fall so weit.

Er hörte Jutgens Stimme hinter der Zwischentür: »Einen Augenblick, Bruder, ich rufe ihn …«

Dirck legte seinen Graphitstift nieder.

»Ich komme schon, Jutgen!«, rief er ihr zu, damit sie nicht die Treppe zum Atelier hinaufsteigen musste. Im Flur stand Cornelis, der Dirck mit betretenem Blick begrüßte.

»Können wir irgendwo miteinander reden?«, fragte der Bruder.

Dirck nickte. »Wenn Ihr einen Augenblick wartet, hole ich schnell mein Zeichengerät. Ich kann ein bisschen frische Luft gebrauchen, es ist heiß oben im Atelier. Und ich suche noch einen Thomas.«

»Wie bitte?«, fragte Cornelis, aber Dirck sagte: »Ich erkläre es Euch gleich.«

Sie gingen durch die Lange Thiendestraat zur Thiendewegspforte*, während Dirck von den drei fehlenden Apostelbildnissen und dem Modell erzählte, das er für Thomas suchte.

»Es muss ein kräftiger Kerl sein, jemand mit einem anständigen Bart«, sagte er, während er sich umschaute. »Damit niemand je vergisst, dass wahrer Glaube nicht von dem abhängt, was wir gesehen haben.«

Cornelis grinste. »Und welches sind die beiden anderen Apostel?«, fragte er.

»Thaddeus ... und Andreas«, sagte Dirck. Er brauchte Cornelis nicht anzuschauen, um zu wissen, dass er erstaunt war – er war es selbst auch gewesen. »Es ist Zufall, ich weiß.«

»In der Tat ein sonderbarer Zufall«, nickte Cornelis, »wenn man bedenkt, dass ich gerade hergekommen bin, um Euch zu sagen, dass ich nichts über Andreas herausfinden konnte. Ich bin sogar zu dem alten Kloster gepilgert, aber da steht jetzt ein neuer Bauernhof. Freundliche Menschen, das

---

* Eines der alten Stadttore Goudas; Anm. d. Übers.

ja. Aber nichts, was uns irgendwie weiterhilft. Alles ist weg, verschwunden in einer riesigen Abfallgrube.«

»Abfallgrube?« Dirck klang entsetzt.

»Ich war zuerst auch erschrocken«, sagte Cornelis. »Aber die Chance, dass unser Büchlein dort liegt, ist sehr gering. Erstens hat Prior Maes mir versichert, dass alles, was sich in der Bibliothek befand, vor den Flammen gerettet wurde. Und zweitens sagte der Bauer, der nun dort wohnt, dass unter den Sachen, die noch im Kloster gefunden wurden, kein Buch war. Es ist also entweder verbrannt, oder es hat sich von Anfang an nicht im Kloster befunden. Aber wie dem auch sei: Ich bin mit meinem Latein am Ende.«

Sie verließen die Stadt und gingen an den Äckern und Gemüsegärten entlang, in denen nun im Sommer fleißig gearbeitet wurde.

»Habt Ihr alle Register durchsucht?«, fragte Dirck.

Cornelis nickte. »Es gab noch einen Andreas, aber der kann nichts damit zu tun haben. Dieser Andreas, der mit Erasmus im Kloster gelebt hat, bleibt ein Rätsel.«

Dirck sah zu einem der Männer hinüber, die auf den Äckern arbeiteten. »Was meint Ihr?«, fragte er seinen Begleiter. »Könnte das ein Thomas sein?«

»Hm«, entgegnete Cornelis nachdenklich. »Er ist ziemlich untersetzt, nicht wahr? Nicht gerade ein Asket, der seine letzten Tage auf einem Berg in Indien verbracht hat.«

»Das habe ich auch gedacht«, sagte Dirck. Sie gingen weiter.

»Ich könnte ihn mir auch nicht mit einer Lanze in der Hand vorstellen«, sagte Dirck. »Und ich hatte mir vorgenommen, ihm gerade dieses Attribut mitzugeben: die Lanze, mit der Thomas durchbohrt wurde. Daran wird ihn dann jeder erkennen. Für Andreas muss ich nur ein Schrägkreuz darstellen, das wird deutlich genug sein, nicht wahr?«

Cornelis packte Dircks Arm. »*Was* sagt Ihr da?«

»Eine Lanze für Thomas, ein Kreuz für Andreas, das ist doch klar!« Dirck sah ihn an. »Das müsstet Ihr doch wissen!«

Zu seiner Verwunderung begann Cornelis laut zu lachen. »Nicht zu glauben, was bin ich für ein Dummkopf!«, rief er. »Ich bin ja schon beinah darüber gestolpert ... Wirklich, ich hätte es wissen müssen.«

Dirck hatte nun gänzlich die Fassung verloren. »Wovon *redet* Ihr bloß?«, fragte er Cornelis.

»Davon, dass ich vielleicht weiß, wo das *Corpus* steckt«, erwiderte dieser und grinste von einem Ohr zum anderen. »Es ist noch früh, ich kann wieder in Gouda sein, bevor die Stadttore geschlossen werden. Ja«, sagte er, plötzlich in Eile, »wenn ich jetzt losgehe ...«

Er lief davon und rief noch über die Schulter: »Ich komme heute Abend zu Euch!«

16

DIESMAL HATTE ES Cornelis weniger Zeit gekostet, den großen Hof zu erreichen. Ein Bauer, der nach Haastrecht musste, hatte ihn hinten auf seinem Wagen ein Stück mitfahren lassen.

»Ich komme, ich komme!«, hörte er von drinnen rufen, nachdem er geklopft hatte. Der obere Türflügel öffnete sich und die freundliche Bäuerin schaute heraus.

»Ach, Ihr seid es!«, rief sie herzlich und öffnete die Tür ganz. »Wart Ihr in der Nähe? Kommt herein!«

Cornelis wurde klar, dass er nicht überlegt hatte, wie er sein Anliegen vorbringen sollte.

»Wisst Ihr noch, dass ich kürzlich mit Eurem Mann gesprochen habe?«, fragte er die Bäuerin, die daraufhin nickte.

»Nun, ich habe ein bestimmtes Büchlein gesucht, das nicht mehr in der Klosterbibliothek steht und von dem ich hoffte, dass es noch hier wäre. Und ich denke, dass ich jetzt weiß, wo ich es suchen muss. Habt Ihr eine Schaufel?«

Als er mit der Schaufel in der Hand und in Begleitung des verblüfften Bauern und zweier Knechte vor den Ställen stand, war es ihm erneut unbegreiflich, dass er nicht schon selbst darauf gekommen war.

»Es liegt bei Andreas«, hatte Theobald geflüstert.

Und ich habe gedacht, er spräche von einem Mönch!

Es war so offensichtlich: Die diagonalen Muster der Eichenbalken bildeten in der Stallmauer zahlreiche Andreaskreuze. Sie waren nicht alle perfekt geformt, aber in der Wand vor sich sah er schon zwei. Er musste sehr fleißig sein, wenn er schon heute Abend wieder in Gouda sein wollte.

»Dieses Büchlein muss ja sehr wichtig sein«, wunderte sich der Bauer, als er Cornelis später etwas zu trinken brachte. Er hatte nichts dagegen gehabt, dass Cornelis den Boden bei den Ställen aufgraben wollte, solange die Löcher anschließend wieder zugemacht würden.

Cornelis richtete sich auf und stützte sich auf seine Schaufel, während er durstig trank. »Für mich schon«, sagte er. Er trank den Becher leer und wischte sich den Mund ab. »Ich verwalte die Bibliothek der Regulare und würde dieses vermisste Stück gern wieder dorthin zurückstellen, wo es hingehört.«

Der Bauer begann zu lachen. »So, Ihr seid ein Büchermensch! Na, dann verstehe ich, wieso Ihr so langsam grabt und dabei so sehr ins Schwitzen kommt. Ich werde Euch ein bisschen Hilfe schicken, denn so geht es nicht voran, stimmt's?«

Es war schon später Nachmittag, als Cornelis die Schaufel in die Erde stieß und sich mutlos umschaute. Um die Ställe herum waren zwölf Löcher im Boden – einige größer, andere kleiner, aber alle ziemlich tief – und sie waren alle leer. Die Knechte hatten schon damit begonnen, die Löcher, die sie selbst gegraben hatten, wieder zuzuschütten. Cornelis stieß einen Seufzer aus. Er wischte sich das Gesicht ab und nahm seine Schaufel zur Hand, um mitzuhelfen.

Hatte ich denn wirklich erwartet, das Büchlein zu finden?

Er musste ehrlich zugeben: Ja, das hatte er. Es hatte so offensichtlich ausgesehen …

Nachdem sie das erste Loch zugeschüttet und die Erde festgestampft hatten, betrachtete Cornelis keuchend seine Hände. Er hatte beim Graben Blasen bekommen, die nun aufgegangen waren. Seine Hände waren voller Blut. Er wusch sie in einem Eimer Wasser, den die Bäuerin herbrachte, und biss sich auf die Lippen, als er das Brennen in den Wunden spürte.

»Vielleicht wäre es besser, wenn Ihr heute Nacht hierbleibt?«, fragte der Bauer. »Ihr könntet mit uns essen. Nichts Besonderes, wir sind einfache Leute – und einen Schlafplatz finden wir auch noch für Euch.«

Aber Cornelis schüttelte den Kopf. Er hatte Dirck gesagt, dass er kommen würde, und wollte diese Verabredung auf jeden Fall einhalten. Er musste seine Enttäuschung mit jemandem teilen.

»Lasst mich ein wenig im Schatten der Ställe ausruhen«, sagte er. »Dann gehe ich gleich wieder nach Gouda zurück. Es ist noch früh genug.«

»Ihr seid viel zu müde, um eine Stunde zu laufen«, sagte der Bauer. »Wenn Ihr unbedingt heute Abend noch nach Gouda zurückmüsst, dann bringe ich Euch mit dem kleinen Wagen. Ich würde morgen früh sowieso hinfahren, um Käse auszuliefern. Dann mache ich das eben heute Abend schon. Schöpft Ihr nur ein wenig Atem in der Heuscheune, dort ist es kühl. Ich spanne inzwischen den Ochsen an.«

Enttäuscht ließ sich Cornelis kurz darauf in das duftende Heu fallen.

Ich übersehe irgendetwas, anders kann es nicht sein … Aber was?

»Der Wagen steht bereit, Bruder! Wir können fahren!«

Cornelis öffnete verwirrt die Augen. Benommen richtete er sich auf und erblickte den Bauern, der vor ihm stand und ihn kopfschüttelnd ansah.

»Nur gut, dass ich Euch zurückbringe. Ihr würdet sonst noch unterwegs einschlafen. Gott allein weiß, was da nicht alles passieren könnte!«

Cornelis nahm dankbar den ausgestreckten Arm des Bauern. Sein ganzer Körper war steif. Aber als er aufstand, sah er es plötzlich: die schwere Balkenkonstruktion hinter dem Bauern, die dazu diente, das Dach zu stützen …

Es war ein perfektes Andreaskreuz, nicht so wie die in den Fachwerkmauern, sondern ganz symmetrisch und mit gegengleichen Winkeln. Durch seinen Schnittpunkt verlief ein vertikaler Balken, wodurch ein Pax-Christi-Symbol entstand, allerdings ohne die Halbkugel oben an dem »P«.

Er ging auf die Konstruktion zu und legte eine Hand darauf.

»Habt Ihr diese Dachunterstützung gebaut?«

Der Bauer schüttelte den Kopf. »Nein, diese Ställe sind noch genau so, wie ich sie übernommen habe.«

Cornelis besah sich die schweren Eichenträger noch einmal genau. Auf dieser Seite war nichts Wichtiges zu sehen. Er ging um die Balken herum und ließ den Blick über die Rückseite gleiten. Ganz unten an dem vertikalen Träger war etwas eingekerbt. Er bückte sich und sah nach: Es waren die Buchstaben »CV«, grob und ungeschickt in das zähe Holz geschnitzt.

Corpus Vitrearum?

Cornelis schnappte nach Luft. Dann erhob er sich und sagte zu dem Bauern. »Ich fürchte, dass ich noch *ein* Loch graben muss ... Gebt Ihr mir eine Schaufel?«

17

DIRCK UND JUTGEN saßen am Tisch vor dem Fenster, um im Licht des Sommerabends noch ein wenig zu arbeiten. Sie stopfte und flickte, während er einige Skizzen anfertigte. Da klopfte es auf einmal an der Tür. Dexter und Sientje sprangen bellend auf. Dirck, der Jutgen erzählt hatte, wie Cornelis verwirrt davongerannt war, sah seine Frau gespannt an.

»Es wird doch nicht ...?«

Plötzlich nervös, stand er auf und ging zur Tür. Er öffnete, und tatsächlich stand Bruder Cornelis vor ihm, mit kaputten, dreckigen Händen und einem kleinen verschmierten Kistchen unter dem Arm.

»Kommt rein«, sagte Dirck. Seine Augen glitten zu dem Kistchen. »Habt Ihr ...« Er wagte es nicht auszusprechen.

Cornelis stellte das Kistchen mitten auf den Tisch. Hier und da lösten sich ein paar Brocken Erde.

»Bitte entschuldigt«, sagte er zu Jutgen. »Ich dachte, ich hätte es gut genug abgeputzt.«

»Aber Cornelis, lieber Himmel!« Jutgen ergriff die Hände des jungen Mönches. »Warum sind die so kaputt? Lasst mich Wasser und saubere Lappen holen!«

»Nein, danke, das geht schon. Es sieht schlimmer aus, als es ist. Es sind nur oberflächliche Wunden ...« Er wandte sich an Dirck. »Das ist es, Dirck: Das habe ich in Steyn gefunden. Darum bin ich heute Morgen so schnell weggerannt. Ich habe in einem der alten Ställe graben dürfen ... an einem hölzernen

Andreaskreuz, das Teil einer Trägerkonstruktion für das Dach ist.«

Dirck sah ihn verblüfft an. »Andreas war also gar kein Bruder?«

Cornelis grinste. »Doch, aber er hatte nichts mit diesem Büchlein zu tun. Der alte Theobald versuchte etwas ganz anderes zu sagen, etwas, das für einen Eingeweihten wahrscheinlich leicht verständlich gewesen wäre. Vielleicht ein Treffpunkt …«

Er dankte Jutgen, die ihm Apfelwein einschenkte, und deutete dann auf das große, verrostete Vorhängeschloss, das an der Kiste hing.

»Die Frage ist nur: Wie kriegen wir es auf? Dieses Schloss taugt meiner Ansicht nach nicht mehr viel, aber mit bloßen Händen klappt es nicht. Meister Crabeth, Ihr habt doch bestimmt Werkzeug.«

Dirck zog das Kistchen zu sich herüber und besah es von allen Seiten. »Denkt Ihr, dass hier drin das *Corpus Vitrearum* steckt?«

»Das wollen wir hoffen, denn sonst weiß ich auch nicht weiter …« Cornelis ließ sich müde auf einen Stuhl fallen, während Dirck in die Werkstatt eilte.

Jutgen bestand darauf, Cornelis' Hände zu behandeln; sie wusch die Wunden und strich dann eine heilende Salbe darauf, die nach Ringelblumen duftete. Cornelis saß mit rotem Kopf dabei und wirkte beinah erleichtert, als Dirck wieder hereinkam, eine Kröselzange und einen kleinen Tischlerhammer in der Hand.

»Ich hoffe, dass es damit geht.«

Er hob das Vorhängeschloss hoch und steckte den einen Greifer der Zange in die eiserne Öse des Schlosses, sah Cornelis und Jutgen noch kurz an und bog dann mit angehaltenem Atem den Greifer nach außen. Leichter, als Dirck erwartete hatte, brach das Schloss ab. Die eine Hälfte des Rings schoss an die Mauer, die andere fiel auf den Tisch.

Dirck schaute Cornelis gespannt an, schob ihm das Kistchen zu und sagte: »Jetzt müsst Ihr es öffnen!«

»Ich?«, fragte Cornelis. »*Ihr* seid doch derjenige, den Professor Lethmaet auf diese Fährte gesetzt hat! Schaut *Ihr* nur nach, was darin steckt ...«

Dirck zog das Kistchen wieder zu sich her und setzte sich. Nach einem letzten Blick auf Jutgen und Cornelis streckte er seine zitternden Hände aus, um den Deckel zu öffnen. Zuerst klemmte er. Dirck musste noch einmal aufstehen und mehr Kraft anwenden, doch dann konnte er ihn öffnen. Erdklumpen und modrige Holzstücke fielen auf den Tisch, als der Deckel sich knarrend hob.

Das Kistchen war mit Stroh gefüllt. Dirck fingerte es ungeduldig heraus und suchte nach dem, was darin verborgen war. Und dann fand er es – einen halb vermoderten Lederumschlag, der offensichtlich durch die feuchte Erde, in der die Kiste vergraben gewesen war, ziemlich gelitten hatte. Dirck holte ihn vorsichtig heraus, schob das Kistchen samt Stroh zur Seite und legte den Umschlag auf den Tisch.

Es war nicht mehr als ein dicker Lederlappen, der um einen Stoß Papier gefaltet war. Ein Stück Schnur hielt das Ganze zusammen. Vorsichtig löste Dirck den Knoten und klappte den Umschlag auf.

»Oh«, sagte Cornelis kurz, als er das verknitterte, fleckige Stück Papier vor sich liegen sah. Das Büchlein war mit Nadel und Faden einfach zusammengeheftet. Das Deckblatt hatte erhebliche Stockflecken, aber Cornelis erkannte Teile von handgeschriebenen Worten: *»...pus Vit...«*

»Corpus Vitrearum«, sagte er atemlos. Dirck nickte – er hatte es auch entziffern können.

Keiner der beiden wagte das Büchlein auch nur anzufassen,

aber Jutgen sagte nüchtern: »Das ist es nun also? Das Buch von Erasmus, von dem Dirck mir erzählt hat?«

»Ja«, sagte Cornelis, der die Augen nicht davon abwenden konnte. »Das ist ein völlig unbekanntes Werk des großen Erasmus. Und wir haben es gefunden.«

»*Ihr* habt es gefunden«, verbesserte Dirck. »*Ihr* habt kaputte Hände davon bekommen. Da soll nur einer sagen, Ihr wärt nicht bereit, für die Wissenschaft zu bluten!«

Sie mussten alle drei lachen.

»Ach«, sagte Cornelis gleichgültig, »dafür nehme ich schon ein paar Wunden in Kauf. Dann kann ich eben mal eine Woche nicht schreiben.«

»Alles schön und gut«, sagte Jutgen, die aufstand und noch eine Runde Apfelwein ausschenkte, »aber was steht nun darin?«

18

Mit äusserster Vorsicht löste Cornelis das Büchlein aus dem Lederumschlag, an das es beinah angeklebt war. Er betrachtete es liebevoll.

»Ein unbekanntes Werk von Erasmus ...«, sagte er salbungsvoll. »Und ich halte es in meinen Händen ...«

Behutsam legte er es vor Dirck auf den Tisch.

»Ich denke, Ihr könnt Eurem Auftraggeber melden, dass Eure Suche erfolgreich abgeschlossen ist«, sagte er und zwinkerte ihm zu. Er schob seinen Stuhl neben den von Dirck. »So, und jetzt bekommt Eure Frau Jutgen eine Antwort auf ihre Frage: Lasst uns nachschauen, was drinsteht.«

Cornelis hatte das Titelblatt des Büchleins vorsichtig umgeschlagen und Dirck sah eine einfache Skizze. Die Zeichnung war fleckig, aber sie zeigte eindeutig das Gesicht einer Frau, etwa in Jutgens Alter. Sie hatte große Augen und rundliche Wangen und hielt den Blick lächelnd vom Betrachter abgewandt.

»*Meine geliebte Mutter Margaretha Rogeri, aus der Erinnerung gezeichnet anno 1487*«, stand auf Lateinisch darüber.

Jutgen, die hinter ihrem Mann stand und ihm über die Schulter guckte, sagte: »Ach, ist das schön ...« Dirck hörte die Rührung in ihrer Stimme. Er war selbst auch sehr bewegt, obwohl es eine beinah kindliche Zeichnung war. Unter dem Porträt stand noch mehr, ebenfalls in lateinischer Sprache, aber Cornelis sagte: »Das sehen wir uns später an«, und blätterte vorsichtig weiter.

Ein zweites Frauengesicht, älter als das vorherige, blickte sie an. »*Bertha Heije, meine Wohltäterin*«, stand darüber.

»Das ist die Urgroßmutter unseres Altbürgermeisters«, sagte Dirck. Cornelis nickte. Er wusste von dieser Frau, die ihr Haus und ihren Reichtum mit den jungen Klosterbrüdern in Gouda geteilt hatte.

Nun sahen sie Blumen, hier und da sogar koloriert, und Dirck dachte sofort an den Brief von Sasboud. Das Ganze wirkte, als handle es sich um Skizzen eines Anfängers, der noch viel üben musste. Auch unter dieser Zeichnung stand »1487«.

Die nächsten drei Seiten waren mit ähnlichen Zeichenübungen gefüllt. Da und dort konnte Dirck eine korrigierende Hand erkennen. Er wies Cornelis darauf hin.

»Das wird wohl Sasboud gewesen sein«, meinte dieser.

Die folgende Seite war frei, und dann sahen sie das Gesicht eines jungen Mönches mit dunklem Haar und einem ernsten Gesicht. »*Mein treuer Servatius, anno 1487*«, stand dabei. Und darunter: »*Nach lebendem Modell gezeichnet*«. Unten auf der Seite stand noch mehr geschrieben.

»Der beste Freund von Erasmus«, erklärte Cornelis. Dirck nickte. Er wusste von der innigen Freundschaft des großen Denkers mit diesem Jugendfreund, der später Prior der Regulare wurde.

Auch die folgende Seite war leer, aber die Seite, die dann kam, war ganz mit lateinischem Text gefüllt. Sie enthielt keinerlei Zeichnungen oder Skizzen. Ganz oben stand mit großen Buchstaben:

»Meine Gedanken über den Gebrauch von Glasfenstern als Bildmaterial für die Verkündigung des Evangeliums – oder: Der gläserne Leib.«

Cornelis blickte strahlend auf. »Na bitte!«, sagte er.

19

Der alte Lethmaet saß im Sonnenlicht vor seinem Fenster. Er war eingedöst und seine Wangen hingen nun, da das Kinn auf seiner Brust ruhte, noch tiefer herab als sonst. Aber er wurde augenblicklich wach, als es an der Tür klopfte.

»Herein!«

Er richtete sich auf, wischte sich die Mundwinkel ab und blickte zu seiner Haushälterin auf, die ihm einen Brief reichte.

»Aus Gouda, Hochwürden«, sagte sie mit einer angedeuteten Verbeugung.

Er nahm ihr den Brief ab und nickte ihr kurz zu. Sobald sie das Zimmer verlassen hatte, öffnete er den Umschlag, drehte sich zum Licht und las.

Ein zufriedenes Lächeln umspielte seine Lippen. Als er den Brief fertig gelesen hatte, stand er auf und ging zum Schreibtisch. Es gab noch viel zu tun.

Zweiter Teil

1553

20

Während der Wintermonate gab es in der Werkstatt immer mehr zu tun. Die Kartons für die Fenster der Regulare waren beinah fertig, aber mit den Apostelfenstern eilte es auch, und Dirck sah sich gezwungen, mehrere Aufträge gleichzeitig zu bearbeiten. Das Restaurieren machte mehr Arbeit als erwartet, und mit den Entwürfen für Thomas und Andreas hatte er noch gar nicht begonnen.

Aber egal, wie hart tagsüber auch gearbeitet wurde – am Abend kehrte Ruhe ein. Regelmäßig kam Cornelis zu Besuch. Stundenlang saßen er und Dirck über das *Corpus Vitrearum* gebeugt, während Gerrit Jutgen bei der Hausarbeit half.

Mit diesem Buch von Erasmus war es gar nicht so einfach. Der Teil des Skizzenbuches, der sich mit den Glasfenstern beschäftigte, zählte mehr als vierzig Seiten, die nicht alle gleich übersichtlich waren. Erasmus hatte es offenbar manchmal so eilig gehabt, bestimmte Dinge aufs Papier zu bekommen, dass die Schrift da und dort völlig unleserlich war. Auch die Skizzen waren nicht immer deutlich. Manches war so stümperhaft gezeichnet, dass Dirck erst gar nicht begriff, was es darstellen sollte. Und zudem hatte das Buch trotz der dicken Verpackung beträchtlich unter der Feuchtigkeit im Erdboden gelitten.

Aber trotz all dieser Hindernisse begann es Dirck und Cornelis – nachdem sie viele Abende lang studiert und debattiert hatten – langsam zu dämmern, was Erasmus ihnen sagen wollte. Und je besser sie es begriffen, desto genialer fanden sie es.

Zunächst einmal war da die Einteilung. Erasmus hatte einen Grundriss der alten St. Janskirche gezeichnet und für die Nord- und die Südseite jeweils eine eigene Ikonografie erstellt. Die Glasfenster sollten einander genau gegenüberstehen. An die Nordseite kamen die Bilder aus dem Alten und an die Südseite diejenigen aus dem Neuen Testament. Die Überzeugung von der Übereinstimmung des Alten und Neuen Testaments kam darin deutlich zum Ausdruck. Jede Darstellung aus dem Alten Testament fand ihr Spiegelbild in einem Ereignis aus dem Neuen Testament auf der gegenüberliegenden Seite des Kirchenschiffes.

Cornelis war derjenige, der das erste Thema entdeckte.

»Befreiung«, sagte er und wies darauf hin, wie Erasmus die Darstellung verschiedener biblischer Ereignisse im Kirchenschiff verteilt hatte: *»Die Befreiung von Samaria zur Zeit des Propheten Elia«*, an der Nordseite und *»Das Entsetzen in Samaria nach der Predigt von Philippus«* auf der gegenüberliegenden Seite. Die Königin von Saba, die Salomo besucht, an der Nordseite der Kirche und ihr gegenüber Lydia, die erste Christin auf dem europäischen Kontinent. Aber sie entdeckten noch viel mehr.

Die Ikonografie zog sich von Osten nach Westen durch die Kirche, so wie auch das Christentum sich von Osten nach Westen durch die Welt verbreitete: Im Chor begann die Heilsgeschichte mit der Ankündigung der Geburt Johannes' des Täufers, der dem Heiland den Weg bereitete. Die Ikonografie endete an der Westseite des kreuzförmigen Kirchengebäudes mit zwei Fensterrosen. Im südlichen Querschiff sollten die vier Reiter der Apokalypse dargestellt werden, im nördlichen ein Bild von David und dem christlichen Ritter. Dies war ein Thema aus einem von Erasmus' Büchern, dem »Handbüchlein eines christlichen Streiters«, in dem er erläuterte, was seiner Ansicht nach einen guten Christen ausmachte.

Aber im Mittelpunkt der Bilderreihe standen die Worte, die Johannes über Christus ausgesagt hatte: »*Er muss wachsen, ich aber muss abnehmen.*« Erasmus hatte sie mehrmals unterstrichen, sodass kein Leser sie übersehen konnte.

»Großartig, das Ganze!«, fand Dirck. Auch Cornelis war voller Bewunderung für den genialen Plan. Aber es gab auch Rätselhaftes.

»Erasmus schreibt«, sagte Cornelis eines Abends erstaunt, »dass er die wichtigsten Heilstatsachen abbildet: die Kreuzigung, die Auferstehung und das Fallen des heiligen Feuers. Aber wo werden die dargestellt?«

Er zeigte auf die betreffende Passage. »Hier, im Zentrum der Kreuzbasilika, sind die wichtigsten Fakten der Heilsgeschichte typologisch zusammengefasst.«

»Und dann fährt er fort mit Jona im Bauch des Fisches und mit Bileam, der seine Eselin schlägt«, sagte Cornelis. »Mir ist das rätselhaft.«

Dirck betrachtete die Skizzen, die angefügt waren. »*Ecce plus quam Jona hiec*«, stand dabei.

»Siehe, hier ist mehr als Jona«, murmelte Dirck. »Was ist da denn noch mehr?«, fragte er Cornelis, der sich grübelnd auf seinen Ellbogen gestützt hatte.

»Meister, muss ich noch etwas machen?« Gerrit kam herbeigelaufen und sah seinen Herrn fragend an. »Frau Jutgen sagt, dass sie fertig ist.«

Dirck schaute den schlanken blonden Burschen an, der neben ihm stand. In der kurzen Zeit, seit er bei ihnen lebte, war Gerrit dank Jutgens guter Fürsorge und ihrer Kochkünste schon ein bisschen kräftiger geworden. Dabei arbeitete er wie ein Pferd. Dirck war mit seinem neuen Lehrling mehr als zufrieden. In der letzten Zeit war der stille Gerrit auch etwas gesprächiger geworden. Dirck freute sich darüber und ermutigte ihn immer wieder. Auch jetzt bezog er ihn in ihr Gespräch ein.

»Kennst du die Geschichte von Jona und dem Fisch?«, fragte er den Jungen.

Gerrit nickte verlegen. »Gott schickte Jona irgendwohin, aber Jona wollte nicht. Er ging woanders hin, und dann wurde er zur Strafe von einem Fisch aufgefressen, den Gott geschickt hatte«, erzählte er.

Cornelis musste lachen, weil Gerrit die Geschichte so einfach wiedergegeben hatte. »Ausgezeichnet, Gerrit«, sagte er. »Immerhin hat wenigstens der Fisch auf Gott gehört. Findest du, das war eine gerechte Strafe?«

Gerrit, der nicht die leiseste Ahnung davon hatte, worum es seinem Meister und dem Mönch ging, war einigermaßen ratlos. »Das weiß ich nicht, Hochwürden«, sagte er schüchtern. »Es kommt mir schrecklich vor, im Bauch eines Fisches zu sitzen. Als wäre man in die Hölle gekommen ... Jona kann froh sein, dass das Tier ihn wieder ausgespuckt hat.«

Er sah Dirck fragend an. »Soll ich noch irgendetwas machen, Meister?«

Dirck strich dem Burschen über den Kopf. »Ist schon gut, Gerrit. Geh nur ins Bett, morgen haben wir wieder einen anstrengenden Tag.«

Der Junge nickte Dirck und Cornelis zu und begegnete auf dem Weg nach oben Jutgen, die gerade die Wärmflaschen unter die Decken gelegt hatte. Es wurde abends schon empfindlich kalt. Sie setzte sich zu Dirck und Cornelis an den Tisch und nahm ihr Flickzeug zur Hand.

»Was hat die Geschichte von Jona mit der von Bileam zu tun?«, überlegte Cornelis laut.

Jutgen sagte ruhig, ohne von ihrer Arbeit aufzublicken: »Sie machten sich beide auf den Weg irgendwohin, aber Gott hielt sie mithilfe gehorsamer Tiere zurück. Eigentlich ziemlich geistreich, wenn man darüber nachdenkt.«

Verblüfft sahen die beiden Männer sie an.

»Natürlich!«, sagte Dirck. »Bileam hatte sich auch aufgemacht, aber Gott stellte ihm einen Engel mit einem Schwert in den Weg. Bileam sah den Engel nicht, aber seine Eselin sah ihn und blieb stehen.«

Cornelis las die Zitate noch einmal. *»Siehe, hier ist mehr als Bileam«* und *»Siehe, hier ist mehr als Jona.«* Er schüttelte den Kopf. »Aber was ist hier noch mehr? Der Engel in der Zeichnung von Bileam? Aber in der Zeichnung von Jona sehe ich keinen Engel!«

Dirck blickte wieder auf die Skizze mit dem ungeschickt gezeichneten Fisch, der das Maul weit aufgesperrt hatte, während Jona über die großen Zähne hinweg an Land kletterte.

Und hinter Jona, in dieser großen, dunklen Höhle, liegt die Hölle, so wie Gerrit gesagt hat … Jona, der zurückkehrt aus der Hölle, zurückkehrt vom Tod …

»Jetzt begreife ich es«, sagte er plötzlich. »Ich begreife es, Cornelis! Es liegt so auf der Hand!«

Er schob dem jungen Mönch das Buch zu. »Seht!«, sagte er und zeigte auf die Skizze. »Es ist so, wie Gerrit gesagt hat: Jona kommt aus der Hölle! Jona ist vom Tod auferstanden! Verstehst du?«

Cornelis lachte auf. »Natürlich!«, sagte er. *»Siehe, hier ist mehr als Jona!* Damit wird die Auferstehung Jesu angekündigt!« Er lehnte sich in seinem Stuhl zurück. »Jesus spricht von Ostern! Wie konnten wir das nur übersehen?« Mit neuer Begeisterung zog er das Buch wieder zu sich her.

»Und wie ist das dann mit Bileam?«

21

Mit lautem Knall fiel die Haustür hinter Dirck ins Schloss; Wind und Regen peitschten dagegen. Dirck legte seinen tropfnassen Mantel ab und schüttelte ihn aus. Er hatte einen ordentlichen Spaziergang gemacht, um darüber nachzudenken, wie er das dreizehnte Fenster der Apostelserie gestalten würde: Christus als *Salvator Mundi,* Retter der Welt. Der Chorraum der Kirche war schon wieder völlig aufgebaut und die ersten Apostelfenster waren eingesetzt. Die zwölf Fenster hatten sich perfekt im Chor verteilen lassen; nur in der Mitte war ein freier Platz geblieben, der für Christus selbst vorgesehen war.

Nach dem langen Winter schien es endlich Frühjahr zu werden, und Dirck hatte die Gelegenheit genutzt, ein bisschen ins Freie zu gehen – und nebenbei nach Modellen zu suchen. Den Schauer hatte er nicht kommen sehen.

Govert, sein ältester Geselle, trat zornig auf ihn zu, einen beschämten Gerrit im Schlepptau.

»So, jetzt kannst du es ihm selbst erzählen!«, schnauzte er den Jungen an. Die anderen Gesellen grinsten.

Gerrit streckte die Hände aus. Es lagen kleine, bunte Glasscherben darin.

»Es tut mir leid, Meister«, sagte er leise, »ich war dabei, Pinsel zu reinigen, ich habe es nicht stehen sehen ... Ich bin dagegengetreten ...«

»Welches Fenster, Gerrit?«, fragte Dirck streng.

»Andreas«, flüsterte der Junge beschämt. Dirck schloss für einen Moment die Augen. Andreas war beinah fertig gewesen, vorübergehend beiseitegeräumt, weil zuvor noch ein Fenster für die Regulare fertiggestellt werden musste ...

»Wie groß ist das Loch?«

Gerrit drehte die Ferse seines rechten Fußes nach vorn.

Dirck nickte.

»Und du? Hast du dich verletzt?«

»Nein ... aber es tut mir so leid, Meister.«

Dirck sah, dass es ihm ernst war: In Gerrits Augen blitzten Tränen. Wie konnte er diesen Jungen bestrafen? Es war ein Missgeschick gewesen.

Wie viele Missgeschicke sind mir selbst als Lehrbub passiert?

Er sah Gerrit streng an. »Ich werde diesmal darüber hinwegsehen, weil du noch viel lernen musst und weil letztlich *ich* derjenige bin, der es dir beibringen muss. Wenn du etwas nicht weißt, ist das meine Verantwortung. Aber wenn du nicht aufpasst oder eine Dummheit machst, bist du selbst dafür verantwortlich.«

Der Lehrling wurde rot.

»Wirf das Glas weg und mach dich an die Arbeit. Und sieh zu, dass dir das nicht noch mal passiert.«

Der Junge warf die Scherben in den Eiseneimer, der bei den Brennöfen stand, und dabei drehte Govert, der offensichtlich weniger vergebungsbereit war als Dirck, ihm noch einmal das Ohr herum.

So lernt er wenigstens aufzupassen, dachte Dirck, *bei all dem teuren und gefährlichen Glas hier!*

Er warf einen Blick auf seine eigenen Hände. Sie waren voller Narben, die von alten Schnitt- und Brandwunden herrührten. Jutgen ließ sich nach all den Jahren von Brandwunden, Blasen und Blut nicht mehr aus der Ruhe bringen. Auch die Gesellen und Lehrbuben waren immer wieder mit einem Finger im Mund bei ihr erschienen.

Er würde sich den Schaden später anschauen; während seines Spazierganges waren ihm einige Ideen gekommen, die er so schnell wie möglich zu Papier bringen wollte. Sich von einem kaputten Fenster deprimieren zu lassen war das Letzte, wonach ihm jetzt zumute war. Nachdem er kurz die Arbeit seiner Gesellen angeschaut hatte, ging er an seinen Zeichentisch. Aber seine kreative Stimmung verschwand augenblicklich, als er den Brief sah, den Jutgen dort hingelegt hatte. Er erkannte die Handschrift mit einem Blick.

Wouters Schnörkelschrift ...

Zögernd nahm er den Brief und betrachtete ihn.

Wenn Wouter schreibt, ist irgendetwas passiert. Ob er in Italien geheiratet hat?

Er dachte an seinen Bruder, den rastlosen Burschen, der erst in Frankreich gearbeitet hatte, bevor er nach Italien weitergezogen war.

Ich kann mir Wouter nicht als Ehemann vorstellen, und erst recht nicht als Vater.

Bei dem Gedanken fuhr ihm ein Stich der Eifersucht durchs Herz. In allem hatte Dirck seinen jüngeren Bruder überflügelt, aber in diesem Punkt war er gescheitert. Er würde den Namen »Crabeth« nicht weitergeben. Es geschah nicht oft, dass er an ihre Kinderlosigkeit dachte. Aber jedes Mal, wenn es geschah, wunderte er sich, wie sehr es ihn schmerzte.

Wo bleibt mein Kind?, dachte er in einem Anflug von Bitterkeit. Aber er verdrängte seinen Schmerz und blickte wieder auf Wouters zierliche Buchstaben. Ungeduldig riss er den Umschlag auf.

Es war ein kurzer Brief. Wouter berichtete nur, dass er sein Atelier in Venedig bald gegen eine noch größere Glaswerkstatt in Antwerpen eintauschen würde.

»*Es läuft gut mit meiner Arbeit*«, schrieb er stolz. »*Ich bekomme von überall Aufträge – und so wollen die Glasmaler von Antwerpen mich auch gern kennenlernen. Ich hoffe, viel von ihnen zu lernen, und werde im neuen Jahr umziehen ...*«

Also ging es nun nach Flandern. Ach, Wouter würde früher oder später doch wieder nach Hause kommen und viel zu erzählen haben. Und er würde in der Tat viel lernen durch seine Arbeit in all diesen anderen Werkstätten. Dirck gab sich die größte Mühe, seinem Bruder in Gedanken das Beste zu wünschen. Aber er wusste, dass er seine Antwort wieder endlos lang hinausschieben würde … wie immer.

Ich habe Wichtigeres zu tun – es wartet noch ein Haufen Arbeit auf mich. Und dann ist da die Reise nach Utrecht …

Demnächst würde eine Delegation des Goudaer Stadtrates nach Utrecht reisen. Dirck würde sie begleiten. Grund der Reise war, dass Lethmaet Gouda angeboten hatte, ebenso wie der Prinz einen Teil der Kosten für den Wiederaufbau der St. Janskirche zu tragen. Er hatte sogar vor, unter seinen wohlhabenden Freunden und Verwandten nach weiteren Sponsoren zu suchen. Aber sein persönliches Anliegen war, der neuen Kirche ein Glasfenster zu stiften. Dirck hatte im Stillen gelacht, als Van Reijnegom mit triumphierendem Gesicht den Brief des Inquisitors vorlas.

Aber er musste an die Arbeit; er schüttelte alle Gedanken, die ihn ablenkten, von sich ab und konzentrierte sich auf das leere Zeichenpapier auf dem Tisch.

Christus als Salvator Mundi …, dachte er. *Das Licht des Himmels, das alles reinwäscht.*

Er nahm seinen Graphitstift zur Hand und wollte gerade die ersten Striche ziehen, als unten in der Werkstatt die Zwischentür aufflog und Dirck auf der Treppe zum Atelier hastige Schritte hörte. Es war Cornelis, der sich im nächsten Moment keuchend an den Türrahmen lehnte. Aufgeregt stieß er hervor: »Ich muss Euch sprechen, jetzt gleich!«

22

Cornelis lachte kopfschüttelnd, als er sich mit Dirck an den Tisch setzte. Er legte das Büchlein von Erasmus auf den Tisch.

»Nun beschäftigen wir uns schon seit Monaten mit dem *Corpus Vitrearum*«, sagte er, »und dabei haben wir völlig vergessen, dass noch viel mehr in dem Büchlein steht.«

»Aber das sind doch nur ein paar Skizzen«, sagte Dirck. »Und sie sind noch nicht einmal besonders gut!«

»Das stimmt«, erwiderte Cornelis. »Aber ich meine auch nicht die Skizzen. Mir geht es um etwas, das bei einer der Skizzen geschrieben steht.«

Er schlug das Büchlein an der Stelle auf, wo sich die erste Skizze befand, die von Erasmus' Mutter, und schob sie Dirck unter die Nase.

»Lest!«

Dirck las laut die Bildunterschrift, die sie schon zuvor gesehen hatten. »Eine Zeichnung von seiner Mutter ... Aber das wussten wir doch schon.«

Cornelis zeigte mit dem Finger auf den lateinischen Text, der unten auf der Seite stand.

»Lest das hier.«

»In einer stürmischen Nacht in Gouda schenkte sie mir das Leben – diese Frau, die keine Schuld trifft. Sie hat meinen Bruder und mich geliebt wie kein anderer Mensch. Ich trage die Erinnerung an sie immer in meinem Herzen. Möge Gott dieser Frau gnädig sein und ihr ihre Liebe vergeben. Sie war die Güte selbst.«

Dirck sah auf.

»Eine stürmische Nacht in Gouda? Aber Erasmus wurde doch in Rotterdam geboren?«

»Genau«, sagte Cornelis zufrieden. »Das dachte ich auch.«

»Warum hat er dann später gesagt ...« Dirck begriff nicht, warum Cornelis das so bemerkenswert fand. Er selbst fand es vor allem verwirrend.

»Ich habe wirklich keine Ahnung«, antwortete Cornelis. »Aber eins weiß ich: Ich werde der Sache nachgehen.«

Gerrit trat herein.

»Meister, es ist Besuch für Euch gekommen – eine Dame, die ein Fenster bestellen will!«

»Ich will Euch nicht länger von der Arbeit abhalten«, sagte Cornelis. »Ich kann mir vorstellen, dass es Euch nicht besonders interessiert, aber ich muss mehr darüber in Erfahrung bringen!«

In der Werkstatt traf Dirck eine Frau in schwarzer Trauerkleidung. Man sah auf den ersten Blick, dass sie wohlhabend war. Die Mittagssonne umspielte ihre mollige Figur, und der ganze Raum roch nach den teuren Spezereien in ihrem silbernen Duftapfel, der an einer langen Kette an dem Band hing, das um ihre Taille geschlungen war.

»Ach, Meister Crabeth«, sagte sie, als Dirck hereinkam. »Ich bin Frau De Meij. Ich würde gern mit Euch über ein Glasfenster sprechen.«

Dirck hörte, dass sie einen starken flämischen Akzent hatte.

»Dann seid Ihr hier an der richtigen Adresse, Frau De Meij«, sagte er, ganz unter dem Eindruck ihrer starken Persönlichkeit. »Habt Ihr schon eine Vorstellung, was darauf dargestellt werden soll?«

»Ich hatte gehofft, Ihr würdet mir dabei behilflich sein«, sagte sie mit einem charmanten Lächeln. »Ich möchte etwas zum Andenken an jemanden machen lassen.«

Sie schlug ihre langen Wimpern nieder.

»Ihr müsst wissen, ich bin nun seit einem Jahr Witwe.

Mein Mann hat Bier verschifft und hat mich gut versorgt zurückgelassen. Ich möchte etwas anfertigen lassen, das an ihn erinnert.«

Dirck fand es ungewöhnlich, dass sie auf diese Weise des Todes ihres Gatten gedenken wollte, aber er sprach es nicht aus. Stattdessen sagte er: »Wenn Ihr mir folgen wollt, kann ich Euch einen bequemeren Stuhl anbieten als die schmutzigen Hocker hier in der Werkstatt. Dann könnt Ihr Euch in Ruhe ein Skizzenbuch mit Entwürfen anschauen, damit Ihr ein paar Beispiele seht.«

Er ging vor ihr her in die Wohnung, wo er ihr einen Platz am Tisch anbot und ein dickes Buch voller Zeichnungen vor sie hinlegte. Sie blätterte es aufmerksam durch, aber nach einiger Zeit sagte sie: »Nein, ich glaube nicht, dass etwas nach meinem Geschmack dabei ist.«

»Wenn Euer Mann sein Geld mit Bier verdient hat, dann wäre es vielleicht passend, auf dem Glasfenster bestimmte Dinge darzustellen, die in seinem Alltag vorkamen? Vielleicht ein Schiff und ein Bierfass, oder einige Getreideähren? Oder wünscht Ihr ein Porträt Eures Gatten?« Dirck nahm ihr das Buch wieder ab. »Und dann muss ich auch noch wissen, wie groß das Fenster werden soll.«

Während sie über den Auftrag sprachen, stellte sich heraus, dass es nicht um ein, sondern um vier Fenster ging. Und wie groß sie sein mussten, wusste sie nicht.

»Wenn es Euch recht ist, werde ich demnächst einen Gesellen schicken, um die Rahmen auszumessen«, schlug Dirck vor, aber die Witwe sagte: »Ich wüsste es sehr zu schätzen, wenn Ihr das selbst tun würdet, Meister Crabeth.« Dabei schaute sie ihn mit ihren hellgrauen Augen an. Dirck musste zugeben, dass ihre Schönheit ihn nicht unberührt ließ.

»Wenn Euch das lieber ist …«, meinte er.

»O ja«, sagte Frau De Meij. »Das wäre mir sehr recht.«

»Aber dann wird es ein bisschen länger dauern, denn ich habe in der nächsten Zeit sehr viel zu tun.« Im Stillen hoffte er, dass er doch Govert schicken könnte.

»Das macht nichts«, sagte sie mit verständnisvollem Lächeln. »Ich habe keine Eile.«

Sie erklärte ihm, wo sie wohnte und wann er vorbeikommen könnte.

»Und was wird es Eurer Meinung nach etwa kosten?«, fragte sie, bevor sie sich verabschiedete.

»Ich denke, etwa siebzehn Karlsgulden pro Fenster«, schätzte Dirck. »Aber um Euch einen genauen Preis zu nennen, müsste ich die Rahmen ausmessen.«

»Nun«, lächelte sie, während sie ihm kurz die Hand auf den Arm legte, »dann hoffe ich, dass ich Euch bald in meinem Haus willkommen heißen darf, damit Ihr ans Werk gehen könnt.«

Nachdem er die Tür hinter ihr geschlossen hatte, öffnete er schnell ein Fenster; der schwere Duft ihrer Spezereien erfüllte das ganze Haus. Und gleich würde Jutgen vom Markt zurückkommen.

Warum fühle ich mich schuldig? Sie ist doch nur eine Kundin!

Aber auch wenn Frau De Meij nur eine Kundin war – sie war die verführerischste Kundin, die Dirck jemals in seiner Werkstatt gehabt hatte.

Und eine rätselhafte Frau ...

23

Ende Oktober machte sich eine Gruppe von vier Goudaer Ratsmitgliedern auf den Weg, um zu Professor Lethmaet zu reisen. Dirck begleitete die Delegation – auf besonderen Wunsch des Professors.

Alle waren voller Hoffnung. Lethmaet war vermögend und hatte zahlreiche gut situierte Bekannte. Und außerdem besaß er trotz seiner teilweise verbotenen Bücher immer noch viel Einfluss bei Hof. Denn es hatte sich herausgestellt, dass trotz der Hilfe des Prinzen immer noch nicht genug Geld für den Wiederaufbau der Kirche vorhanden war. Nur 't Sanctius hatte gewisse Zweifel: Immerhin standen doch auch Bücher des Inquisitors auf dem *Index Librorum Prohibitorum!*

Ungeachtet dessen betrat Bürgermeister Martenszoon mit seinen vier Reisegefährten, unter denen auch Sekretär Van Reijnegom war, am 29. Oktober das große Dekanat in Utrecht.

Lethmaet empfing sie gastfreundlich. Dirck fiel auf, dass der Professor noch blasser aussah als bei seinem letzten Besuch und auch magerer geworden war. Aber die Besucher und der Wein ließen ihn aufleben; er verlor keine Zeit, sondern kam nach dem Austausch der üblichen Höflichkeiten sofort zur Sache.

»Ist die Ikonografie in Gouda immer noch ein heikler Punkt?« Er sah die Mitglieder der Gesandtschaft einen nach dem anderen an. Sein Blick blieb für einen Moment auf Dirck ruhen.

Bürgermeister Martenszoon räusperte sich.

»Was die Ikonografie betrifft, haben wir in Gouda in der Tat noch ein paar Probleme. Wir neigen dazu, nach dem alten Muster zu verfahren, und ...«

»Wie alt ist die Mehrheit des Rates?«, unterbrach Lethmaet.

»Äh … die meisten sind im mittleren Alter, oder darüber hinaus.«

»Aha.« Lethmaet nickte verständnisvoll. »Alter geht nicht notwendigerweise einher mit Erstarrung, auch wenn das in der Praxis leider oft der Fall ist. Meine Herren, wie lange dauert es noch, bis ein neuer Stadtrat antritt? Ein jüngerer, vielleicht modernerer, der sich eine Erneuerung in der Kirche gewünscht hätte, wenn er hätte mitreden dürfen? Aber was genauso wichtig ist, meine Herren: Wenn Ihr die Mäzene hier in Utrecht auf Eurer Seite haben wollt, dann müsst Ihr offen sein für Erneuerung. Und ich kann Euch auch versichern, dass Philipp, der Sohn unseres Kaisers und bald unser König, ein großer Kunstfreund ist.«

Dirck staunte, wie gut der Professor bluffen konnte. Er begriff, dass Lethmaet ein Mann war, der – wie sein Neffe Hendrik einmal gesagt hatte – wusste, wie er seinen Willen durchsetzen konnte.

Die vier Ratsmitglieder machten ein unglückliches Gesicht, aber Lethmaet ließ sich dadurch nicht beeindrucken. Er zeigte mit seinem Stock auf Dirck.

»Meister Crabeth, habt Ihr die Entwürfe bei Euch?«

Dirck öffnete sein ledernes Etui.

»Aber …«, protestierte Bürgermeister Martenszoon. Auch die anderen Männer guckten verblüfft. »Habt Ihr Meister Crabeth gebeten, Entwürfe anzufertigen?«

»Das habe ich in der Tat getan«, antwortete Lethmaet ungerührt. »Ich bin schon lange ein großer Bewunderer seiner Arbeit und ich habe vollstes Vertrauen zu ihm. Er ist ein treuer Nachfolger Christi und hervorragender Kunsthandwerker, der mit größter Gewissenhaftigkeit arbeitet.«

Die Ratsmitglieder schwiegen verärgert, während Dirck fünf Blätter auf dem Tisch ausbreitete. Er hatte im vergangenen Jahr in größter Heimlichkeit daran gearbeitet. Mit jedem

Schritt, den er und Cornelis bei ihrer Beschäftigung mit dem *Corpus Vitrearum* vorangekommen waren, hatte Dirck wieder neue Inspirationen für seine Entwürfe bekommen.

»Großartig!«, rief Lethmaet aus, während sein Blick über die Blätter glitt. »Meister Crabeth, Ihr habt meine Erwartungen bei Weitem übertroffen!«

Lethmaet hatte noch nicht über das *Corpus Vitrearum* gesprochen, und Dirck beschloss, selbst auch nicht davon anzufangen. Er hatte inzwischen begriffen, dass Lethmaet selten etwas ohne guten Grund tat. Aber er hatte das Gefühl, sich mit fremden Federn zu schmücken – dies waren die Ideen von Erasmus.

»Es sind Entwürfe, die gewiss die Zustimmung der hohen Herren hier in Utrecht finden werden«, sagte Lethmaet voller Genugtuung. »Es wird mich keine Mühe kosten, Sponsoren dafür zu finden. Und für mich selbst möchte ich auch gern einen dieser Entwürfe auswählen: das Bild von Johannes dem Täufer. Habt Ihr es gesehen, meine Herren? Es ist prächtig.«

Die Männer waren so überrumpelt, dass sie keine Worte mehr hatten. Sie beugten sich vor und nickten zustimmend. Lethmaet hatte das ganze Gewicht seiner dominanten Persönlichkeit in die Waagschale geworfen, und die Ratsmitglieder hatten dem nichts entgegenzusetzen.

»Wenn Ihr einverstanden seid mit meinem Vorschlag, dass die St. Janskirche in Gouda eine neue Ikonografie nach den Entwürfen von Meister Crabeth bekommt, werde ich nun sofort mein *Vidimus* unter diese Zeichnung setzen. Dann kann Meister Crabeth auf meine Kosten dieses Glasfenster anfertigen.«

Er sah Bürgermeister Martenszoon durchdringend an und sagte: »Ich versichere Euch, ich werde in meinem Bekanntenkreis freigebige Sponsoren für Euch finden; außerdem könnt Ihr meines Einflusses am Hof in Brüssel gewiss sein. Ihr braucht mich, meine Herren.«

Der Bürgermeister blickte nachdenklich auf seine Gefährten, auf die Entwürfe auf dem Tisch, auf Dirck …

»Gut«, sagte er schließlich. »Ihr habt Recht: Wir brauchen Eure Hilfe. Und wenn dies die Bedingung ist, die Ihr stellt, sehe ich mich genötigt, darauf einzugehen.«

Lethmaet lächelte zufrieden, aber Van Reijnegom warf Dirck einen wütenden Blick zu.

»Wir sind uns also einig«, schloss Lethmaet. Er nahm eine Feder, tauchte sie in ein Tintenfass und setzte mit schwungvoller Geste seinen Namen und seine Unterschrift auf die Zeichnung von der Geburt Johannes' des Täufers.

»So«, sagte er. Er legte die Feder nieder und hob sein Glas. »*Vidimus!*«

Die Männer erhoben ebenfalls ihre Gläser und murmelten: »*Vidimus …*«

»Und möge Gouda seine neue Ikonografie zu schätzen wissen«, fügte der Professor hinzu.

Lethmaet hatte am Ende der Unterredung noch gefragt, ob es den Herren etwas ausmachen würde, wenn er Meister Crabeth noch unter vier Augen spräche.

»Ich brauche nur ein Stündchen; Ihr könnt inzwischen vielleicht ein paar Sehenswürdigkeiten in Utrecht besichtigen. Habt Ihr das Papsthaus schon gesehen, das unser geliebter holländischer Papst Adrianus einst erbauen ließ?« Die Ratsmitglieder hatten sich verdattert davonschicken lassen. Und Lethmaet hatte Dirck noch einmal nachdrücklich gewarnt.

»Das Spiel hat begonnen«, hatte er zu ihm gesagt. »Ich weiß, dass Ihr einen Drohbrief erhalten habt, und ich befürchte, dass Ihr mit noch viel mehr Widerstand rechnen müsst. Ich habe versprochen, Euch zu helfen, wo ich kann, und ich werde dieses Versprechen halten. Als Dank dafür verlange ich von Euch, dass Ihr Euch mit Leib und Seele Euren Glasfenstern widmet.«

Dirck hatte dem Professor sein Wort gegeben.

24

Bei der ersten Bauversammlung, die dem Besuch in Utrecht folgte, herrschte eine sehr gedrückte Stimmung. 't Sanctius war schwer enttäuscht von Lethmaets Vorhaben und der Art und Weise, wie er die Zustimmung der Ratsmitglieder erzwungen hatte.

»Ihr steckt mit dem Professor unter einer Decke!«, warf der Pfarrer Dirck vor. »Ihr habt die ganze Zeit davon gewusst, Crabeth, und Ihr habt *nichts* gesagt.«

Dirck zwang sich, nicht auszusprechen, was er als Erstes dachte.

Als ob ich nicht die ganze Zeit schon vorgeschlagen hätte, eine neue Ikonografie zu wählen!

»Ich kann mich doch den Wünschen eines Mannes wie Professor Lethmaet schlecht widersetzen«, verteidigte er sich. »Ich kann auch nur das machen, was mir aufgetragen wird!«

Obwohl 't Sanctius und ein großer Teil des Stadtrates die neue Ikonografie offen ablehnten, war spürbar, dass es unter den Anwesenden auch Männer gab, die mit der Idee einverstanden waren – und das umso mehr, als Dirck die Gelegenheit bekam, seine Pläne zu erläutern. Er erzählte von dem, was er im *Corpus Vitrearum* gelesen hatte, ohne über das Büchlein selbst zu sprechen. Er achtete nicht mehr auf die bösen Blicke von Männern wie Altbürgermeister Heije und Van Reijnegom. Lethmaet hatte die Sache entschieden und selbst diese mächtigen Bürger Goudas konnten daran nun nichts mehr ändern. Erasmus würde seine Ikonografie bekommen.

25

Cornelis sass auf dem Kopfende seines schmalen Bettes; er hatte die Knie an die Brust gezogen und die Arme darumgelegt. Er betrachtete die Blätter voller Notizen, die er vor sich auf dem dünnen Strohsack ausgebreitet hatte, und dachte angestrengt nach. Es war nicht nur das Rätsel der Anmerkung unter der Zeichnung von Erasmus' Mutter, auf die Cornelis eine Antwort suchte. Er hatte das Büchlein bei Dirck abgeholt, um es noch einmal gründlich zu studieren. Denn je länger er über Theobalds letzte Worte nachdachte, desto mehr fragte er sich, was nun eigentlich geschehen war damals im Kloster.

Seine Augen glitten über die Blätter, seine Notizen über Theobald. Er hatte, so gut ihm das nach all der Zeit noch gelingen wollte, aus der Erinnerung aufgeschrieben, was der sterbende Mönch alles gesagt hatte. *Ein* Satz ließ ihn einfach nicht los:

»Ich wusste nicht, dass er es dir geschenkt hatte …«

Cornelis nahm einen vergilbten Brief zur Hand, den er nach unermüdlichem Suchen gefunden hatte. Vor langer Zeit hatte Theobald ihn einmal gebeten, eine Abhandlung über Luther, die er geschrieben hatte, aus der Bibliothek zu holen. Mit einem schelmischem Blick in den blinden Augen hatte der alte Bruder erzählt, dass er seine Schriften – die er selbst für ziemlich harmlos hielt, von denen er jedoch wusste, dass sie manchmal recht unorthodox waren – ohne Namen und Unterschrift in den Büchern versteckte, an denen die anderen

Mönche kein Interesse hatten, vor allem in solchen, die in griechischer Sprache geschrieben waren.

Cornelis hatte das damals ein bisschen komisch gefunden, aber in der letzten Zeit hatte er sich gefragt, wie viele dieser Schriften zwischen den Seiten von allerlei obskuren Büchern versteckt waren.

Bis jetzt hatte er etwa zwölf Schriftstücke gefunden; vier davon waren Abhandlungen über verschiedene theologische Themen, die übrigen waren Briefe. Zu seiner Enttäuschung war kein Brief von Erasmus darunter, aber es gab einen anderen Brief, der viele seiner Fragen beantwortete: ein kurzer, zorniger Brief von Sasboud.

An Bruder Theobald; sei gegrüßt!
Als Erstes sollst du wissen: Ich schreibe dir nicht, um dir zu vergeben, sondern aus schlichter Notwendigkeit. Es wäre mir ebenso lieb gewesen, wenn ich deinen Namen in meinem Leben nie mehr hören oder schreiben würde. Aber so, wie die Dinge jetzt stehen, sehe ich mich genötigt, mich an dich zu wenden. Und dabei hoffe ich, dass du – der du doch für deine Schlauheit bekannt bist – dieses Mal nicht so dumm sein wirst wie letztes Mal, als ich dich bat, etwas zu tun, nämlich deinen Mund zu halten. Warum hast du dich nicht daran gehalten? Warum musstest du vor den Brüdern mit dem Büchlein von Desiderius angeben und behaupten, er hätte es mir verkauft? Es hat uns so viel Mühe gekostet, es aus dem Kloster herauszuschaffen – konntest du dir nicht vorstellen, dass uns das in Schwierigkeiten bringen würde? Desiderius hatte dem Prior doch nicht umsonst erzählt, dass er es verbrannt hätte!

Aber genug davon: Es vergällt mir den Tag, wenn ich daran zurückdenke. Ich schicke dir das Werk von Desiderius zurück. Es geht mir nicht besonders gut hier in Rotterdam und ich habe keine feste Wohnung. Denk nicht, dass ich dir das schreibe, um Mitleid zu erregen. Aber unser gemeinsamer Freund hat mich damals gebeten, das Büchlein für ihn aufzubewahren, und ich fürchte, dass ich angesichts meiner Lebensumstände nicht dafür einstehen kann, dass es sicher ist.

Außerdem scheint es mir angebracht, das Werk an einem besseren Ort zu verstecken als in meinem Brotbeutel; sein Besitz wird langsam gefährlich. Die Zeiten werden immer seltsamer. Mein Ansinnen an dich ist einfach: Verstecke es. Sorge dafür, dass es verschwindet, aber vernichte es nicht! Die Welt ist noch nicht bereit für dieses Buch; es steht zu hoffen, dass es irgendwann einmal besser verstanden wird. Aber bis es so weit ist, muss es verschwinden.

Erzähle Desiderius nichts von all dem. Er würde wie immer anderer Meinung sein. Er würde nicht begreifen, dass ich das tue, um ihn so gut wie möglich zu schützen und der Sache einen Riegel vorschieben. Verstecke es in aller Stille und sprich nie mehr darüber.

Sasboud

Cornelis wusste nun auf jeden Fall, wie das Büchlein wieder bei Erasmus gelandet war: durch eine ehrliche Verwechslung. Er nahm seine Abschrift des Briefes zur Hand, den Dirck in Rotterdam gefunden hatte.

»Hendrik, der es mir gebracht hat, sagte mir, du hättest ihm versichert, dass ich dir das Büchlein damals verkauft hätte. Du weißt doch selbst, dass das nicht stimmt! Ich habe es natürlich heftig bestritten und konnte ihn schließlich davon überzeugen, dass deine Behauptung nicht der Wahrheit entsprach.«

Es war also ein Missverständnis im Spiel gewesen. Erasmus hatte gedacht, Sasboud sei derjenige, der behauptet hatte, er hätte das Büchlein verkauft. Aber es war Theobald gewesen, der vor lauter Eitelkeit viel zu viel gesagt hatte.

Ein gewisser Hendrik hat, als er im Auftrag Sasbouds das Büchlein nach Steyn zurückbrachte, für noch mehr Verwirrung gesorgt, dachte Cornelis, *indem er das Büchlein nicht zu Theobald brachte, sondern zu Erasmus. Wahrscheinlich wusste er es nicht besser, wer er auch gewesen sein mag.*

Er legte das Blatt nieder und starrte gedankenverloren ins Leere.

Erasmus muss ziemlich wütend gewesen sein, als es ihm zu Ohren kam. Er hat es nicht umsonst heftig abgestritten; man hätte ihn fortschicken können. Und dann? Was soll ein Mönch tun, der unehrenhaft entlassen wurde, weil er sein Gelübde gebrochen hat?

Nun, da er das *Corpus Vitrearum* und seinen Inhalt kannte, konnte er den Gedanken, dass dieses Büchlein dem Prior des Ordens nicht besonders gefallen hatte, gut nachvollziehen. Es war, vor allem für einen Novizen in der damaligen Zeit, ein ziemlich provozierendes Werk. Es stellte indirekt die Macht der Kirche an den Pranger, indem es eine Ikonografie anbot, die die Lektionen der Bibel direkt an das Volk weitergab, ohne Vermittlung der kirchlichen Hierarchie. Es war ein erster, vorsichtiger Vorbote der Kritik, die Erasmus später noch viel stärker zum Ausdruck bringen sollte.

Langsam entstand im Kopf des Mönches eine Vorstellung davon, wie sich alles zugetragen haben konnte.

Erasmus hat mithilfe von Sasboud das Corpus Vitrearum *gemacht. Aber Theobald redete darüber, und so kam es dem Prior zu Ohren. Dieser verbot Erasmus, weiter daran zu arbeiten. Erasmus hat dem Prior weisgemacht, dass er es vernichtet hätte, aber insgeheim gab er es Sasboud mit, als der das Kloster verließ. Und Sasboud schickte es durch einen gewissen Hendrik zurück, der anscheinend einiges durcheinander geworfen hatte. Er gab es nicht nur der falschen Person, sondern erzählte dabei auch noch etwas, das nicht der Wahr-*

heit entsprach. Hatte er das möglicherweise von Theobald gehört?

Aber Cornelis hatte immer noch keine Antwort auf die Frage, wo Erasmus nun genau geboren war. Warum schrieb Erasmus im *Corpus Vitrearum,* er sei in Gouda zur Welt gekommen? Er dachte an das Medaillon, das Prior Maes ihm einmal gezeigt hatte; Erasmus selbst hatte es gestiftet, und darauf stand die seltsame Bemerkung, dass er in Gouda gezeugt worden sei.

Zu viele Rätsel …

Er schob alle Blätter auf einen Haufen und beschloss, sich schlafen zu legen; er war todmüde. Morgen musste er dort weitersuchen, wo er die meisten Antworten fand: in der Bibliothek.

26

Das Haus von Frau De Meij war groß und vornehm. Es stand am Hafen, nicht weit von der Schleuse entfernt. Daneben befand sich eine Lagerhalle mit breiten Luken. Während Dirck die Stufen zur Haustür hinaufging, wurden dort mithilfe schwerer Flaschenzüge große Fässer ein- und ausgeladen.

Frau De Meij öffnete selbst, noch ehe Dirck angeklopft hatte. Ihm fiel auf, dass sie keine Trauerkleidung mehr trug.

»Ich habe Euch kommen sehen.« Sie lächelte und bedeutete Dirck hereinzukommen.

»Ihr habt mich nicht lange warten lassen«, sagte sie und bot ihm einen Stuhl an.

Er lehnte höflich ab; er wollte seinen Besuch so kurz und geschäftlich wie möglich halten. Aber Frau De Meij bestand darauf, dass er erst ein Glas Wein mit ihr trank.

»Ich habe einen herrlich süßen Claret, den Ihr unbedingt probieren müsst«, sagte sie. »Er ist leicht, darum macht Euch keine Sorgen, Meister Crabeth. Er wird sich in keiner Weise nachteilig auf Eure Arbeit auswirken!«

Ihr Lachen klang wie ein mädchenhaftes Kichern. Sie schenkte den Wein ein, ging langsam auf Dirck zu und beugte sich über ihn, um den Wein neben ihm auf ein Tischchen zu stellen. Dirck wurde es einen Moment schwindlig von dem schweren Duft, der ihrem Silberapfel entströmte. Sie setzte sich neben ihn.

»Seht Ihr«, sie zeigte auf die gegenüberliegenden Fenster, »dorthin sollen Eure Glasfenster kommen.«

Dirck blickte zu den Oberlichtern über den vier großen Fenstern und nickte zustimmend. »Das ist ein ausgezeichneter Ort, Frau De Meij. Ich werde gleich …«

»Aber sagt doch Aleida zu mir«, sagte sie und berührte ihn sanft am Handgelenk. »Ich bestehe darauf, Meister Crabeth.« Wieder lachte sie.

»Bei allem Respekt, Frau De Meij, aber das möchte ich lieber nicht.« Er rückte ein Stückchen von ihr ab. »Ihr seid eine Kundin, und ich bin hier, um Euch zu beraten.«

Er schaute sie an und merkte, dass seine Worte sie kaum beeindruckten: Ihr Lächeln wurde nur noch breiter.

»Was wolltet Ihr sagen?«, fragte sie unbeirrt.

»Ich wollte nur sagen«, antwortete Dirck, dem in ihrer Nähe immer unbehaglicher wurde, »dass ich die Maße nehmen muss.«

Dieses Parfum macht mich ganz schwindlig!

Er stand auf und ging zu den Fenstern, froh, ein bisschen Abstand zwischen sich und den Duftapfel zu bringen. Aber sie gönnte ihm keine Ruhe. Graziös erhob sie sich und kam hinter ihm her.

»Mein Mann und ich lebten erst seit etwa einem Jahr hier,

als er starb«, erzählte sie ihm ungefragt. »Wir kommen aus Antwerpen, aber der Betrieb dort wird jetzt von unserem Sohn geleitet. Mein Mann wollte gern auch in Holland etwas aufbauen. Und Gouda hat gutes Bier!«

Dirck hörte nur mit halbem Ohr hin. Er konzentrierte sich lieber auf das, weswegen er gekommen war – die Fenster auszumessen. Er wollte seinen Zollstock aus der Tasche holen, aber Frau De Meij nahm ihn am Arm.

»Meister Crabeth, ich bin so froh, dass Ihr für mich arbeiten wollt. Ihr seid ein großartiger Glasmaler!«, schmeichelte sie. »Und weil Ihr solch ein Meister Eures Faches seid, habe ich eine Bitte an Euch.«

Sie ließ seinen Arm los und legte die Handflächen aneinander, als wollte sie ihn um etwas anflehen.

»Dürfte ich vielleicht ab und zu einmal zu Euch kommen, um zuzusehen, wie Ihr an meinen Fenstern arbeitet? Ich weiß, dass das nicht üblich ist …«

Sie schaute ihn unschuldig an. Dirck war für einen Moment sprachlos. Warum wollte sie in seine Werkstatt kommen? Was gab es dort für sie zu sehen?

»Meine Werkstatt ist schmutzig und meine Gesellen sind gewiss nicht daran gewöhnt, dass dort Weibervolk herumläuft«, sagte er in einem brüsken Versuch, sie von ihrem Vorhaben abzubringen. »Selbst meine eigene Frau lässt sich dort nicht oft blicken.«

»Ach, ein bisschen Schmutz macht mir nichts aus«, lächelte sie und fasste wieder nach seinem Arm. »Bitte, Meister Crabeth, ich wäre so froh, etwas zu tun zu haben! Seit mein Mann tot ist, ist das Haus so leer und still … Ich brauche mich um das Geschäft nicht zu kümmern, das wird alles geregelt. Auch der Haushalt wird vom Personal geführt, und ich muss zusehen, wie ich mir die Einsamkeit mit Handarbeiten und Lesen vertreiben kann. Es ist eine Strafe, Meister Crabeth!«

Nun begann sie ihm tatsächlich leid zu tun, auch wenn er sich fragte, warum.

Sie ist steinreich – ist es ihr wirklich nicht möglich, der Langeweile zu entgehen?

Aber er gab nach. »Einverstanden, Frau De Meij. Ihr dürft uns aber nicht im Weg herumstehen – wir haben furchtbar viel zu tun zurzeit.«

Sie klatschte vor Freude in die Hände. »Danke, vielen, vielen Dank! Ich verspreche Euch, ich werde Euch nicht zur Last fallen!«

Das werden wir noch sehen, dachte Dirck, während er seinen Zollstock hervorholte.

»Du riechst aber seltsam«, sagte Jutgen, als er nach Hause kam.

Er erzählte ihr von der merkwürdigen Witwe aus Antwerpen mit ihrem Duftapfel und den Glasfenstern, die er für sie machen sollte. Jutgen lachte.

»Und so eine Dame will in deine Werkstatt kommen, um zu *helfen?*«

Während er zur Zwischentür lief, sagte er kopfschüttelnd: »Die kommt *einmal*, erschreckt sich zu Tode und kommt dann nie wieder, bis die Fenster fertig sind.«

»Ich werde schon mal Verbandszeug bereitlegen«, scherzte Jutgen. »Ich wette, dass sie sich am ersten Morgen schon verletzt.«

In der Werkstatt kam Adrian auf ihn zu; er hielt einen Brief in der Hand.

»Der wurde gerade für Euch gebracht, Meister.«

Dirck nahm den Brief entgegen. Es stand kein Name oder Absender darauf. Er ging die Treppe hinauf in sein Atelier, und während er den Brief aufriss, fragte er sich in Gedanken, wie er Frau De Meij »mithelfen« lassen konnte. Er setzte sich und begann zu lesen, aber im nächsten Moment stand er wieder auf: Es war ein neuer Drohbrief, auch diesmal in lateinischer Sprache abgefasst.

»*Und dein Leben wird immerdar in Gefahr schweben; Nacht und Tag wirst du dich fürchten und deines Lebens nicht sicher sein. Morgens wirst du sagen: Ach, dass es Abend wäre!, und abends wirst du sagen: Ach, dass es Morgen wäre!, vor Furcht deines Herzens, die dich schrecken wird, und vor dem, was du mit deinen Augen sehen wirst*«, übersetzte er mit zitternden Händen. Wütend knüllte er den Brief zusammen und schleuderte ihn in eine Zimmerecke.

Das geht zu weit! Wer wagt so etwas!

Er setzte er sich wieder und presste verbissen die Lippen zusammen. Diesmal würde er den Mund nicht halten – bei der nächsten Versammlung würde er den gesamten Rat damit konfrontieren. Der Schreiber dieser feigen Drohungen musste sich stellen und ihm in die Augen schauen. Er hatte genug davon.

27

Auch diesmal gab er Cornelis den Brief zu lesen – nachdem er das zusammengeknüllte Papier wieder glattgestrichen hatte.

»Ich war ziemlich wütend«, erläuterte er.

»Das kann ich mir lebhaft vorstellen«, sagte Cornelis. »Beim ersten Brief konnten wir noch denken, es wäre ein schlechter Scherz ... aber hier haben wir Nummer zwei. Es scheint also Ernst zu sein.«

Er war zu denselben Ergebnissen gekommen wie beim letzten Mal: billiges Papier und selbst gemachte Tinte; vermutlich steckte derselbe Verfasser dahinter. Es war dieselbe Handschrift, und auch bestimmte typische Fehler wiederholten sich.

»*Et erit vita tua quasi pendens ante te. Timebis nocte et die, et non credes vitae tuae. Mane dices: Quis mihi det verspe-rum? Et verspere: Quis mihi det mane? Propter cordis tui formidinem, qua terriberis, et propter ea, quae tuis vidibis oculis*«, las er. »Dieselben Flüchtigkeitsfehler: Statt *terriberis* muss es *terreberis* heißen, und auch *vidibis* ist falsch. Es heißt *videbis*.«

»Aber was nützt mir das?«, fragte Dirck, während er wütend im Zimmer auf und ab ging. »Es sagt mir nicht, wer mir diese elenden Briefe schickt!«

»Deuteronomium 28, Vers 66«, murmelte Cornelis. »Der Verfasser hat auf jeden Fall einen Narren an diesem einen biblischen Buch gefressen.«

Dirck nahm die Briefe vom Tisch und faltete sie zusammen. »Morgen Abend ist eine Versammlung«, sagte er grimmig. »Dann werde ich diese Giftspritzerei an die große Glocke hängen. Mal sehen, wer sich dadurch angesprochen fühlt.«

Cornelis gab ihm voll und ganz Recht.

Es blieb totenstill im Ratssaal, als Dirck aufstand – er war wütend und machte keinen Hehl daraus. Er schüttelte drohend die Faust, in der er die beiden Drohbriefe hielt, und achtete dabei scharf auf die Reaktionen der Anwesenden.

»Das ist schlichtweg eine Schande! Ich bin ein frommer, treuer Bürger unserer Stadt und habe solch eine feige Behandlung nicht verdient. Wenn der Verfasser dieser Drohbriefe hier anwesend ist, dann soll er jetzt aufstehen und mir sagen, was er zu sagen hat!«

Es blieb einige Augenblicke still. Dann stand ’t Sanctius auf.

»Meister Crabeth«, begann er, »ich verstehe, dass es sehr unangenehm ist, solche Briefe zu erhalten. Aber glaubt Ihr wirklich, dass es irgendjemanden in diesem Saal gibt, der sich so erniedrigen würde?«

»Ja«, sagte Dirck. »Ich glaube, dass es hier unter den Anwesenden genügend Personen gibt, die äußerst wütend über die Entscheidung von Professor Lethmaet sind. Und die ebenso wütend auf mich sind, weil ich davon wusste und weil Lethmaet mich gebeten hat, die Fenster zu machen.«

’t Sanctius lachte. »Ich muss doch sehr bitten, Meister Crabeth; das kann nicht Euer Ernst sein!«

»Und warum nicht?«, ließ sich aus einer der hinteren Reihen die dunkle Stimme von Tielman, dem Schieferdecker, vernehmen. »Dirck ist nicht der Einzige in Gouda, der findet, dass der Rat altmodische und überholte Vorstellungen vom Wiederaufbau der St. Janskirche hat, an denen er mit aller Gewalt festhalten will. Wie weit ist der Rat bereit zu gehen, um seinen Willen durchzusetzen?«

’t Sanctius wurde rot. Er holte Luft, um Tielman gehörig abzukanzeln, aber dazu bekam er keine Gelegenheit. Nach Tielmans Worten brach ein wilder Streit aus. Den Anfang machte Altbürgermeister Heije, der Dirck erbost zurief: »Verflucht, Crabeth, warum machst du uns solche Scherereien?«

Tielman rief eine beleidigende Antwort durch den Saal und dann war der Damm gebrochen. Der Rat teilte sich augenblicklich in zwei Lager; die Anwesenden schrien sich gegenseitig an und ballten die Fäuste. Dirck sah bekümmert zu.

»Das ist doch sinnlos!«, rief er. »Lasst uns um Himmelswillen nicht so miteinander streiten!«

Niemand achtete auf ihn; zu viele Männer sahen die Gelegenheit gekommen, einmal ihr Herz zu erleichtern. Es war lange genug geschwiegen worden. Dirck sah, dass Tielman und Altbürgermeister Heije beinah mit den Fäusten aufeinander losgingen und dass am anderen Ende des Saales die ersten Streithähne handgreiflich wurden. Und dann sah er 't Sanctius.

Der alte Pfarrer war nicht mehr rot – er war beinah blau. Schwankend stand er in der Mitte des Saales, die Hand auf die Brust gepresst. Dirck trat schnell zu ihm hin. Er wollte ihn stützen, aber 't Sanctius schlug seinen Arm weg.

»Ich brauche keine ... Ich bin nicht ...«

Nach Atem ringend starrte der Pfarrer ihn an, dann verdrehte er die Augen und stürzte bewusstlos zu Boden.

28

Zwei Tage nach der verhängnisvollen Versammlung wurden Dircks letzte Apostelfenster eingesetzt. Was als kleiner Festakt hatte begangen werden sollen, war nun eine sachliche, nüchterne Handlung. Die schwere Erkrankung von Pfarrer 't Sanctius bedrückte die ganze Stadt. Niemand wusste genau, was ihm fehlte, aber er hatte die Augen immer noch nicht geöffnet. Es war nicht die Pest, hatte der Chirurg dem Stadtrat mitgeteilt. Das war auf jeden Fall eine beruhigende Nachricht. Aber es änderte nichts daran, dass 't Sanctius offensichtlich in Lebensgefahr schwebte und dass die Bürger Goudas um ihren alten Pfarrer trauerten, der zehn Jahre lang ihr Hirte gewesen war.

Auch Dirck war bedrückt. Der Pfarrer war unmittelbar vor seinen Füßen zusammengebrochen. Er war so verblüfft gewesen, dass er ihn noch nicht einmal hatte auffangen können. Es war aber auch alles so schnell gegangen ...

Ihm schlug das Gewissen.

Was ist mir bloß in den Sinn gekommen, die Versammlung

dermaßen anzuklagen? Ich wusste doch gar nicht genau, ob der Verfasser der Briefe wirklich anwesend war! Ich Hitzkopf!

Er war häufig mit dem Pfarrer und dem Rat zusammengestoßen. Hatte es dazu beigetragen, dass 't Sanctius krank geworden war?

Selbst wenn das so wäre, hätte ich dann anders gehandelt? Hätte ich den Mund gehalten und die Stimme meines Gewissens ignoriert?

Und so tat er das, von dem er wusste, dass es ihm Ruhe verschaffte: Er stürzte sich in die Arbeit, um den Entwurf für das nächste Fenster – Christus als Retter der Welt – fertig zu bekommen. Er zeichnete Christus mit heiterer Miene, ohne eine Spur von Verurteilung in seinem Gesicht. So stellte er ihn sich vor: gerecht, liebevoll, vergebend. Nicht den Christus der Rache und Verdammnis, so wie 't Sanctius ihn gern darstellte.

Die rechte Hand Christi zeichnete er segnend erhoben; in der linken würde er eine Bibel halten. Er platzierte den Heiland mit beiden Füßen auf einer großen blauen Erdkugel, um dadurch seine unumstößliche Autorität zum Ausdruck zu bringen. Majestätisch sollte er wirken, aber nicht beängstigend. Ein wahrer Friedensfürst.

Das Zeichnen tat Dirck gut. Wenn er arbeitete, vergaß er immer alles um sich herum. Aber als er die linke Hand Christi skizzierte, die das schwere, aufgeschlagene Buch tragen sollte, in dem die Worte *Ego sum via, veritas et vita* – Ich bin der Weg, die Wahrheit und das Leben – zu lesen waren, ertönte ein harter Schlag an der Fensterscheibe. Dirck ließ seinen Graphitstift fallen und wandte sich auf seinem Hocker zum Fenster. Es war ein Sprung im Glas, aber ansonsten konnte er nichts sehen. Mit klopfendem Herzen ging er zum Fenster und öffnete es.

Unten auf der Straße lag eine Taube. Dirck atmete heftig aus.

Du stellst dich an, Dirck!

Es war nicht das erste Mal, dass ein Vogel gegen sein Atelierfenster flog. Und bei den großen Fenstern der Werkstatt passierte das noch viel häufiger. Aber Dirck hatte gleich wieder an die Drohbriefe gedacht …

Sie haben dir Angst eingejagt, Bursche.

Er lachte über seinen eigenen Schreck, aber seine Hände zitterten, als er das Fenster wieder schloss.

29

Es kostete Cornelis wenig Mühe, die Erasmiana in der Bibliothek zu finden: einige gedruckte Bücher und viele Handschriften, Briefe und Abhandlungen von und über den großen Denker. Die Kopisten der Regulare hatten sich bemüht, die Sammlung immer auf dem neuesten Stand zu halten.

Das Erste, was Cornelis interessierte, war das *Compendium Vitae,* Erasmus' knappe Biografie. Das Werk war nicht gedruckt, aber das Kloster verfügte über eine handgeschriebene Kopie, die Erasmus selbst angefertigt und gestiftet hatte. Der berühmte Denker hatte seine Beziehung zu den Regularen stets gepflegt, auch wenn er sich geweigert hatte, in das Kloster zu Steyn zurückzukehren.

Gleich im ersten Satz seiner Biografie schrieb Erasmus, er sei in Rotterdam geboren. Cornelis hatte es nicht anders erwartet: Das war allgemein bekannt.

Aber warum schreibt Erasmus hier, dass er in Rotterdam geboren ist, und im Corpus Vitrearum, *dass er in Gouda zur Welt kam?*

Ihm fiel auf, dass Erasmus seinen Geburtstag angab, nicht aber sein Geburtsjahr.

Warum nicht?

Er vertiefte sich in den herzzerreißenden Bericht über Erasmus' Eltern, Geeraert und Margaretha, und konnte alles lebhaft nachempfinden: wie die beiden sich heimlich miteinander verlobt hatten und wie Geeraerts Eltern der geplanten Ehe einen Riegel vorgeschoben hatten. Sie hatten ihren Sohn zum Priester bestimmt. Geeraert wollte nicht, und weil er Margaretha nicht heiraten durfte, reiste er nach Rom. Dort erhielt er einen Brief seiner Eltern, in dem sie ihm mitteilten, Margaretha sei gestorben. In dem Gefühl, dass es für ihn kaum noch einen Grund zum Leben gab, hatte Geeraert daraufhin sein Priestergelübde abgelegt.

Als er einige Monate später nach Gouda zurückkehrte, entdeckte er, dass seine Eltern ihn betrogen hatten: Margaretha war nicht tot. Sie war gesund und munter und sie erwartete ein Kind – *sein* Kind. Aber eine Hochzeit war nun, nachdem Geeraert zum Priester geweiht worden war, vollends unmöglich geworden. Margaretha zog heimlich nach Rotterdam zu Verwandten und dort wurde der Bastard Geert beziehungsweise Desiderius geboren, der lebendige Beweis für die Sünden seiner Eltern.

Cornelis fand die Geschichte spannend, auch wenn er wusste, dass sie nicht der Wahrheit entsprach: Erasmus hatte einen älteren Bruder, der demselben Verhältnis entstammte. Aber es klang sehr romantisch und hätte sich gut als Liedtext für eine Ballade geeignet.

Auf den von Erasmus verfassten Text folgten noch allerlei Anmerkungen, die verschiedene Brüder im Laufe der Jahre hinzugefügt hatten. Es wurden vor allem Dinge genannt, die mit Erasmus' Aufenthalt im Kloster zu tun hatten; Cornelis suchte nach einem Hinweis auf das *Corpus Vitrearum,* aber davon wurde nichts erwähnt.

Allerdings erregte eine andere Bemerkung seine Aufmerksamkeit: »*Aufgezeichnet nach Berichten von Bruder Waltherius drei Tage nach Allerseelen im Jahre des Herrn 1543. Über den Arzt Snoy: Dieser sagte immer zu unseren Brüdern, zu denen er oft kam, um sie zur Ader zu lassen, dass es ihm weitaus lieber wäre, dass Erasmus sich als Goudaer bezeichnen würde, statt sich einen Rotterdamer zu nennen. Denn er behauptete zu wissen, dass Erasmus in Wirklichkeit in Gouda geboren und in Rotterdam aufgewachsen sei.*«

Cornelis starrte auf den Text. Das war schon das zweite Mal, dass er schwarz auf weiß las, dass Erasmus nicht in Rotterdam, sondern hier in Gouda geboren sei.

Und was ist nun die Wahrheit?

Das Medaillon, das er beim Prior gesehen hatte, war von Erasmus selbst gestiftet worden. Immerhin hatte er darauf schreiben lassen, er sei in Rotterdam geboren.

Aber auch, dass er in Gouda gezeugt wurde …

Cornelis zog weitere Quellen zurate: den Briefwechsel von Erasmus, von dem die Regulare ebenfalls einen großen Teil als Abschriften besaßen. Die Kopien waren in zwei Büchern zusammengestellt worden. Es waren hauptsächlich Briefe, die Erasmus verfasst hatte, aber auch solche, die an ihn gerichtet waren.

Die ersten Briefe waren an einen Vormund von Erasmus und an seinen Bruder Pieter geschrieben; darauf folgte eine Reihe von Briefen, die an Servaas Rogier aus Rotterdam gerichtet waren.

Servatius, der später Prior dieses Ordens wurde …

Cornelis hatte in den Wandelgängen des Klosters oft gehört, dass zwischen Erasmus und Servatius, die einander als Novizen kennengelernt hatten, eine brüderliche Freundschaft entstanden war. Aber viel mehr wusste er nicht darüber. Nun hatte er die Chance, die Briefe zu lesen, die Erasmus seinem besten Freund geschrieben hatte.

Er machte es sich auf einem Stuhl bequem und nahm die Schriften zur Hand. Aber schon, während er den ersten Brief las, stand er wieder auf und legte das Buch auf den Tisch.

Das klang ja wie ein Liebesbrief!

Erasmus nannte Servatius »*o du meine Seelenhälfte*« und brachte seine Angst zum Ausdruck, dass Servatius ihn vergessen haben könnte.

»*Ich wünschte mir, dass du, wenn es möglich wäre, mich ebenso sehr lieben würdest wie ich dich!*«, las Cornelis in dem Buch, das vor ihm lag. Er schüttelte ungläubig den Kopf und begann mit dem zweiten Brief.

Auch dieser Brief sprach von einer »*besonderen Liebe*«, und auch dieses Mal fragte Erasmus sich, warum Servatius nicht dieselben Gefühle für *ihn* hegte. Im dritten Brief, der nur kurz war, wurde es noch schlimmer; vermutlich hatte Servatius versprochen, dass er schreiben würde, und hatte es nicht getan. Erasmus schrieb, er nähme an, dass sein Freund zu viel zu tun hätte, aber der Unterton war bitter – es war der Ton eines abgewiesenen Liebhabers. Und in den anderen sechs Briefen an Servatius, die Cornelis in dem Buch fand, wurde diese Verbitterung immer stärker. Offensichtlich hatte Servatius von der ungestümen Anhänglichkeit seines besten Freundes nichts wissen wollen und ihn immer mehr auf Distanz gehalten.

Aber Cornelis fiel es tief in seinem Herzen sehr schwer zu akzeptieren, dass Erasmus, der von ihm so bewunderte Denker, in einen *Mann* verliebt gewesen sein könnte. Er blätterte die beiden Bücher durch und hielt dabei Ausschau nach Briefen an andere Freunde, um ihren Ton mit dem vergleichen zu können, was er gerade gelesen hatte. Er stellte fest, dass Erasmus viel an seinen Freunden gelegen war; oft brachte er seine Zuneigung zum Ausdruck. Aber nicht auf die Weise, wie er es in den Briefen an Servatius tat.

Was dem auch zugrunde lag, dachte Cornelis, ohne zu einem eindeutigen Ergebnis zu kommen, *es ist offensichtlich, dass Erasmus seinem Freund sehr starke Gefühle entgegenbrachte. Servatius konnte diese Gefühle nicht erwidern und das ist der Grund dafür, dass Erasmus hier in Gouda das Herz brach ... Daran könnte es gelegen haben, dass ihm diese Stadt zuwider wurde und er ihr den Rücken kehrte.*

Es schien einerseits so logisch und andererseits wieder so unwahrscheinlich ...

Wenn dieser Mann so wichtig war für Erasmus, warum hat er ihn dann nicht in seiner Autobiografie erwähnt?

Er forschte weiter und entdeckte, dass es für Erasmus noch mehr Gründe gab, die Stadt, in der er seine Jugend verbracht hatte, zu hassen. Die Goudaer Jugendlichen hatten Erasmus und seinen Bruder schikaniert: Als uneheliche Söhne eines Priesters waren sie die ideale Zielscheibe ihres Spottes. Die Zeiten, in denen er woanders zur Schule ging, waren eine große Erleichterung für ihn.

Dann waren da die drei Vormünder, die nach dem Tod von Erasmus' Eltern eingesetzt worden waren, um das kleine Vermögen, das die Jungen erben sollten, zu verwalten, bis sie erwachsen waren. In verschiedenen Briefen beklagte sich Erasmus darüber, dass diese gewissenlosen Männer das ganze Erbe verschleudert hatten. Dadurch waren Pieter und er so arm geworden, dass ihnen kaum etwas anderes übrig blieb, als ins Kloster einzutreten. Erasmus musste seinen Traum, an der Universität zu studieren, begraben und mit der Bibliothek der Regulare vorliebnehmen.

Und dann, als letzter Tropfen, der das Fass überlaufen ließ, war da die Ablehnung durch Servatius. Nach allem, was Cornelis gelesen hatte, entstand vor seinem geistigen Auge das Bild eines jungen Mannes, der verzweifelt nach Wärme und Sicherheit suchte.

Er hat seinen Beinamen Desiderus bestimmt nicht umsonst gewählt: der Gewünschte.

Dieser unehelich geborene Sohn hatte zum Ausdruck bringen wollen, dass er kein »Unfall« war, nicht das Produkt einer Sünde. Er wollte daran festhalten, dass seine Eltern sich bewusst und liebevoll für ihn entschieden hatten. Erasmus hatte aufgrund eines versehentlichen Übersetzungsfehlers geschlossen, dass der Name »Geert«, den seine Eltern ihm gegeben hatten, sich von dem Wort »begehren« ableitete.

Erasmus wollte geliebt werden, und ich denke, dass es ihm gleichgültig war, ob das durch einen Mann oder eine Frau geschah ... Er hat einfach bedingungslose Liebe gesucht, glaube ich. Vielleicht hat Servatius das falsch verstanden. Oder ich verstehe etwas falsch. Aber es sieht ganz danach aus, dass Erasmus die Zurückweisung seines Freundes nicht verkraftet hat. Und dann hat er sich endgültig von seiner Heimatstadt abgewandt.

Plötzlich begriff er, was Erasmus mit dem Medaillon hatte sagen wollen. Er lachte auf: So viel Rachsucht hätte er bei einem erleuchteten Geist wie Erasmus nicht vermutet.

Gezeugt in Gouda, aber nicht dort geboren ... das klingt ja geradezu hämisch!

Aber plötzlich wurde ihm die Bedeutung dessen bewusst, was er da gerade dachte, und sein Lachen erstarb.

Angenommen, dass Erasmus sich dadurch an Gouda gerächt hat, dass er sich fortan ebenso wie sein Vater »von Rotterdam« nannte, um seine Heimatstadt zu verleugnen ... Ist die Lösung wirklich so einfach?

30

Frau De Meij erwies sich als geschickter, als Dirck erwartet hatte. Und sie hatte tatsächlich keine Angst, sich schmutzig zu machen; sie trug einfache Kleider und hatte sogar ihre duftenden Spezereien zu Hause gelassen. Sie bestand darauf, dass Dirck sie wie einen Lehrling behandelte, der gerade mit der Ausbildung begann. Wenn Gerrit Dachshaarpinsel wusch, das Glas mit Sägemehl entfettete oder Fensterkitt anmachte, um damit die Fugen zwischen Bleiruten und Glas abzudichten, zögerte sie keinen Moment, ihm zu Hilfe zu kommen. Der Junge wusste gar nicht, wie ihm geschah mit dieser Dame an seiner Seite, die sich bald ebenso schmutzig gemacht hatte wie er.

Das Mittagsmahl nahm sie mit den anderen Männern in der Werkstatt ein. Sie hatte sogar einen Krug Wein mitgebracht, um sich zu bedanken. Das unbehagliche Gefühl, das die Gesellen zunächst noch beschlichen hatte, schlug schnell um in Wertschätzung. Auch Dirck bewunderte sie für die Art, wie sie die Dinge anpackte.

Eine eigenartige Frau!

Am Nachmittag nahm er sich etwas Zeit, um ihr einiges über die Glasmalerei zu erzählen. Wenn Frau De Meij schon in der Werkstatt herumlief, konnte sie ebenso gut ein bisschen helfen. Er beschloss, mit dem ersten Schritt anzufangen: mit den Entwürfen, die er für ihre Fenster angefertigt hatte.

Er hatte kein biblisches Thema gewählt; Frau De Meij würde wahrscheinlich mehr Gefallen an einem Werk finden, das die Besonderheiten des Berufes darstellte, den ihr Mann ausgeübt hatte. Und da es um Bier ging, stand genügend Bildmaterial zur Verfügung: Korn, das gedroschen wurde, Bierfässer auf einem Schiff und trinkende Männer an einem Tisch. Er hatte schon einige Skizzen angefertigt, die er ihr nun zeigte.

Sie war begeistert, wie er es erwartet hatte. »So schöne Oberlichter über meinen Fenstern«, sagte sie bewundernd. »Meister Crabeth, Ihr seid ein begabter Mann!«

»Das Einzige, was wir noch entscheiden müssen«, sagte er, ohne auf ihre Komplimente einzugehen, »sind die Farben. Dazu brauche ich Eure Meinung.«

»Welche Farben stehen mir zur Auswahl?« Sie deutete auf eine Serie Medaillons an der Wand. »Die sind alle braun, grau und gelb.«

»Das liegt daran, dass sie aus einem einzigen Glasstück bestehen. Eure Fenster werden aber aus mehreren Teilen bestehen, die durch Bleiruten miteinander verbunden sind. Darum können wir verschiedene Farben benutzen.«

Er nahm sie mit zur Vorratskammer und zeigte ihr die tiefen Regale, in denen die Glasplatten standen, nach Farben geordnet und nummeriert.

»Schaut«, sagte er, während er ein paar Glasplatten herauszog, »aus denen hier schneiden wir die Stücke für Eure Fenster heraus, in der richtigen Form und Größe. Sie werden dann mit Bleifugen verbunden, in die die Glasstücke eingepasst werden. So bekommt das Bild Form. Dann bemalen wir es mit Grisaille, einer Glasfarbe, die aus fein gemahlenem Glas, ätherischen Ölen und Gummiarabikum besteht. Wenn das Glas dann in den Ofen kommt, wird die Grisaille eingebrannt. Und dann habt Ihr schöne Oberlichter für Eure Fassade!«

»Es klingt so einfach«, sagte Frau De Meij. »Aber ich weiß genau, dass ich mich da täusche.«

Dirck lächelte. »Mein Vater hat mehr als zwanzig Jahre für seine Ausbildung gebraucht, bevor er seine Meisterprüfung ablegen konnte«, sagte er. »Und mein Vater war ein wirklicher Meister! Ich habe das Handwerk von ihm gelernt, von Kind an, und auch ich war weit über dreißig, ehe ich Meister wurde. Es klingt vielleicht einfach, aber ich versichere Euch, dass es viele Jahre Arbeit braucht, bevor man ein eigenes Werkstück herstellen kann. Govert wird wahrscheinlich in nicht allzu langer Zeit seine Meisterprüfung ablegen – die Gesellenprüfung hat er schon vor Jahren gemacht.«

Er zeigte ihr die Öfen, ließ sie durch das kleine Guckloch schauen und erklärte ihr, wie ein Kupferplättchen darin die richtige Temperatur anzeigte: Wenn es sich verzog, hieß das, dass der Ofen heiß genug war. Er erzählte, wie die Glasplatten gemacht wurden, und erläuterte die verschiedenen Herstellungsmethoden: das deutsche Schleuderglasverfahren, bei dem das Glas geschleudert wurde, bis eine Scheibe mit einem charakteristischen Knubbel in der Mitte entstand, und die geniale französische Glasbläserei, bei der ein langer Zylinder hergestellt wurde, der später dadurch, dass man der Länge nach eine tiefe Kerbe in ihn hineinschnitt, im Ofen aufsprang und zu einer rechteckigen Glasplatte wurde. Er erklärte, wie das Glas die grüne, blaue, rote und gelbe Farbe bekam und welche Metalle für die Pigmentierung benutzt wurden. Er zeigte ihr den langen Tisch oben in seinem Atelier, an dem er die großen Kartons machte, und beschrieb ihr, wie das vor sich ging. Er erwartete nicht, dass Frau De Meij das alles behalten würde – das hatte er selbst auch nicht gekonnt, als sein Vater es ihm zum ersten Mal erzählte.

»Es hat mir sehr gut gefallen«, sagte sie am Ende des Nachmittags. »Ich hoffe, dass ich Euch nicht zu sehr von Eurer Arbeit abgehalten habe?«

Obwohl Dirck an diesem Nachmittag nicht zu seiner eigenen Arbeit gekommen war, sagte er: »Ihr seid hier jederzeit willkommen, Frau De Meij. Es ist mir ein Vergnügen, Euch von meinem Beruf zu erzählen.«

Aber als sie kurz darauf ging, war er doch froh, dass ihm immerhin noch ein paar Abendstunden blieben, in denen er sich seiner Arbeit widmen konnte.

Nach dem Essen setzte Dirck sich an den langen Tisch in seinem Atelier und rollte den Karton aus, der Christus als Retter der Welt darstellte. Er spürte, wie seine Rückenmuskeln protestierten, als er sich über das Papier beugte.

Ich bin auch nicht mehr der Jüngste!

Er arbeitete mit Holzkohle und weißer Kreide. Mit der Holzkohle zeichnete er die Skizze, während er die Kreide benutzte, um zwischen den schwarzen Linien Lichtakzente zu setzen. Über den Entwurf, der maßstabgetreu gezeichnet wurde, war ein Gitternetz gezogen. Auf dem Karton befand sich ein größeres Gitternetz im selben Größenverhältnis wie auf dem Entwurf. Dirck war dabei, den Entwurf Quadrat für Quadrat auf den Karton zu übertragen. Es war eine Arbeit, die viel Sorgfalt erforderte, aber gerade diesen Arbeitsschritt liebte er am meisten. Denn der Karton, der genauso groß war wie das Fenster, würde darüber entscheiden, wie das Ganze letztlich aussehen würde. Dirck liebte es, in Originalgröße zu arbeiten. Auf dem Karton konnte er alles bis ins kleinste Detail zeichnen und so dafür sorgen, dass das Glasfenster genau so wurde, wie er es im Kopf hatte.

Er ignorierte seinen schmerzenden Rücken und konzentrierte sich auf seine Arbeit. Zwei halbnackte Frauengestalten, die links und rechts von Christus standen, hatte er heute Morgen schon gezeichnet. Sie symbolisierten die Scham und die Strafe, die die Menschen bei der Wiederkunft Christi ereilen würden. Um diese Rückkehr des Messias noch deutlicher zu unterstreichen, ließ er die Christusfigur auf dem Globus mit einem Fuß nach vorn treten.

Nachdem er gut eine Stunde gearbeitet hatte, wurde das Licht in seinem Atelier langsam schwächer. Mühsam erhob er sich.

Ich hätte die Öllampen auffüllen sollen, bevor ich begann, dann hätte ich jetzt nicht aufhören müssen!

Er ging die Treppe hinunter, um unten aus der Werkstatt das Lampenöl zu holen. Plötzlich hielt er jedoch inne, weil er hinter der Tür zum Wohnhaus laute Stimmen hörte. Er erkannte die von Jutgen, aber da war auch noch eine Männerstimme.

»Das macht nichts, Jutgen«, hörte er den Mann barsch sagen, und dann öffnete sich die Tür. Floris van Assendelft, der Schultheiß, stand auf der Schwelle. Hinter ihm sah Dirck Jutgens Gesicht – schreckensbleich.

»Was ist los?«, fragte Dirck, während er die Treppe hinunterging.

Van Assendelft kam in die Werkstatt.

»Wo ist der Abendmahlskelch der Jakoba von Bayern?«, fragte er, ohne Dirck zu antworten.

»Der Abendmahlskelch von *wem?*« Dirck war so beunruhigt über Jutgens offensichtlichen Schrecken, dass er die Frage nicht einordnen konnte.

»Komm, du weißt doch genau, wovon ich spreche«, antwortete der Schultheiß. »Der Abendmahlskelch, den du damals aus der brennenden St. Janskirche getragen hast. Ich habe genug Zeugen, die sagen, dass sie dich damit gesehen haben.«

Dirck dachte an den Abend der Feuersbrunst zurück. Er erinnerte sich daran, wie die Leute mit Wassereimern hin- und herrannten und wie kalt seine Hände trotz der Feuerhitze gewesen waren. Und er erinnerte sich an den herabstürzenden Balken und die Altarflügel, die er hatte zurücklassen müssen. Er hatte, nachdem ’t Sanctius sie dazu herbeigerufen hatte, ziemlich viele Dinge aus der Kirche heraustragen helfen. Er wusste schon längst nicht mehr, was das alles gewesen war. Aber dann sah er ihn plötzlich wieder vor sich: den massiven Silberkelch, den er in seine Mütze gewickelt hatte, damit er keine Kratzer bekam.

»Was ist mit dem Kelch?«, fragte er, die Hände hinter dem müden Rücken verschränkt. »Ich habe ihn nicht mehr gesehen, seit ich ihn dir in jener Nacht gegeben habe.«

Der Schultheiß erwiderte nichts und sah sich nur ruhig um.

»In solch einer Werkstatt gibt es natürlich genügend Orte, an denen man einen Abendmahlskelch verstecken kann«, sagte er.

Dirck spürte, wie ihm das Blut aus dem Gesicht wich. Seine Augen öffneten sich weit.

»Glaubst du vielleicht, *ich* hätte den Kelch gestohlen?«

Dirck schaute Jutgen an, die immer noch Todesängste ausstand. Er sah, dass Gerrit, der sich schlaftrunken die Augen rieb, ebenfalls in die Werkstatt kam. Nach Gerrit stampften vier Männer von der Bürgerwehr herein und stellten sich an die Ausgänge.

»Was hat das zu bedeuten? Kommst du mich verhaften?«, fragte Dirck den Schultheiß verärgert.

»Hör zu, wir können es uns schwer oder einfach machen«, schnauzte Van Assendelft zurück. »Wenn du den Kelch hast, dann gib ihn mir – wenn nicht, dann lasse ich hier alles auf den Kopf stellen. Und eines kannst du mir glauben: Ich werde das Ding finden!«

Er sah, wie Jutgen weinend die Hände vors Gesicht schlug.

»Da kannst du suchen, bis du schwarz wirst«, sagte Dirck hasserfüllt. »Hier wirst du keinen Abendmahlskelch finden!«

Der Schultheiß schien sich über Dircks Antwort beinah zu freuen. Er wandte sich seinen Männern zu und gab ihnen einen Wink.

»Kehrt hier drinnen das Unterste zuoberst, und wenn wir mit der Werkstatt fertig sind, kommt das Wohnhaus an die Reihe.« Er grinste Dirck an. »Und ihr bleibt alle drei hier«, sagte er. »Damit ich euch im Blick behalte.«

Dirck lief zu Jutgen hinüber und legte beschützend die

Arme um sie. Er küsste sie aufs Haar und flüsterte: »Mach dir keine Sorgen, Liebste.« Er dachte erleichtert an das *Corpus Vitrearum,* das bei Cornelis im Regularenkloster in Sicherheit war.

»Was ist hier los, Meister?«, fragte Gerrit, der inzwischen hellwach war und voller Schrecken zusah, wie die Männer in der Werkstatt wüteten.

»Es handelt sich um eine falsche Anklage, Gerrit«, sagte Dirck, ohne Jutgen loszulassen. »Aber lass sie nur suchen, Junge, sie verschwenden bloß ihre Zeit. Ich habe nichts zu verbergen.«

Aber ihm ging ein Stich durchs Herz bei dem Gedanken, dass man ihn, Meister Crabeth, der vor noch nicht allzu langer Zeit ein respektierter Bürger Goudas gewesen war, des Diebstahls verdächtigte. Er dachte einen Moment darüber nach, ob er dem Schultheißen von den Drohbriefen erzählen sollte, aber dann beschloss er zu schweigen. Jeder konnte diese Briefe verfasst haben, warum nicht Van Assendelft?

Ich kann niemandem mehr vertrauen.

Bis tief in die Nacht waren die Männer der Bürgerwehr damit beschäftigt zu suchen – und wie Van Assendelft angekündigt hatte, wurde auch das Wohnhaus einer gründlichen Inspektion unterzogen. Voller Abscheu musste Jutgen mit ansehen, wie ihr ordentlicher Haushalt auf den Kopf gestellt wurde. Die ungeschlachten Kerle kannten keine Rücksicht; sie zerbrachen Geschirr, zerrissen Gardinen, schnitten Kissen entzwei, rückten Möbelstücke von ihrem Platz und warfen sie um. Nach stundenlanger vergeblicher Suche musste der Schultheiß zugeben, dass er den Kelch nicht finden konnte.

»Das ändert nichts daran, dass du unser Hauptverdächtiger bist, Crabeth«, sagte er, bevor er ging. »Meiner Ansicht nach weißt du mehr darüber.«

Zitternd vor Wut schleuderte Dirck ihm entgegen: »Das Einzige, was ich weiß, ist, dass ich beim Magistrat eine gesalzene Rechnung einreichen werde für den Schaden, den ihr verursacht habt!«

Der Schultheiß würdigte ihn keiner Antwort und knallte die Tür hinter sich zu.

Dirck und Jutgen blickten sich um. Es sah aus wie auf einer Müllhalde. Jutgen sank auf einen Stuhl.

»Warum haben sie das getan?«, fragte sie ihren Mann verzweifelt. »Warum?«

Dirck kniete neben ihr nieder und nahm ihre Hände. Er sah schon wieder Tränen in ihren Augen. Aber er konnte keine Worte finden, um sie zu trösten; er war einfach nur zornig.

Hinter ihm begann Gerrit mit dem Aufräumen.

31

DIRCK WURDE VORLÄUFIG nicht festgenommen, denn der Kelch wurde nicht gefunden. Der Winter hatte mit Macht eingesetzt, und Frost und Schnee machten die Arbeit an der St. Janskirche bis auf Weiteres unmöglich. So vergrub Dirck sich in seinem Atelier und arbeitete dort.

Der Schuster Thalen, der weiter oben in der Zeugstraat wohnte, kam vorbei und erzählte, der Schultheiß habe einen großen Teil der Bürger verhört, die diesseits der Brücke lebten. Jutgen war entsetzt, aber die Leute hatten nur Gutes über den Glasmaler zu sagen gewusst: immer fleißig, ein guter Nachbar, immer hilfsbereit. Und einen Abendmahlskelch … nein, den hatten sie noch nie bei ihm gesehen.

Van Assendelft gab nicht auf. Immer wieder tauchte er überraschend auf und belästigte Dirck in seiner Wohnung oder in der Werkstatt. Die Gesellen wurden verhört, und es wurde eine weitere Suchaktion gestartet – wieder ohne Erfolg. Aber der Schultheiß schien dadurch nur noch verbissener zu werden.

In Gouda waren die Meinungen geteilt – nicht nur in Bezug auf Dirck Crabeth. In der Stadt begannen sich zwei Parteien zu bilden: eine konservative, die romfreundlich war und von Altbürgermeister Heije und Van Reijnegom angeführt wurde, und eine viel zurückhaltendere Gruppe von Bürgern, die sich in die verbotene Lehre von Männern wie Luther und Calvin vertiefte und sich ganz im Geheimen traf, um zu beten und ihre Gedanken auszutauschen.

Die plötzliche schwere Krankheit von ’t Sanctius bestätigte beide Seiten in ihrer Überzeugung. Die meisten Bürger betrachteten es als Fingerzeig Gottes, dass der Pfarrer zu einem so wichtigen Zeitpunkt krank geworden war – ein Eingreifen von höherer Hand. Aber die Partei von Heije und Van Reijnegom war ganz anderer Ansicht. Der Glasmaler hatte sich in der letzten Zeit als regelrechter Aufrührer erwiesen; war es nicht merkwürdig, dass ’t Sanctius zu Boden gestürzt war, nachdem Dirck Streit mit dem gesamten Rat angefangen hatte? Der arme Pfarrer war immer noch bewusstlos und musste Tag und Nacht versorgt werden. Man befürchtete das Schlimmste. Nein, in den Augen dieser konservativen Bürger hatte es einfach zu viel Aufregung um den Glasmaler gegeben. Und wo Rauch war, da war meist auch Feuer …

»Es muss eine Liste geben«, sagte Cornelis. »Ich weiß genau, dass Listen angefertigt wurden, als man nach dem Brand die Dinge beisammen hatte, die gerettet worden waren. So wird das immer gemacht.«

Cornelis hatte sich, nachdem er wochenlang in der Bibliothek gearbeitet hatte, wieder einmal bei Dirck und Jutgen blicken lassen. Als er von der Beschuldigung hörte, die gegen Dirck vorgebracht worden war, wurde er beinah ebenso zornig wie Dirck selbst. Zum ersten Mal in seinem Leben hörte Dirck einen Mönch fluchen, und das nicht zu knapp. Cornelis war sofort klar, dass dies ein abgekartetes Spiel war.

»Das kann gar nicht anders sein«, versicherte er. »Ich wette, dass das Ding überhaupt nicht gestohlen worden ist – und falls doch, dann muss es *nach* dem Brand passiert sein. Ihr müsst diese Liste finden; wenn der Kelch darin verzeichnet ist, ist das der Beweis dafür, dass er da war und an einem bestimmten Platz aufbewahrt wurde. Ihr gehört doch zum Kirchenvorstand?«

Jutgen sah Dirck hoffnungsvoll an. Cornelis hatte Recht: Das war der einzige Beweis, den Dirck für seine Unschuld erbringen könnte. Er musste diese Liste finden, koste es, was es wolle.

32

»Die Inventarbücher?« Der Schreiber in der Halle des Rathauses sah Dirck misstrauisch an. »Wozu braucht Ihr die?«

Dirck beschloss, sich nicht ausfragen zu lassen.

»Ich bin Mitglied des Kirchenvorstands«, sagte er arrogant. »Ich bin dir keine Rechenschaft darüber schuldig, wozu ich die Bücher brauche.«

»Sucht Ihr etwas Bestimmtes, Meister Crabeth?«

Der Schreiber ließ sich nicht einschüchtern. Dirck hatte sogar den Eindruck, dass der junge Mann genau wusste, warum er das fragte. Er sah den Schreiber durchdringend an.

»Die Inventarbücher, bitte!«, sagte er nur.

»Die liegen hier nicht«, sagte der Mann kurz angebunden. »Ich kann Euch also nicht helfen.«

Dirck war erstaunt. Warum sollten die Bücher nicht hier sein? Das Rathaus war nicht umsonst mitten auf dem leeren Marktplatz erbaut worden – als Steingebäude im Herzen einer aus Holz gebauten Stadt war es damit ziemlich sicher vor einem um sich greifenden Feuer. Alle Dokumente, die auch nur im Entferntesten von Bedeutung für die Stadt waren, wurden hier aufbewahrt.

»Und wo liegen sie dann?«, entgegnete Dirck, ebenso kurz angebunden.

Nun wurde der Schreiber nervös. »Woher soll ich das wissen? Ich bin nicht befugt, über solche Dinge zu entscheiden! Fragt Van Reijnegom, der weiß es bestimmt! Und warum fragt Ihr *mich* eigentlich? Als Mitglied des Kirchenvorstandes müsstet Ihr doch wissen, wo diese Bücher sind! Oder erzählt man Euch das vielleicht nicht?«

Offenbar nicht, dachte Dirck ärgerlich.

Kurz darauf stampfte er aus dem Rathaus und machte sich auf den Weg zum Sekretär.

Aber auch der Sekretär des Stadtrates konnte – oder wollte – ihm nicht helfen. Er bat Dirck noch nicht einmal herein. Wie ein Botenjunge musste Dirck an der Tür nach den Büchern fragen. Und natürlich sagte Van Reijnegom, dass er sie nicht hätte.

»Ich würde an deiner Stelle mal 't Sanctius fragen«, schlug er vor. »Was sollte ich denn mit den Büchern anfangen?«

Dirck glaubte ihm kein Wort. Wenn sie nicht im Rathaus lagen, dann war es am naheliegendsten, dass Van Reijnegom derartige Listen aufbewahrte. Außerdem wusste der Sekretär ebenso wie Dirck genau, dass es keinen Sinn hatte, sich an 't Sanctius zu wenden. Niemand nahm an, dass der Pfarrer seine Augen jemals wieder aufschlagen würde. Der Mann lag im Sterben. Dirck konnte sich nicht an ihn wenden und nach einer Inventarliste fragen – selbst wenn der Pfarrer sie haben sollte, was Dirck stark bezweifelte.

»Also willst du mir nicht helfen«, sagte er zu Van Reijnegom.

Der Schriftführer guckte beleidigt. »Lieber Dirck, ich würde dir gern helfen, aber ich *kann* leider nicht.«

Dirck begriff, dass es sinnlos war.

»Genau«, nickte er. Ohne ein weiteres Wort drehte er sich um und ging.

»Viel Glück, Crabeth«, hörte er Van Reijnegom ihm zynisch nachrufen, aber er reagierte nicht darauf.

Noch bevor er die Zeugstraat erreichte, hatte er es begriffen: Er war machtlos. Das war genau das, wovor Lethmaet ihn gewarnt hatte. Dank des Professors konnte er seine Glasfenster machen, aber er zahlte einen hohen Preis dafür. Wenn er nicht nachweisen konnte, dass er diesen Kelch nicht gestohlen hatte, würde er letztlich verurteilt werden. Davon war er überzeugt.

Sie wollen verhindern, dass die Glasfenster gemacht werden – und die beste Möglichkeit dazu ist, denjenigen, der sie herstellt, in einem Kerker verschwinden zu lassen.

Wer »sie« waren, begann Dirck allmählich klar zu werden: der konservative Kern des Stadtrates in Gestalt von Van Reijnegom und Altbürgermeister Heije.

Nur sie haben die Macht, den Kelch verschwinden zu lassen und mir aufgrund eines vagen Verdachtes Floris van Assendelft auf den Hals zu schicken. Und zudem haben sie Zugang zu allen Dokumenten im Rathaus. Eine Inventarliste verschwinden zu lassen ist für diese Männer eine Kleinigkeit. Heije und Van Reijnegom sind durchtrieben genug, um so etwas auszuhecken …

Wenn es wirklich so war, dann hatte er ein mächtiges Problem.

33

UND DIE PROBLEME wurden nicht weniger, sondern spitzten sich zu. Bei der nächsten Versammlung wurde ein neuer Versuch unternommen, Dirck das Leben schwer zu machen: Altbürgermeister Heije machte den Vorschlag, Glasmaler aus Flandern anzuwerben. Mit hinterhältigem Lächeln meinte er, es sei vielleicht doch sehr viel Arbeit für eine einzige Glaswerkstatt … vor allem angesichts der Tatsache, dass Dirck im Moment eines Diebstahls verdächtigt werde.

»Das Schicksal unseres berühmten Glasmalers ist damit unsicher«, schloss Heije seine Rede.

Dirck gab dem Verlangen nicht nach, sich selbst zu verteidigen; er verlor kein Wort über den Diebstahl. Stattdessen setzte er sich für das Konzept des *Corpus Vitrearum* ein und erinnerte die Versammlung an das, was Lethmaet gesagt hatte: Wenn der Rat Mäzene bei Hofe wolle, müsse man sich nach deren Vorstellungen richten. Auch wenn er nicht leugnen konnte, dass Heije Recht hatte, was seine eigene Leistungsfähigkeit betraf. Er hatte sich schon vorgenommen, mehr Arbeitskräfte einzustellen, aber dennoch war ihm klar, dass er mit seiner einen Werkstatt diese Aufgabe nie bewältigen würde. Im *Corpus Vitrearum* sprach Erasmus von mindestens siebzig Fenstern. Dirck konnte sich tatsächlich nicht vorstellen, das allein zu schaffen. Aber wenn er Hilfe bekäme …

Das Problem, das er mit Glasmalern von außerhalb hatte, woher sie auch kommen mochten, war Folgendes: Sie würden vom Rat und damit eigentlich von Heije ausgewählt werden.

Das bedeutete, dass sie sich wahrscheinlich nur mit Mühe dazu bewegen ließen, sich auf Dircks Konzept einzulassen, das er aufgrund der Vorgaben von Erasmus erarbeitet hatte. Sie würden sich eher nach den Wünschen des Rates richten.

Dann wäre es mir noch lieber, dass Wouter nach Hause käme!

Er wies nachdrücklich darauf hin, dass er die Verantwortung behalten und eng mit den Flamen zusammenarbeiten müsste.

»Ihre Entwürfe müssen zu dem Plan passen, den ich entwickeln werde«, betonte er. »Sonst wird die gesamte Ikonografie infrage gestellt.«

Heije versprach nichts. »Die Mitglieder des Kirchenvorstands werden gemeinsam mit den Ratsherren darüber entscheiden. Ohne sie wird kein einziger Entwurf gebilligt, Meister Crabeth, so gern Ihr das auch hättet. Ihr denkt vielleicht, dass Ihr den Kampf um die Ikonografie gewonnen habt – aber vergesst nicht, dass Ihr in dieser Sache auch von uns abhängt. Ihr arbeitet auch für *uns.*«

Dirck protestierte nicht, als Heije ihn mit diesen Worten auf seine Rechte und Pflichten hinwies. Aber er begriff nur allzu gut, was hier gespielt wurde. Es machte ihn zornig.

34

Cornelis hätte sich niemals als Abenteurer bezeichnet. Genau genommen machte er am liebsten einen weiten Bogen um jedes Risiko, um jede Gefahr – nicht umsonst war er ins Kloster eingetreten! Er war ein Einsiedler, ein Bücherwurm, ein Philosoph, ein Mensch, der in aller Stille den Beschäftigungen nachging, die seinem introvertierten Wesen entsprachen. Darum fragte er sich – und das nicht zum ersten Mal in dieser Nacht – was in aller Welt er da gerade tat.

Die Mauer, vor der er stand, war ziemlich hoch. Er machte einen Sprung, bekam die Oberkante zu fassen und zog sich so weit hoch, dass er hinübersehen konnte. Er schaute in einen großen Ziergarten, an den eine kleine Obstplantage und ein Gemüsegarten grenzten. Zu seiner Erleichterung liefen keine Wachhunde auf dem Grundstück.

Mit den Füßen schob er sich weiter hinauf. Die lange Kutte war ihm dabei ziemlich im Weg: Seine Sandalen verfingen sich darin, und als er zuerst das eine, dann das andere Bein über die Mauer schwingen wollte, stellte sich heraus, dass der Stoff des Hemdes, das er unter der Kutte trug, nicht besonders dehnbar war. Die Nähte krachten und er hätte beinah laut über seine eigene Ungeschicklichkeit gelacht.

Als er oben auf der Mauer saß, schöpfte er kurz Atem; dann ließ er sich leise hinabgleiten und landete hinter einem Rosenstrauch.

In dem großen Haus waren alle Lichter gelöscht. Cornelis hatte es um diese Zeit nicht anders erwartet. Auf dem Weg hierher war ihm, abgesehen von dem einen oder anderen Nachtwächter, keine Menschenseele begegnet. Wieder packte ihn für einen Moment der Zweifel: Wenn man ihn schnappte, würde er schwer bestraft werden. Selbst sein Vater, der brillante Jurist, könnte ihm dann nicht mehr helfen.

Wahrscheinlich würde er das auch gar nicht wollen, dachte Cornelis finster. *Er betrachtet mich als schwarzes Schaf, weil ich ins Kloster gegangen bin. Wenn er wüsste, was ich jetzt vorhabe, würde er sich vermutlich vollends von mir lossagen.*

Er musste an sich halten, um nicht gleich wieder umzukehren – die Angst vor dem Urteil seines Vaters war immer noch groß. Aber er riss sich zusammen und schlich über den Hof auf das Haus zu. Die kahlen Äste der Apfelbäume ragten im

Licht des Halbmondes gespenstisch in den Himmel. Die Grabesstille, die die Schatten noch bedrohlicher wirken ließ, brachte Cornelis dazu, ein Kreuz zu schlagen.

Ohne Zwischenfälle erreichte er das Haus und verschwendete keine Zeit mit den Fensterläden; er wusste, dass sich hinter ihnen Fenster befanden, die sich nicht öffnen ließen. Das war nur bei den Oberlichtern möglich, und da konnte er sich nicht hindurchquetschen – ganz zu schweigen von dem Gepolter, das sein Aufprall im Hausinnern verursachen würde.

Seine Aufmerksamkeit richtete sich auf eine der beiden Türen, die er von der Mauer aus erblickt hatte. Es war eine Tür für Dienstboten und Lieferanten, und sie sah alt und morsch aus. Aber vor allem war es eine Tür, die wahrscheinlich am Abend von einem Bediensteten abgeschlossen werden musste. Cornelis wusste, auch durch die Magd, die seine Eltern früher gehabt hatten, dass so etwas gern vergessen wurde. Vorsichtig legte er eine Hand auf die Klinke und machte einen Versuch.

Die Tür war fest abgeschlossen. Aber Cornelis ließ sich nicht entmutigen. Er war bis hierher gekommen und würde nun keinen Rückzieher mehr machen. Er besah die Tür von oben bis unten und kam zu dem Ergebnis, dass sie trotz der abblätternden Farbe und des baufälligen Eindrucks doch sehr stabil war. Hier würde er keinen Erfolg haben.

Sein Blick fiel auf die Kellerluke neben der Tür. Das Schloss, das daran hing, machte einen soliden Eindruck, aber als Cornelis daran zog, spürte er, dass der Ring, den es sichern sollte, nicht mehr fest mit der Luke verschraubt war. Es kostete ihn wenig Mühe, den Ring völlig zu lösen, und kurz darauf hatte er die Luke geöffnet.

Das ist meine letzte Chance zur Umkehr, schoss es ihm durch den Kopf. Aber seine Füße spürten schon die Stiege, die von der Luke hinabführte. Er glitt ins Dunkel des Kellers hinab und zog die Luke sorgfältig hinter sich zu.

35

FRAU DE MEIJ war kein schlechter Lehrling. Sie hatte fast alles behalten, was Dirck ihr beigebracht hatte, und nun, bei ihrem zweiten Besuch, hatte sie sich schon selbst Arbeit gesucht: Als er die Werkstatt betrat, war sie schon dabei, Fensterkitt herzustellen.

»Meister Crabeth«, sagte sie, während sie mit beunruhigtem Blick auf ihn zukam, »ich habe etwas Schreckliches gehört. Ist es wahr, dass man Euch verdächtigt, den Abendmahlskelch der Jakoba von Bayern gestohlen zu haben?«

Er wollte ihr antworten, aber Govert kam ihm zuvor.

»Das ist eine erbärmliche Lüge, Frau De Meij. Meister Crabeth ist kein Dieb. Warum sollte er so etwas tun? Er ist ein guter Meister und ein ehrlicher Mann.«

Dirck war gerührt. Er hatte mit seinen Gesellen nicht über die Angelegenheit gesprochen, aber wenn ganz Gouda davon sprach, dann wussten sie natürlich auch Bescheid. Es tat ihm gut zu wissen, dass zumindest Govert nicht an ihm zweifelte. Aber er sah nun auch die anderen zustimmend nicken.

»Ich sehe, Ihr habt treue Gesellen, Meister Crabeth!«, sagte Frau De Meij.

Die Zwischentür ging auf und Cornelis kam herein. Er zog ein Paket unter dem Arm hervor. »Ich denke, das wird interessant für Euch sein.«

»Bruder Cornelis, was habt Ihr getan?« Dirck sah den jungen Mönch schockiert an. »Wie kommt Ihr an diese Dinge?«

Cornelis machte ein unschuldiges Gesicht. »Das tut nichts zur Sache.«

»Das sind die Inventarbücher der St. Janskirche! Von wem habt Ihr die?«

»Von Van Reijnegom«, sagte Cornelis. »Er hat sie mir ... äh ... geliehen.«

»Ihr habt sie gestohlen! Ja, seid Ihr denn verrückt geworden? Weiß irgendjemand davon?«

»Ich *habe* sie nicht gestohlen«, hielt Cornelis dagegen. »Ich habe vor, sie ordnungsgemäß zurückzugeben. Und außerdem gehören sie nicht Van Reijnegom, sondern der Kirche. Darum habe ich sie sowieso nicht *ihm* gestohlen – ich meine, von ihm geliehen.«

Dirck schüttelte den Kopf. »Warum habt Ihr das getan?«

»Damit ich beweisen kann, dass Ihr kein Dieb seid!« Cornelis nahm das oberste Buch vom Stapel. »Ich habe alles mitgenommen, was mir wichtig schien, ich hatte keine Zeit, mich da in Ruhe umzusehen ...«

»Aber jetzt seid *Ihr* zum Dieb geworden ...«, sagte Dirck.

Cornelis lachte. »Ganz und gar nicht. Van Reijnegom hätte Euch ohnehin helfen müssen, die Wahrheit herauszufinden. Und weil er sich weigert, sind wir gezwungen, auf andere Weise an das Beweismaterial zu kommen. Ich denke nicht daran, zuzulassen, dass sie Euch den Diebstahl in die Schuhe schieben! Und jetzt hört auf zu jammern und helft mir suchen.«

Dirck warf noch einen letzten zweifelnden Blick auf den Stapel. Dann nahm er sich ebenfalls ein Buch.

36

»Was ist denn das hier?« Dirck starrte auf die Papierfetzen in dem aufgeschlagenen Buch. »Hier fehlt ein Blatt!«

Er blätterte eine Seite zurück.

»Seht mal, hier beginnt das Verzeichnis der Gegenstände, und dahinter ist die Kapelle angegeben, wohin sie zur Aufbewahrung gebracht wurden. Und die folgende Seite« – er schlug das nächste Blatt um – »enthält den letzten Teil dieser Liste. Den Abendmahlskelch kann ich nirgends finden. Der muss auf der Seite stehen, die herausgerissen wurde ...«

Cornelis zog das Buch zu sich herüber. Er las die Liste, betrachtete die Rissstelle und nickte.

»Ich fürchte, Ihr habt Recht. Verflucht!«

Dirck konnte Cornelis' Wut verstehen. Der Mönch war ein gewaltiges Risiko eingegangen, und das war nun offensichtlich umsonst gewesen. Er selbst wurde von einer Welle der Verzweiflung gepackt: Nun hatte er keine Möglichkeit mehr, seine Unschuld zu beweisen.

»Auf jeden Fall beweist dies, dass jemand die Bücher manipuliert hat«, sagte er niedergeschlagen. »Das kann ich Van Assendelft zeigen.«

»Das könnt Ihr nicht«, knurrte Cornelis. »Denn dann wird der Schultheiß Euch fragen, wie Ihr an diese Bücher gekommen seid. Es ist gut möglich, das Van Reijnegom noch gar nicht weiß, dass sie weg sind; ich habe, als ich wegging, die Kellerluke gut geschlossen und den losen Ring mit dem Fuß wieder an seinen Platz gedrückt. Auf jeden Fall habt Ihr im Moment bestimmt nicht das Recht, diese Bücher in Eurem Besitz zu haben. Nein, ich sehe da ein noch viel größeres Problem: Was Ihr da entdeckt habt, kann *gegen Euch* verwandt werden.«

Dirck begriff nicht, was Cornelis meinte, aber der erklärte es ihm.

»Diese Bücher müssen so schnell wie möglich hier verschwinden. Ich hatte gehofft, dass wir die Angelegenheit auf diese Weise schnell klären könnten, aber wenn wir nicht aufpassen, bekommt Ihr dadurch nur noch mehr Probleme. Was soll Van Assendelft denken, wenn er hier das Inventarbuch findet, aus dem eine Seite herausgetrennt ist – genau die Seite, auf der hätte stehen müssen, ob Ihr den Kelch abgegeben habt oder nicht? Er wird denken, dass Ihr die Seite, auf der peinlicherweise nichts von dem Kelch erwähnt wurde, herausgerissen habt! Er wird Euch an Ort und Stelle verhaften, und sei es nur, weil Ihr seiner Ansicht nach diese Bücher gestohlen habt. Sie müssen hier weg, jetzt gleich.«

Er begann, die Bücher wieder aufeinanderzustapeln und in das wollene Tuch einzuwickeln, in dem er sie hergetragen hatte. Dirck erschrak über Cornelis' Vermutung, die mehr als naheliegend war.

Hätte er doch diesen Einbruch nie begangen!

Er wusste, dass Cornelis ihm hatte helfen wollen, und wenn sich die fehlende Seite an ihrem Platz befunden hätte, wäre das zumindest ein Beweis gewesen – auch wenn sie dann immer noch hätten erklären müssen, wie sie an die Bücher gekommen waren. Dirck hätte Van Reijnegom zu Recht beschuldigen können, Fakten zurückzuhalten. So, wie sich die Sache jetzt darstellte, wusste er immer noch nicht, wer hinter diesem Komplott steckte. Es war durchaus möglich, dass der Bierbrauer gar nichts mit der fehlenden Seite zu tun hatte.

»Was macht Ihr jetzt damit?«, fragte Dirck, als Cornelis das Bündel mit einem Stück Bindfaden zusammengeschnürt hatte.

»Ich bringe sie zurück, was glaubt denn Ihr?«, entgegnete Cornelis.

37

Der Ordensbruder dachte allerdings nicht im Traum daran, sich noch einmal in das Haus Van Reijnegoms zu schleichen. Er wusste sehr wohl, dass er letztes Mal sehr viel Glück gehabt hatte, und er würde das Schicksal nicht ein zweites Mal herausfordern.

Er fand eine viel kreativere Lösung: Er sprach an der Ecke der Straße, in der Van Reijnegom wohnte, ein paar spielende Jungen an.

»Hättet ihr Lust, mir einen Gefallen zu tun?«, fragte er sie. Er erzählte ihnen, dass sich sein Freund, der in dem eleganten Herrenhaus um die Ecke wohnte, einen Spaß mit ihm erlaubt hatte und dass er sich nun seinerseits einen Scherz ausgedacht hatte, um es ihm heimzuzahlen.

»Es ist zu schwierig, um es zu erklären – aber würdet ihr dieses Päckchen bei dem Haus dort abgeben? Dann könnt ihr mal sehen, wie der Besitzer dort staunt.«

Die Buben waren begeistert: ein Mönch, der sich einen Spaß ausgedacht hatte! Einer von ihnen nahm Cornelis das Bündel ab und die drei anderen begleiteten ihn lachend. Cornelis sah von seinem Platz aus zu, wie sie an die Tür klopften und ein Dienstmädchen kam, um zu öffnen. Sie sagte etwas zu den Kindern und verschwand wieder; einen Augenblick später sah Cornelis, wie Van Reijnegom in der Tür erschien.

Der Junge überreichte ihm das Bündel. Der Ratssekretär löste den Bindfaden, schlug das Wolltuch auseinander und war in der Tat mehr als verblüfft, einen Stapel Bücher zu sehen, den er noch gar nicht vermisst hatte. Die Jungen brachen in Gelächter aus, und einer rief sogar laut: »Angeschmiert!«

Cornelis sah, dass Van Reijnegom sich zu den Kindern herunterbeugte, um mit ihnen zu reden; schnell wich er zurück, als die Buben in seine Richtung deuteten.

Jetzt fragt Van Reijnegom natürlich, in wessen Auftrag sie das gemacht haben ... Macht nichts; er hat seine Bücher zurück, und ich sollte mich jetzt besser aus dem Staub machen.

Über die Antwort, die die Kinder dem Ratssekretär gaben, machte er sich keine Gedanken. Mönche gab es hier in Gouda genug. Nein, Van Reijnegom würde sich für den Rest des Tages vermutlich vergeblich den Kopf darüber zerbrechen, was das mit diesen Büchern auf sich hatte.

Bedächtig machte er sich auf den Rückweg zum Kloster. In der Bibliothek wartete Arbeit auf ihn.

38

Gegen Ende des Winters starb Pfarrer 't Sanctius. Er hatte lange krank gelegen, aber trotzdem wurden viele in Gouda von tiefem Schmerz erfasst, als die Nachricht bekannt gegeben wurde. Auch wenn 't Sanctius ein konservativer Pfarrer gewesen war, der sich sein Leben lang gegen jede Kritik an der römischen Lehre zur Wehr gesetzt hatte – er war auch ein Gemeindehirte gewesen, der bereit gewesen war, bei Nacht und Nebel einen Sterbenden aufzusuchen, der nicht gezögert hatte, Pestkranken den letzten Segen zu erteilen, und sich leidenschaftlich dafür eingesetzt hatte, bedürftigen Menschen Gutes zu tun. Außerdem war er die treibende Kraft gewesen, die hinter dem Wiederaufbau der St. Janskirche gestanden hatte. Sein Bildnis war auf dem Glasfenster des Apostels Thaddeus verewigt, das der Pfarrer gestiftet und das Govert als Werkstück für seine erfolgreich bestandene Meisterprüfung angefertigt hatte.

Sein Nachfolger war ein kleiner, gedrungener Mann mit dunklem Haar und einer Hakennase. Er hieß Jodocus Bourgeois und stammte aus Edingen im Hennegau. Man beobachtete ihn mit Argusaugen. Sein Niederländisch ließ ziemlich zu wünschen übrig und er kannte fast niemanden in Gouda. Außerdem wollte er gleich ein Zeichen setzen, indem er das Fenster gegenüber demjenigen von ’t Sanctius finanzierte, das des Apostels Thomas. Die Figur füllte das ganze Bild aus, während die anderen Apostelgestalten kleiner waren und von weißem Glas umrahmt wurden, damit es in der Kirche nicht zu dunkel wurde. Die meisten Goudaer fanden ihn aufdringlich – aber er war nun einmal der neue Pfarrer, und man beschloss, dass die Zeit schon erweisen würde, *was* für ein Pfarrer er war.

Es gab wichtigere Neuigkeiten: Prinz Philipp würde heiraten! Die Hochzeit sollte im Sommer stattfinden, und die Braut war niemand Geringeres als Maria Tudor, die erst letzten Sommer zur Königin von England gekrönt worden war. Der Kronprinz, der seit fast acht Jahren verwitwet war, würde sein Reich dadurch beträchtlich vergrößern. Und Maria, die unerfahrene Regentin, würde einen Mann bekommen, der ihr bei den schweren Regierungsgeschäften zur Seite stehen konnte.

In Gouda waren alle gespannt auf diese Frau, die einmal *ihre* Königin werden sollte. Aber als die ersten Drucke in Umlauf kamen, war die Enttäuschung groß. Schön konnte man sie nicht nennen, selbst wenn ein freundliches, gewinnendes Wesen vieles besser gemacht hätte. Stattdessen sahen die Goudaer eine Frau mit einem ältlichen, verbitterten Gesicht und einem plumpen Leib. Sie sah auf allen Abbildungen gleich unzufrieden aus. Es sprach sich auch bald herum, dass sie streng katholisch war. England, das unter ihrem Vater Heinrich VIII. eine gewaltige Reformation erlebt hatte, musste seit ihrer Thronbesteigung wieder unter den römischen Vorschriften leiden.

Auch Dirck betrachtete mit Besorgnis das Bild der hässlichen Königin, das auf dem Marktplatz an der großen Tafel vor dem Rathaus hing. Er hatte die Geschichten gehört, die man sich von dieser jungen Königin erzählte. Warum wollte Philipp diese Frau heiraten? Maria Tudor strahlte nur Widerwillen und Hass aus. Wenn Philipp vorhatte, ein Fenster oder vielleicht sogar mehrere zu finanzieren, dann würde bestimmt eines darunter sein, auf dem er selbst verewigt werden wollte – natürlich am liebsten mit seiner neuen Ehefrau. Wie üblich würde man von Dirck erwarten, dass er die Herrscher ein wenig anziehender und charmanter darstellte, als sie in Wirklichkeit waren. Auch Philipp mit seinem missmutigen Gesicht und seinem vorspringenden Unterkiefer war kein besonders schöner Mann, aber Königin Maria übertraf ihn an Hässlichkeit bei Weitem.

Da kann ich wirklich nicht viel machen, dachte er. *Wenn dieser Zeichner sie schon schöner dargestellt hat, als sie ist …*

Thalen, der Schuhmacher, der bei ihm in der Straße wohnte, kam vorbei. Er blieb kurz neben Dirck stehen, um den Druck zu betrachten.

»Stell dir vor, du wärst mit ihr verheiratet«, sagte er spöttisch. »Ich wünsche unserem Prinzen viel Glück für die Hochzeitsnacht! Der wird noch das Fürchten lernen, was meinst du?«

»Sie ist bestimmt keine Schönheit«, gab Dirck zurück. »Und was man so über sie hört, klingt auch nicht gerade sehr erfreulich, um es mal vorsichtig auszudrücken.«

»Erfreulich?« Thalen klang ärgerlich. »Bis jetzt war England der einzige Ort, an den man flüchten konnte, wenn die Inquisition hinter einem her war. Aber wie es jetzt aussieht, macht man um dieses Land ab sofort besser einen großen Bogen. Zumindest, wenn man Rom nicht voll und ganz ergeben ist.«

Er sah Dirck nicht an, während er weitersprach. »Du weißt

schon, welche Art von Menschen ich meine, nicht wahr, Dirck? Du brauchst nicht weit zu gehen, um sie zu finden. Manchmal wohnen sie in deiner eigenen Straße und du kennst sie seit Jahren. Und doch kennst du sie in Wirklichkeit überhaupt nicht.«

Dirck spürte, wie er innerlich die Krallen ausfuhr. »Worauf willst du hinaus, Thalen?«

Nun sah der Schuhmacher ihm ins Gesicht. »Komm, alle wissen doch, dass du mit dem Stadtrat und der Kirchenleitung auf Kriegsfuß stehst, weil du den Mund nicht halten kannst. Und die Dinge, die du sagst …«

»Was ist mit den Dingen, die ich sage?«

Thalen schwieg einen Moment und sagte dann leise: »Vielleicht möchtest du mal zu einer von unseren Zusammenkünften kommen? Dann kannst du hören, was andere zu sagen haben. Und gemeinsam mit uns beten. Wir beschäftigen uns mit der Lehre Luthers …«

Dirck traute seinen Ohren nicht. »Bist du verrückt geworden, Thalen? Weißt du nicht, wie gefährlich das ist?«

»Und wie gefährlich ist es, seine Seele in die Hände Roms zu legen?«, entgegnete der Schuhmacher unerwartet scharf. »Was gilt es mir, meinen Leib zu erhalten, wenn mein Leben in Gottes Augen eine einzige große Sünde ist? Meine Seele, darum geht es mir. Und darum sollte es auch dir gehen. Luther zeigt uns den Weg. Komm doch mal vorbei und hör es dir an!«

Dirck war perplex. Er kannte Thalen schon, seit er in der Zeugstraat wohnte – beinah sein Leben lang. Der Schuhmacher, der etwa fünfzehn Jahre jünger war als Dirck, war immer ein unauffälliger Mensch gewesen, jemand, der hart arbeitete und still seinen eigenen Weg ging. Er hatte sechs Kinder, und seine Frau war gut mit Jutgen befreundet. Dirck hätte nie erwartet, dass ausgerechnet dieser Mann es wagen würde, sich auf eine ketzerische Lehre einzulassen.

»Du hattest Recht mit dem, was du eben gesagt hast«, meinte er. »Man schätzt seine Mitmenschen manchmal völlig falsch ein. Aber das gilt nicht nur für mich, Thalen. Du irrst ebenfalls. Ich bin der Kirche treu. Es tut mir leid, aber ich komme nicht zu eurem Treffen.«

Der Schuhmacher schüttelte den Kopf. »Ich begreife dich nicht. Du siehst doch selbst ganz genau, was mit der römischen Lehre alles nicht stimmt. Und doch bleibst du der alten Kirche treu.«

»Weil ich an *eine* Kirche glaube, Thalen«, erwiderte Dirck. »Ich bin der Meinung, dass die Reformation *innerhalb* der Kirche stattfinden muss.«

»Und wenn Rom das nicht will?« Thalen blieb heftig.

»Dann müssen wir es weiter versuchen«, sagte Dirck schlicht.

»Aber wie kannst du mit den Verbrechen leben, die Rom im Namen Christi begeht?«, fragte Thalen ärgerlich. »Bist du denn blind?«

Dirck sah seinen Nachbarn wütend an. »Fragst du das *mich*?« Thalen schlug beschämt die Augen nieder. »Nein, Thalen, ich bin bestimmt nicht blind. Das Problem ist einfach, dass die Kirche von Menschen geleitet wird. Der Geist ist willig, aber das Fleisch ... Und warum sollte das nicht auch für Priester und Päpste gelten? Irren ist menschlich. Und es ist auch menschlich, wenn man sich von Idealen verblenden lässt. Aber die Kirche trifft keine Schuld. Wir dürfen Rom nicht den Rücken wenden! Wir müssen es vor sich selbst retten!«

Der Schuhmacher begriff, dass Dirck nicht umzustimmen war, und fand sich damit ab. »Ich nehme an, dass ich dir vertrauen kann? Dass du über unser Gespräch Stillschweigen bewahrst?«

»Ich habe nichts dagegen, dass du deinem Gewissen

folgst«, sagte Dirck ehrlich. »Ich habe nichts gegen die Lehre Luthers, ich kann mich sogar damit identifizieren. Aber verlang nicht von mir, meine Kirche zu verlassen, denn das kann ich nicht. Um es mit Erasmus zu sagen: ›*Ich ertrage diese Kirche, bis ich eine bessere sehe; und sie ist gezwungen, mich zu ertragen, bis ich besser werde ...*‹«

Thalen schaute Dirck an und nickte bedächtig. »Wenn du deine Meinung jemals änderst ...« Er drehte sich um und ging weg.

Dirck sah ihm nach, verwundert über die radikalen Ansichten dieses bescheidenen Mannes. Man hörte viel darüber, wie in ganz Europa Ketzer verfolgt wurden, aber Gouda war von all dem weitgehend verschont geblieben. Die Stadt war bis jetzt noch überwiegend konservativ und die Kirche schwang hier ziemlich problemlos das Zepter. In Gouda war noch kein einziger Scheiterhaufen angezündet worden. Aber Thalens aufrührerische Worte ließen Dirck mit Sorge in die Zukunft blicken.

Grübelnd machte er sich auf den Heimweg. Thalen hatte von anderen gesprochen – wie groß mochte diese Gruppe sein? Und wie viele Anhänger Luthers gab es in der Stadt?

Die Menschen schreien nach Reformen, und was ist falsch daran? Warum will Rom das nicht? Wie viel Blut muss fließen, bevor Rom sich an die Lektionen hält, die Christus uns gelehrt hat?

Er überquerte die Brücke zur Zeugstraat und sah Neeltje, die Magd, die Mettes Platz eingenommen hatte, aus der Haustür treten. Sie war noch ein junges Mädchen, erst sechzehn Jahre alt. So wie es aussah, hatte Gerrit ein Auge auf sie geworfen. Dirck fand es rührend zu sehen, wie der Junge immer wieder feuerrot wurde, wenn sie in seine Nähe kam. Neeltje war ein liebes Ding: ein kleines, rundliches Mädchen mit einer leisen Stimme. Sie arbeitete fleißig, und das kam nicht von ungefähr – sie war die jüngste Tochter von Edo, der mit seiner Frau in der Spieringstraat eine florierende Brauerei führte, an die eine Wirtschaft angeschlossen war.

Neeltje trug einen großen Bierkrug und schien es eilig zu haben. Sie sah Dirck erst, als sie an ihm vorbeikam.

»Oh, Meister Crabeth! Geht schnell nach Hause, es ist Besuch da!«

Dirck zog die Augenbrauen hoch.

»Wer ist denn da?«

»Ich kenne den Mann nicht, Meister, aber Frau Jutgen freute sich sehr, als sie ihn sah! Und dann sagte sie: ›Das ist wichtiger Besuch, Neeltje. Geh zu deinem Vater und hol einen Krug Bier.‹ Und das mache ich jetzt, Meister!«

»Dann schau, dass du bald wieder da bist«, sagte Dirck. Neugierig eilte er nach Hause. Er erkannte die Stimme schon, bevor er die Tür aufgemacht hatte. Und trotz aller vergangenen Zwistigkeiten war es einfach so, dass es ihn glücklich machte, diese Stimme wieder in seinem Haus zu hören. Mit breitem Lächeln riss er die Tür auf, trat ein und breitete die Arme aus.

»Wouter!«

39

In all den Jahren, die Wouter weg gewesen war, hatte er sich nicht stark verändert. Er war etwas kräftiger geworden und sein Haar ein bisschen dünner, aber Dirck sah in ihm immer noch seinen kleinen Bruder.

»Du siehst wohlhabend aus!«, meinte er mit einem bewundernden Blick auf Wouters gediegene Reisekleidung.

Wouter erzählte von Italien. Von der gewaltigen Blüte, die

die Kunst dort erlebte – nicht nur die Glaskunst, auch die Malerei und Bildhauerkunst.

»Du würdest dir die Augen ausgucken, Dirck! Ich bin in Florenz gewesen, und es war, als wäre ich im Paradies gelandet. Von der Architektur der Gebäude bis zu den Fresken in den Kirchen ist alles einfach nur prächtig. Ich habe Rom gesehen, es war unglaublich ... Und dann Venedig, der reiche Stadtstaat ... Auch wenn es immer schwieriger wird, dort Arbeit zu finden. Die Werkstatt, in der ich gearbeitet habe, ging bankrott. Aber in Antwerpen gibt es viel Arbeit, habe ich gehört!«

»Und jetzt bist du wieder hier!« Dirck lachte.

»Tja ... Ich habe gehört, dass Gouda in Antwerpen Glasmaler anwirbt, *nota bene* für die neue St. Janskirche. Da kann ich als rechtschaffener Crabeth doch nicht tatenlos zugucken? Vaters Fenster müssen ersetzt werden, und denk nur nicht, dass ich dich das allein machen lasse!«

Für einen Moment meinte Dirck, den alten, vorwurfsvollen Blick zu sehen. Wouter merkte es sofort.

»Komm, Dirck, lass uns keine alten Geschichten aufrühren. Ich habe bloß Spaß gemacht!«

»Ach, im Grunde hast du ganz Recht«, sagte Dirck, der sich selbst kindisch fand. »Vater hätte sich so darüber gefreut – seine Söhne, die gemeinsam an solch einem großen Auftrag arbeiten!«

Wouter zog einen seiner Kleidersäcke zu sich heran und löste das Band, mit dem er zugeschnürt war.

»Ich habe Geschenke für dich und Jutgen, aber zuerst muss ich dir einen Brief geben. Von Digman Meynaert.«

»Wer ist Digman Meynaert?«, wollte Dirck wissen.

»Der Glasmaler, der mir gesagt hat, dass er den Auftrag von Gouda annehmen will.«

Dirck seufzte. Er hatte lange über die flämischen Glasmaler nachgedacht und musste ehrlich zugeben, dass sein Widerstand nicht allein durch die Angst begründet war, dass diese Glasmaler sich ganz und gar an den Vorstellungen des Stadtrats orientieren würden. Es hatte auch mit seinem Stolz zu tun: Es war ihm einfach nicht recht, seine Arbeit mit anderen teilen zu müssen. Er hatte viele Monate damit verbracht, die Ideen umzusetzen, die Erasmus im *Corpus Vitrearum* dargelegt hatte, und er war sehr zufrieden mit seinem Entwurf. Er hatte Lethmaet noch einige weitere Skizzen zugeschickt und entsprechende Erläuterungen beigelegt, und der Professor war auch diesmal begeistert gewesen. Dass sein Entwurf nun zum Teil durch einen anderen ausgeführt werden sollte, weckte in ihm ein bitteres Gefühl.

»Ich bin nicht lange in Antwerpen gewesen, aber lange genug, um ein paar Fachkollegen kennenzulernen«, erzählte Wouter. »Meynaert ist ein großartiger Glasmaler, deswegen brauchst du dir keine Sorgen zu machen. Als er hörte, dass ich dein Bruder bin, hat er mich sofort eingeladen. Und so habe ich überhaupt erst erfahren, dass in Gouda Fenster gebraucht werden!«

Er gab Dirck den Brief.

»Lies nur, dann bringe ich Jutgen inzwischen ihr Geschenk. Was hältst du davon: ein Stück flämischer Spitze! Von bester Qualität! Ob ihr das gefällt?«

Dirck las den Brief, während Wouter in die Küche ging, um Jutgen zu suchen. Der flämische Glasmaler stellte sich vor und schrieb, dass er den Auftrag des Rates angenommen habe. Es sei ihm jedoch wichtig, Kontakt zu dem Mann aufzunehmen, der das ganze Projekt leitete. Er habe viele Fragen, denn es sei ihm wichtig, dass seine Glasfenster, die er in Antwerpen herstellen und erst danach in Gouda einsetzen würde, gut zu der gesamten Ikonografie passten.

»*Euer Bruder versichert mir, dass Ihr ein begabter Glasma-*

ler seid; in diesem Fall wird es mir nicht schwerfallen, mit Euch zusammenzuarbeiten, auch wenn es auf die Entfernung geschieht. Ich werde mich streng an Euren Entwurf halten, in der Hoffnung, dass Ihr kleine Vorschläge von meiner Seite nicht von vornherein zurückweisen werdet.«

Er erzählte Dirck einiges über seine Arbeitsweise. Der Antwerpener Glasmaler arbeitete mit einem Zeichner zusammen, der für ihn Entwürfe und Kartons anfertigte. Er hieß Lambert van Noort und kam aus Amersfoort. Meynaert machte den Eindruck eines aufrichtigen Mannes, auch wenn Dirck immer noch misstrauisch war.

»Kleine Vorschläge«, schreibt er. Mal sehen, wie klein diese Vorschläge letztlich sind …

Aber vorläufig musste er sich fügen: Der Beschluss war gefasst, und er musste sich nach den Wünschen des Rates richten.

Auch Wouter wurde ziemlich böse, als er von dem Diebstahl erfuhr, dessen man Dirck verdächtigte. Dirck erzählte von Cornelis, seinem Einbruch in das Haus Van Reijnegoms und der Seite, die aus dem Inventarbuch herausgerissen war.

»Was ist nur in Gouda geschehen, während ich weg war?«, fragte Wouter. »Es ist ja nicht zu glauben, was hier für Zustände herrschen! Und wie gehen wir jetzt damit um?«

Es tat Dirck unendlich gut, dass Wouter »wir« sagte.

»Ehrlich gesagt, weiß ich das auch nicht«, antwortete er. »Solange Van Assendelft keinen Beweis findet, dass ich das Ding gestohlen habe, kann er mich nicht verhaften und aburteilen lassen. Aber andererseits kann ich auch meine Unschuld nicht beweisen und bekomme hier in Gouda allmählich einen schlechten Namen. Es gibt leider schon viele, die dem Schultheißen und dem Rat glauben.«

»Dann müssen wir versuchen, einen Beweis zu liefern, koste es, was es wolle«, sagte Wouter entschlossen. »Oder eben den Kelch finden ... das wäre genauso gut. Wann kann ich diesen heldenhaften Bruder Cornelis denn einmal kennenlernen?«

40

Frau De Meij war von Wouter sofort hell begeistert.

»Ihr habt in Italien gewohnt?«, fragte sie voller Bewunderung. »Und Ihr seid sogar in Rom gewesen?«

Wouter erzählte, und Frau De Meij hing an seinen Lippen. Auch Dircks Gesellen lauschten den Geschichten über französische Landweine, italienische Schönheiten und Antwerpener Bier. Frau De Meij war besonders beeindruckt, als Wouter berichtete, wie er zweimal die Alpen überquert hatte.

»Gibt es da wirklich noch Bären, Meister Crabeth?«

Wouter lachte. »Ja, Frau De Meij, da gibt es Bären. Und Wölfe. Und die Pässe schneien im Winter zu, da könnt Ihr Euch vorstellen, wie hoch und gefährlich sie sind.«

Frau De Meij schwieg einen Moment andächtig, doch dann fragte sie: »Und wie fandet Ihr Antwerpen? Es ist meine Heimatstadt, müsst Ihr wissen.«

Dirck musste beinah darüber lachen: So hielt Wouter ihm Frau De Meij vom Leib, und die reiche Witwe hatte endlich jemanden gefunden, der ihren Charme zu schätzen wusste. Aber am Nachmittag stand sie schon wieder in der Tür.

»Ich hatte eine großartige Eingebung!«, sagte sie mit kindlichem Enthusiasmus. »Wenn ich Euch und Euren Bruder einmal zum Essen einladen dürfte? Ihr würdet mir damit eine große Freude machen! Dann könnte Euer Bruder mir noch mehr von seinen Reisen erzählen!«

»Ich, äh …« Dirck fühlte sich überrumpelt. »Meine Frau macht immer …«

»Ach, Eure Frau kann Euch doch wohl mal *einen* Abend entbehren?« Sie kam auf ihn zu und fasste ihn am Arm. »Denkt Ihr eigentlich manchmal daran, dass ich Abend für Abend stundenlang allein bin? Es täte mir so gut, mal ein bisschen Gesellschaft zu haben …«

Sie schaute ihn mit bettelnden Augen an, in denen wenig Einsamkeit zu lesen war – eher Verführung, fand Dirck.

Und Jutgen?, dachte er. *Wenn sie meine Frau nicht einlädt, kann ich das doch schlecht selber machen …*

Er entschied, dass es unmöglich war. Aber Frau De Meij ließ ihn nicht zu Wort kommen.

»Ich weiß, dass Ihr befürchtet, Eure Frau könnte das falsch auffassen. Aber Euer Bruder kommt doch auch?«

»Hat Wouter schon zugesagt?«

Sie nickte, ohne den Blick von ihm abzuwenden. »Er hat gesagt, dass er sich durch die Einladung geehrt fühlt.« Schmollend ergriff sie seinen Arm nun auch mit ihrer anderen Hand. »Warum wollt Ihr nicht zu mir zum Essen kommen? Ihr habt doch nicht etwa Angst vor mir?«

Sie lehnte sich leicht an ihn; Dirck wurde es ganz warm bei der Berührung.

»Gut, Frau De Meij«, sagte er, während er zurücktaumelte und sich aus ihrem Griff befreite. »Ich werde gemeinsam mit meinem Bruder zu Euch zum Essen kommen, wenn Ihr das wünscht.«

Schließlich hat sie hier fleißig geholfen, dachte er, wie um sich selbst zu rechtfertigen. *Außerdem hat sie niemanden, mit dem sie die Einsetzung ihrer neuen Oberlichter feiern kann.*

Sie schmollte immer noch, und er setzte hinzu: »Es wird mir ein Vergnügen sein.«

Nun lächelte sie glücklich. »Ich werde gleich damit beginnen, das Menü vorzubereiten. Ihr mögt doch gewiss auch Musik?«

Ohne auf Antwort zu warten, trippelte sie aus dem Atelier. Als sie weg war, hätte Dirck sich am liebsten geohrfeigt, und Wouter dazu.

41

»Das wird allmählich zur Gewohnheit, was?«

Clemens blickte auf die hohen Bücherstapel, die Cornelis vor sich auf dem Lesetisch liegen hatte, und musste laut auflachen, als er das benommene Gesicht sah, das dahinter auftauchte.

»W... was?« Cornelis sah sich um.

»Hast du geschlafen?«

»Nein, ich ...« Der Mönch richtete sich auf. »Ja, ich glaube schon.«

Er gähnte und kratzte sich schläfrig am Kopf. Clemens legte einen weiteren Stapel Papiere auf den Tisch – auch wenn dieser bescheiden war im Vergleich zu den Bücherbergen, die dort bereits aufgetürmt waren.

»Prior Maes lässt fragen, ob du das durchschauen und in die Register übertragen würdest«, sagte er. »Es sind alles Rechnungen und Ähnliches, lauter trockener Kram. Was kopiert werden muss, kannst du ruhig wieder ins Skriptorium hinüberbringen. Viel Vergnügen mit dem Kram. Du wolltest diesen Papierladen ja unbedingt übernehmen!«

Er klopfte seinem übermüdeten Mitbruder grinsend auf die Schulter und verließ die Bibliothek. Cornelis schob das Buch, in dem er gelesen hatte, beiseite und zog widerwillig den Stapel heran. Er begann die verschiedenen Blätter nach Thema und Zweck zu sortieren, um sie schneller bearbeiten zu können.

Ob es nun daran lag, dass er noch nicht ganz wach war, oder ob er die Bücher zu hoch gestapelt hatte, wusste er nicht. Aber als er sich unwillkürlich umdrehte, sah er, wie ein besonders schwerer Stoß Bücher plötzlich in Bewegung kam. Sofort ließ er alle Papiere, die er in Händen hielt, fallen, um den umkippenden Turm festzuhalten. Es ging gerade noch einmal gut, auch wenn er Arme und Beine gleichzeitig zu Hilfe nehmen musste. Nachdem er die Bücher auf den Tisch zurückgeschoben hatte, verteilte er sie sicherheitshalber auf mehrere niedrige Stapel. Dann bückte er sich seufzend nach den Blättern, die bei der Gelegenheit zu Boden gefallen waren.

Eine unordentlich geschriebene Liste, die an einen Brief geheftet war und von den Schreibern noch abgeschrieben werden musste, hielt er zunächst für eine Namensliste, so unleserlich war die Handschrift. Er betrachtete sie kurz und bedauerte die Kopisten, die das entziffern mussten. Aber als er zum Spaß selbst einen Versuch machte, fielen ihm beinah die Augen aus dem Kopf. Hastig hob er die restlichen Papiere auf, warf sie achtlos auf den Tisch und eilte mit der Liste in der Hand aus der Bibliothek.

»Bitte, Lambert, du kannst das besser als ich!«, flehte Cornelis. »Ich suche bloß eine kleine Sache, und bei dieser Kritzelschrift würde mich das Stunden kosten!«

Der dicke Bruder sah ihn irritiert an. »Ich habe keine Zeit«, sagte er und zeigte auf den Stapel, der neben seinem Pult lag.

»Das macht doch keinen Unterschied«, sagte Cornelis. »Das hier solltest du sowieso bekommen, darum kannst du es dir genauso gut jetzt schon anschauen. Ich werde nicht schlau daraus, und du kennst dich aus mit dem Entziffern von Handschriften!«

Lambert seufzte tief und legte seine Feder nieder.

»Dann gib schon her. Was suchst du genau?«

42

Floris van Assendelft musterte den jungen Mönch, der ihm gegenüberstand, mit kaltem Blick. Der Klosterbruder schien davon nicht sonderlich beeindruckt.

»Ihr behauptet also, Ihr könnt beweisen, dass Meister Crabeth den Abendmahlskelch nicht gestohlen hat?«, fragte Van Assendelft in betont gelangweiltem Ton. Cornelis begegnete dem Schultheißen zum ersten Mal, aber er war ihm gleich unsympathisch. Mit einer schwungvollen Geste zog er die Liste hervor.

»Das Kloster der Regulare erledigt viel Schreibarbeit für die Stadt. Und es muss auch viel kopiert werden, so wie dieses hier.« Er hielt Van Assendelft das Papier unter die Nase, gab es aber nicht aus der Hand. »Wenn ich mich nicht irre, gehört dies zu der Liste von Gegenständen, die während des Brandes aus der St. Janskirche entfernt wurden. Erkennt Ihr die Handschrift?«

Van Assendelft betrachtete das Blatt. Cornelis sah, wie er schluckte.

»Na und?«, sagte der Schultheiß. »Das ist kein Beweis. Das könnt Ihr auch selbst geschrieben haben. Ich erkenne sie jedenfalls nicht.«

»Nun, ich muss zugeben, ich kenne mich selbst nicht so gut mit Handschriften aus, vor allem, wenn sie so unordentlich sind wie diese. Aber wie ich schon sagte: Die Regulare kopieren viel, und es gibt bei uns Brüder, die jedes Gekrakel entziffern können. Vor allem Lambert ist darin sehr gut.«

Cornelis machte eine kurze Pause und fragte dann nachdrücklich: »Seid Ihr ganz sicher, dass Ihr das nicht erkennt? Seht es noch mal genau an.«

Er hielt Van Assendelft die Liste noch dichter unter die Nase. Der Schultheiß wurde böse und schlug Cornelis' Hand weg.

»Wie könnt Ihr es wagen! Ich weiß nicht, was das ist!«

Cornelis ließ seinen Arm sinken. »Das finde ich allerdings seltsam – dass Ihr Eure eigene Handschrift nicht erkennt …« Er sah das Blatt selbst noch einmal an. »Das ist doch Eure Unterschrift, unten auf der Seite?«, murmelte er.

Van Assendelfts Gesicht verzog sich vor Wut, aber Cornelis gab ihm keine Gelegenheit, etwas zu sagen.

»Dieses Blatt gehört zu einer Inventarliste, die Ihr, wahrscheinlich in großer Eile, in der Brandnacht angefertigt habt, während Ihr die Dinge in Empfang nahmt. Sie ist später zweifellos ordentlich in die Inventarbücher übertragen worden.« Van Assendelft, der von dem Einbruch bei Van Reijnegom wusste, schaute nun noch wütender. »Aber sie mussten auch noch in die Inventarlisten des Bistums aufgenommen werden. Und diese Aufgabe wurde den Regularen übertragen …«

Er steckte das Blatt zurück in den Brustlatz seiner Kutte und sah den verblüfften Schultheißen ruhig an.

»Ich habe diesen Teil der Liste mitgebracht, um Euch zu zeigen, dass ich über eindeutiges Beweismaterial verfüge: Es gibt ein Schriftstück, auf dem einigermaßen leserlich festgehalten wurde, dass Crabeth Euch den Abendmahlskelch der Jakoba von Bayern bei dem Brand übergeben hat. Somit ist klar, dass der Kelch erst nach dem Brand verschwunden ist, und um den Glasmaler des Diebstahls zu bezichtigen, braucht Ihr einen stärkeren Beweis als die Verdächtigungen, die Ihr bis jetzt geäußert habt. Der bewusste Teil der Liste ist inzwischen unterwegs zu Professor Lethmaet in Utrecht. Er wird den Kirchenvorstand und den Stadtrat zweifellos wissen lassen, dass sie Euch beauftragt haben, den falschen Mann zu verfolgen. Ihr könnt Meister Crabeth von Eurer Verdächtigenliste streichen. Und zwar sofort, wie mir scheint. Außerdem würdet Ihr gut daran tun, Euch einmal ernsthaft zu fragen, warum Ihr den Kelch in den Inventarbüchern nicht finden konntet.«

Mit diesen Worten ließ er den bestürzten Schultheißen stehen. Als er auf der Straße stand, konnte er endlich lachen: Sein Vater wäre stolz auf ihn gewesen.

Dirck und Jutgen waren in eine hitzige Diskussion verwickelt: Dirck hatte ihr von der Einladung von Frau De Meij erzählt. Jutgen war davon nicht gerade begeistert. Wouter hatte sich diplomatisch in die Küche zurückgezogen.

»Aber du hättest doch ablehnen können!«, sagte Jutgen zornig. »Was für eine unhöfliche Frau, dass Sie *mich* nicht einlädt! Kann sie sich nicht vorstellen, wie das wirkt? Oder haben sie in Flandern etwa solche Sitten?«

»Ich komme jedenfalls nicht darum herum«, sagte Dirck, ebenfalls erbost. »Ich habe es bereits versprochen.«

Es hätte kaum zu einem ungünstigeren Zeitpunkt an der Tür klopfen können, denn Dirck sah, dass Jutgen nicht vorhatte, sich mit seiner Antwort zufriedenzugeben. Aber sie schluckte ihren Ärger herunter und Dirck stand auf, um zu öffnen.

Cornelis stürmte ins Zimmer, ohne die gespannte Atmosphäre wahrzunehmen. Mit glücklicher Miene wedelte er mit einem Stück Papier in der Luft.

»Ich komme gerade vom Schultheißen«, sagte er geheimnisvoll. »Ich habe nämlich zufällig eine Entdeckung gemacht. Seht mal!«

Er gab Dirck das Papier; dieser betrachtete es und zog die Augenbrauen hoch. »Was ist das?«

Cornelis strahlte. Er breitete die Arme aus und sagte: »Ihr seid frei, Meister Crabeth. *Frei!* Ich habe durch einen dummen Zufall den Beweis gefunden, dass Ihr den Kelch nicht gestohlen habt!« Er brach in Gelächter aus und setzte hinzu: »Und ich habe schon viel Spaß damit gehabt!«

Dirck war ebenso verblüfft wie Van Assendelft. Jutgen ging zu Dirck und betrachtete das Papier.

»Das ist vollkommen unleserlich!«

»Für uns schon«, sagte Cornelis, »aber Bruder Lambert las es, als wäre es gedruckt. Vor allem die Unterschrift unten auf der Seite ist interessant. Es ist die von Van Assendelft!«

Er zeigte darauf.

»Aber was *ist* das denn?«, fragte Dirck noch einmal.

Cornelis erklärte es ihm und berichtete mit unverhohlenem Vergnügen, wie er den Schultheißen mit seiner Entdeckung überrumpelt hatte.

»Am Ende bin ich meinem Vater doch ähnlicher, als ich dachte«, beendete Cornelis seinen Bericht schmunzelnd.

Was für einen treuen Freund habe ich in diesem jungen Mann … Ich wäre stolz darauf, wenn er mein Sohn wäre …

Mit einem Ruck erhob er sich, ging auf Cornelis zu und umarmte ihn. »Ich kann dir gar nicht sagen, wie dankbar ich dir bin, lieber Cornelis«, sagte er und merkte gar nicht, dass er zum vertraulichen Du übergegangen war. Er konnte die Tränen nicht länger zurückhalten. Seine Augen glänzten, als er den jungen Mönch glücklich ansah. Und Cornelis, der raffinierte Pfiffikus, wurde ganz verlegen.

Wouter mochte den Mönch auf den ersten Blick, erst recht, als er hörte, was Cornelis getan hatte. Mit einem kräftigen Schlag auf Cornelis' Schultern besiegelte er ihre Freundschaft.

»Was macht ein intelligenter Bursche wie du im Kloster?«, fragte er. »Solltest du nicht besser Jura studieren?«

Er guckte erstaunt, als Cornelis in schallendes Gelächter ausbrach. Dirck erklärte es ihm.

»Ach, was macht das schon aus«, meinte Wouter lakonisch. »Du hast deine Talente auf jeden Fall nicht verschwendet.«

Gerrit wurde aus dem Bett getrommelt und Jutgen holte Wein aus dem Keller. Heute Abend würde es im Haus des berühmten Glasmalers spät werden.

43

Frau De Meij hatte anlässlich der Einweihungsfeier für ihre neuen Oberlichter keine Mühe gescheut, um Dirck und Wouter zu verwöhnen. Es spielte ein Quartett von Bläsern und Streichern, der Wein war von bester Qualität und sie selbst sah blendend aus. Sie trug nicht nur ein teures Seidenkleid mit besonders tiefem Dekolleté, sie hatte sich auch – wie Dirck vermutete – mit jedem Stück aus ihrem Schmuckkästchen behängt, das auch nur ein wenig funkelte und glänzte.

Zuerst führte sie ihre Gäste in den Raum, in dem sich die neuen Fenster befanden.

»Euer Geselle war sehr höflich, als er sie einsetzen kam«, sagte sie zu Dirck.

»Das will ich doch hoffen«, sagte Dirck, der absichtlich Govert geschickt hatte, damit nichts schiefging und die Witwe keinen Grund zur Klage hatte. »Sonst hätte er jetzt ein Problem!«

Sie sprachen kurz über die Glasbilder und Frau De Meij erzählte von ihrem Mann, der sich ihrer Ansicht nach mehr über Dircks Arbeit gefreut hätte als sie selbst.

»Mein Mann liebte alles Schöne so sehr!«, sagte sie. »Er

hat immer gesagt, dass ich der schönste Schatz sei, den er besitzt …«

Dirck und Wouter wechselten einen schnellen Blick, sagten jedoch nichts.

Ein Diener kam herein und meldete: »Das Essen ist aufgetragen, gnädige Frau.«

Frau De Meij lotste ihren Besuch in das kleine Esszimmer im rückwärtigen Teil des Hauses. Dort erwartete sie ein reich gedeckter Tisch; Dirck, der schon einigen Wohlstand gewöhnt war, schwieg beeindruckt.

»Bitte nehmt Platz«, nötigte Frau De Meij ihre Gäste. »Und erzählt mir, Meister Crabeth, wie Euer Freund, der Mönch, es angestellt hat, Euch von dieser Verdächtigung zu entlasten.«

Sie schaute ihn interessiert an. Dirck staunte, dass sie darüber bereits im Bilde war.

Die Gerüchte kursieren schnell in Gouda!

Während der Diener einen aromatischen Braten servierte und den Wein einschenkte, erzählte Dirck von der zufälligen Entdeckung seines Freundes. Den Einbruch, den Cornelis zuvor begangen hatte, erwähnte er allerdings mit keinem Wort. Frau De Meij hörte aufmerksam zu.

»Wie ist es nur möglich, dass Floris van Assendelft das in den Inventarbüchern nicht entdeckt hat?«, fragte sie ihn, als er seinen Bericht beendet hatte. »Habt Ihr selbst diese Bücher schon einmal durchgeschaut?«

Dirck, der gerade den Mund voll hatte, schüttelte den Kopf.

»Ach nein«, sagte sie, »das ging ja nicht, die lagen doch bei Van Reijnegom …«

Dirck schluckte sein Essen hinunter.

Woher weiß sie das?

»Kennt Ihr Van Reijnegom?«, fragte er so angelegentlich wie möglich.

»Natürlich kenne ich ihn.« Sie sah ihn verwundert an. »Er war ein guter Freund meines Mannes, ein Geschäftspartner. Er besucht mich noch manchmal, weil er weiß, wie einsam ich bin …«

Ihre Stimme bekam den traurigen Klang, den sie immer annahm, wenn sie von ihrem verstorbenen Gatten sprach.

Du bist ein alter Narr, Dirck. Du darfst nicht so misstrauisch sein. Van Reijnegom ist ein Bierbrauer, und ihr Mann hat Bier verschifft … Es ist doch ganz normal, dass sie noch mehr Leute in der Stadt kennt! Du siehst mal wieder Gespenster.

Er schüttelte das argwöhnische Gefühl ab, das ihn ergriffen hatte, und lauschte dem Gespräch über Antwerpen, das sich nun zwischen Wouter und der Gastgeberin entspann. Aber auch wenn er es der Anspannung zuschrieb, unter der er während der letzten Wochen gelitten hatte: Das leise Bohren in seinem Hinterkopf blieb.

44

Im Juli 1554 wurde die Ehe zwischen Maria Tudor und Philipp von Habsburg in Winchester geschlossen. In England war man mit dieser Verbindung nicht einverstanden. Man befürchtete, wahrscheinlich nicht zu Unrecht, dass die Macht Roms dadurch weiter zunahm. Maria machte ihren katholischen Einfluss im Parlament immer stärker geltend, und auch die Berichte über die Inquisition, die von Philipps Vater Karl unterstützt wurde, machten in England seit Längerem die Runde.

Aber schon ein Jahr darauf erfuhr man, dass Karl abdanken wollte. Der alte Kaiser, der seit seinem sechzehnten Lebensjahr regiert hatte und drei Jahre später schon Kaiser eines

Weltreiches geworden war, sehnte sich nach seiner wohlverdienten Ruhe. Überall in Holland begaben sich Delegationen auf Reisen; im Oktober sollte Philipp zum König der Niederlande gekrönt werden, und man war verpflichtet, den neuen Herrscher aufzusuchen, um ihm Ehre zu erweisen und Treue zu schwören. Auch der Goudaer Stadtrat machte sich auf den Weg nach Brüssel, wo Philipp Hof hielt.

Es war eine Reise, von der man sich in Gouda einiges versprach: Es würde, da dort so viele Adlige und andere wichtige Personen zusammenkamen, viele Gelegenheiten geben, um Mittel für den Bau der St. Janskirche zu beschaffen. So lebten bei Hofe Ritter vom Orden des Goldenen Vlieses, jenem Orden, dem auch der Prinz angehörte. Das waren im Allgemeinen äußerst wohlhabende Herren. Wenn einige von diesen vielleicht zu einer Spende bereit wären …

Aber auch der künftige König erwies sich als sehr großzügig.

»Es gefällt Ihrer Hoheit, ein Fenster anfertigen zu lassen, das ein Bildnis seiner selbst und seiner Ehegattin enthält«, las Van Reijnegom während einer Versammlung vor. »Der König sähe es gern, wenn Meister Crabeth, der schon zuvor für den Hof gearbeitet hat, sich dieses Auftrages annimmt. Darum muss der Glasmaler sich der Delegation, die nach Brüssel reist, unbedingt anschließen. Dann kann er Skizzen vom Königspaar anfertigen und gemeinsam mit seiner Hoheit einen Entwurf für das Fenster erstellen.«

Van Reijnegom sah von dem Brief auf.

»Nun, Meister Crabeth, es sieht so aus, als würde Euch der Hof einen schönen Auftrag geben …«

Er dachte einen Moment nach. »Wenn Ihr also vom Hof bezahlt werdet, schlage ich vor, dass Ihr selbst für Eure Reisekosten aufkommt. Das scheint mir nur recht und billig, denn der König wird Euch für Eure Mühe reichlich entschädigen.«

Dirck freute sich zu sehr über den Auftrag, um sich darüber aufzuregen, wer seine Reisekosten bezahlen würde. Er würde den neuen König treffen! Natürlich hatte er mit einem solchen Ansinnen gerechnet; bei Hof war man bis jetzt mit der Arbeit der Crabeths mehr als zufrieden gewesen. Er hatte auch schon eine Idee für einen Entwurf im Hinterkopf: Salomos Tempel. Das war nicht nur ein Thema, von dem er sicher war, dass der König es schätzen würde – es stammte auch direkt aus dem *Corpus Vitrearum.*

»Ich habe dein Gebet erhört, und wenn du vor mir wandelst, wie dein Vater David gewandelt ist, so will ich bestätigen den Thron deines Königtums ewiglich.« *

Das waren die Worte, die Erasmus seiner Skizze vom Friedensfürsten Salomo beigefügt hatte – in Form einer zierlichen Banderole am oberen Bildrand. Dirck wusste, wer mit diesem Vers gemeint war: David, der größte König, den Israel je gehabt hatte. Erasmus hatte im Jahr 1516 für den damals noch jungen Karl das Buch *Institutio Principis Christiani* (»Die Erziehung eines christlichen Fürsten«) geschrieben. In dem Werk beschäftigte er sich mit dem Ideal eines Friedensfürsten, der die Welt mit christlicher Weisheit regieren würde. In seinem späteren Buch *Querela Pacis* (»Die Klage des Friedens«) brachte Erasmus seine Sorge um den Frieden zum Ausdruck – und auch dieses Werk hatte er für den jungen Kaiser geschrieben. Dirck zweifelte nicht daran, dass König Philipp diese Bücher während seiner Ausbildung hatte studieren müssen.

Melech Shlomo, dachte Dirck. *König Shalom, der König des Friedens ... Salomo. Wird Philipp solch ein König sein?*

Die Reise kam ziemlich ungelegen: Er war immer noch sehr mit einer Reihe anderer Aufträge beschäftigt. In seiner Werk-

---

* aus 1. Könige 9,3-5

statt wurde eifrig an einem Fenster gearbeitet, das die Taufe Jesu durch Johannes zeigte. Es würde im Mittelpunkt des Chores stehen; um dieses Fenster herum sollten – wie von Erasmus skizziert – die Lebensgeschichten von Johannes und Jesus dargestellt werden.

»Ich schlage vor, dass wir uns darauf einstellen, in zwei Monaten nach Brüssel abzureisen, um dem neuen König unsere Treue zu bezeugen«, sagte Altbürgermeister Heije. »Meister Crabeth, Ihr habt gehört, was Euer König von Euch verlangt. Sorgt dafür, dass Ihr im Oktober reisefertig seid.« Der Altbürgermeister klang beinahe eifersüchtig.

Jetzt hatte Dirck wirklich Mühe, sich nichts anmerken zu lassen. »Macht Euch keine Sorgen«, sagte er, ein Lachen unterdrückend. »Es ist mir eine Ehre, unseren neuen Herrscher zu zeichnen und in einem Glasfenster zu verewigen!«

Und es war ihm ernst damit: Dieser König sah sich selbst als einen Salomo. Dirck hoffte von ganzem Herzen, dass Philipp diesem Ideal entsprechen würde. Er wollte ein prächtiges Bildnis dieses jungen Salomo anfertigen und es der ganzen Welt präsentieren.

45

BRÜSSEL WAR EINE riesige Stadt, um ein Vielfaches größer als Gouda. Die Goudaer Delegation konnte sich nicht sattsehen – das imposante Rathaus mit seinem riesigen Turm, die noch im Bau befindliche St. Michaels-Kathedrale, die offenbar die größte Kirche der Stadt werden sollte, die unglaubliche Betriebsamkeit, die Leute, die aus allen Himmelsrichtungen zu kommen schienen, die vielen Geschäfte, Marktstände und Herbergen. Es gab mehrere große Märkte, auf denen Dinge aus aller Welt zum Verkauf angeboten wurden. Die Stadt war voller Gerüche: der Gestank des Fischmarktes war ihnen vertraut, aber der würzige, exotische Duft, der von einem orientalisch anmutenden Stand herüberwehte, brachte sie alle zum Staunen.

Auf einem Hügel an der Ostseite der Stadt erhob sich der Palast. Schon von dem weitläufigen Platz vor dem Rathaus aus konnten sie das Bauwerk sehen, allerdings nur von der Seite. Es war einfach kolossal! Dirck hielt den Atem an – ein so großes Gebäude hatte er in seinem Leben noch nicht gesehen. Es war gebaut worden, um Eindruck zu machen, das war klar.

»Lasst uns als Erstes eine gute Herberge suchen«, schlug Van Reijnegom vor. »Wie es aussieht, werden wir sicher eine Woche hierbleiben, und da brauche ich ein gutes Bett und anständige Mahlzeiten.« Alle waren einverstanden, dass man dem großen Palast auf dem Hügel vorläufig den Rücken zuwandte und sich auf die Suche machte nach einem vertrauenswürdigen, gastfreundlichen Wirt.

Während der Besprechungen wurde Dirck nicht gebraucht; er war nur mitgekommen, um den König zu zeichnen. Weil jedoch Seine Königliche Hoheit noch keine Zeit für den Goudaer Glasmaler hatte, konnte sich Dirck in den ersten Tagen ausgiebig die Stadt ansehen. Er genoss seinen Aufenthalt in dieser fremden, aufregenden Stadt in vollen Zügen. Seine Werkstatt hatte er den geschickten Händen Wouters anvertraut, und es gab nichts, worum er sich hätte Sorgen machen müssen. Er betrachtete die Kirchen mit ihren Bleiglasfenstern; dann schlenderte er über die Märkte und kaufte Geschenke für Jutgen und Wouter. Stundenlang irrte er durch verwinkelte Straßen, als er sich eines Nachmittags verlaufen hatte. Ein Mann mit einer Haut, die so dunkel war wie gegerbtes Leder, erklärte ihm in einer Mischung aus gebrochenem Französisch und Flämisch den Rückweg zur Herberge. Dirck bemühte sich, ihn nicht allzu verblüfft anzustarren, aber ganz konnte er es doch nicht vermeiden.

Solch einen Mann habe ich noch nie gesehen! Wo kommt der nur her?

Und dann, nach gut einer Woche, kam Nachricht vom Hof: Dirck durfte endlich kommen und seine Skizzen anfertigen.

Der Graphitstift zitterte in Dircks Hand.

Schluss jetzt! Was ist los?

Er hoffte, dass niemand sah, wie nervös er war. Er hatte schon so oft in seinem Leben Modelle abgezeichnet und fand es äußerst unprofessionell, dass er sich hier durch die Umstände nervös machen ließ.

Stell dich nicht an, Dirck, und mach deine Arbeit!

Er blickte wieder zum König, der mit gefalteten Händen auf einem kleinen Podest kniete, ins Gebet versunken. Totenstill verharrte er dort, mit geschlossenen Augen, wie eine Wachsfigur.

Das geht so nicht ... Er muss die Augen aufmachen.

Dirck hatte den größten Teil der Skizze schon fertig; er konnte nicht weitermachen, solange der König die Augen geschlossen hielt. Er hüstelte vorsichtig. Keiner der Diener, die gelangweilt an den ihnen bestimmten Plätzen im Saal standen, reagierte. Auch die Hellebardiere an den Ausgängen starrten ungerührt ins Leere.

»Majestät?«

Der König schlug ein Kreuz. Langsam öffneten sich seine Augen. Er wandte Dirck sein Gesicht zu und sah ihn an.

»Meister Crabeth?«

Dirck wählte seine Worte sehr sorgfältig – er konnte dem König doch keine Befehle erteilen! Aber Philipp war bereit mitzuarbeiten und hielt die Augen offen, nachdem Dirck seine höfliche Bitte vorgebracht hatte.

»Erzählt uns«, sagte der König, der sich nun, da er nicht mehr betete, offenbar ein wenig unterhalten wollte, »welche Pläne habt Ihr mit diesem Fenster?«

Dirck erzählte, dass er an den Tempel Salomos dachte. Im Prinzip beschrieb er die Skizze von Erasmus: den Tempel des Friedensfürsten kurz vor seiner Einweihung, mit weit zurückgeschlagenem Vorhang, der den Blick auf die Bundeslade freigab. Der König wirkte sehr zufrieden.

»Es muss ein großes Fenster werden«, sagte er, als Dirck seine Erläuterungen beendet hatte. »Das größte Fenster Eurer neuen Kirche, mindestens doppelt so groß wie alle anderen. Das Volk muss wissen, wen Gott zum Regenten über es bestimmt hat.«

»Selbstverständlich«, sagte Dirck mit zustimmend geneigtem Kopf. »Welche Maße hatten Eure Majestät sich vorgestellt?«

»Das überlassen wir Eurem Baumeister«, sagte Philipp. »Aber es ist unser Wunsch, dass es so groß wie möglich wird. Wir leben in bewegten Zeiten, Meister Crabeth – wir müssen unsere Macht zeigen. Den Thron muss man fürchten. Ihr spracht soeben von Salomo. Ihr habt gut gewählt: Salomo ist unser Vorbild, das uns inspiriert. Er ist der einzige, wahre Friedensfürst, und wir trachten danach, so zu werden wie er.«

Für einen Moment schoss Dirck der Gedanke durch den Kopf: *Christus ist doch der einzige, wahre Friedensfürst?* Aber er sagte nichts. Denn es klang ihm wie Musik in den Ohren: ein Salomo. Dieser König war mit der Lehre des Erasmus aufgewachsen, dessen allumfassender Friedensgedanke sich darauf gründete, die Unterschiede zwischen den Menschen zu akzeptieren ... Keine Inquisition mehr, keine Scheiterhaufen und keine Verurteilungen, keine zerstörten Leben mehr! Während er seine Skizzen machte, lauschte er aufmerksam dem König, der sich immer mehr in Eifer redete.

»Wahren Frieden erreicht man nur auf eine Weise: durch völlige Hingabe an Gott.« Philipp schlug ein Kreuz und faltete erneut die Hände. »Gott und niemand sonst ist unser Richter.«

Dirck war glücklich, dies zu hören.

Und dieser erleuchtete Mann ist unser neuer König!

Im Stillen sprach er ein kurzes Dankgebet zu Gott, der ihnen solch einen weisen Herrscher gesandt hatte.

»Gottes rechte Hand hier auf Erden ist der Papst«, fuhr Philipp fort und erhob dabei langsam seine Stimme. Dirck blickte von seiner Arbeit auf. »Auch wir als Herrscher über ein irdisches Reich sind der Mutterkirche zu Gehorsam verpflichtet und müssen sie verteidigen, wenn dies erforderlich ist.«

Dircks Hand erstarrte auf dem Zeichenpapier, während der König mit immer größerer Leidenschaft weitersprach. Der Anwesenheit des Glasmalers war er sich anscheinend gar nicht mehr bewusst.

»Mit Feuer und Schwert werden wir ihr beistehen. Ihre Feinde, die ketzerische Brut, werden wir, wenn nötig, mit Gewalt bekehren. Es ist unsere heilige Pflicht, diese Abtrünnigen in den Schoß der Mutterkirche zurückzuholen ... auch wenn sie das nicht wollen. Mit Feuer werden wir ihre Seelen reinigen!«

Wieder schlug er ein Kreuz und sah Dirck an, der zutiefst erschrocken auf seinem Schemel hockte und den König mit offenem Mund anstarrte.

Dies ist kein Friedensfürst ...

Er spürte, wie sein Magen revoltierte – für einen Moment schien sich der Saal zu drehen. Das war gewiss nicht das, was er erwartet hatte. Lethmaet hatte gesagt, dass Philipp sehr strenggläubig sei, aber andererseits hatte der König der neuen Ikonografie nicht ablehnend gegenübergestanden. Er wollte sogar dazu beitragen, indem er ein Fenster stiftete. Dann erinnerte Dirck sich an etwas, was Lethmaet bei ihrem ersten Gespräch gesagt hatte: »Glasbilder, die dem suchenden Auge Antworten schenken und gleichzeitig niemanden vor den Kopf stoßen …«

Philipp hatte nicht nach einer neuen Ikonografie gestrebt. Er hatte nur die Bilder gesehen und sie gebilligt, da sie künstlerischen Wert und eine gewisse erneuernde Kraft besaßen. Aber ihren Inhalt hatte er nicht verstanden …

Er ist kein Salomo, weil er es nicht begreift … weil er es nicht begreifen kann. Er ist blind.

Traurig sah Dirck den König an, von dem er so viel erwartet hatte. Und während Philipp weitersprach, spürte Dirck, wie ihm das Herz bebte.

46

Einige Tage, nachdem Dirck seine Skizzen angefertigt hatte, reiste die Gesellschaft zurück nach Gouda. Man hatte verschiedene Ritter des Goldenen Vlieses dazu bewegen können, beträchtliche finanzielle Unterstützung in Aussicht zu stellen. Die Goudaer Delegation machte sich mehr als zufrieden auf den Heimweg. Niemand merkte, wie still und in sich gekehrt Meister Crabeth war.

Dirck, der immer noch entsetzt war über das, was er aus dem Mund des Königs gehört hatte, konnte nur eines denken: *Ich hatte mir vorgenommen, der Welt zu zeigen, wer dieser junge Salomo ist, und genau das werde ich tun. Die ganze Welt soll in meinem Fenster die Wahrheit erkennen … jedenfalls dann, wenn sie die Wahrheit sucht.*

Tief verbittert ritt er nach Hause.

1557

47

»Passt auf!« Gerade noch rechtzeitig zog Govert das glühend heiße Glasmesser weg, mit dem er soeben drei Gläser geschnitten hatte. Frau De Meij drehte sich um und sah es erschrocken an.

»Du meine Güte, das hätte mir ein hässliches Loch in die Kleider brennen können!«

»Gnädige Frau, dieses Messer ist heiß genug, um eure Kleider in Brand zu stecken«, knurrte Govert. Er legte das schwere Messer beiseite.

»Ich gehe zur Kirche, Meister«, sagte er zu Dirck und nahm die in Tuch gewickelten Glasscheiben unter den Arm.

»Verzeiht mir«, sagte Frau De Meij zerknirscht zu Dirck, als Govert weg war. »Ich war schon seit ein paar Jahren nicht mehr in Eurer Werkstatt – ich glaube, ich habe verlernt, wie hier gearbeitet wird.« Sie lehnte sich wieder an den Tisch, von dem Govert soeben das Messer weggezogen hatte, und sah Dirck lächelnd an.

Dirck fragte sich, warum Frau De Meij gekommen war. Wenn sie ein Fenster bestellen wollte, müsste sie sich in Geduld fassen. Er hatte mehr zu tun denn je.

»Kann ich Euch mit irgendetwas dienen?«, fragte er die Witwe. Sie nickte.

»Eines meiner Dienstmädchen ist gestern versehentlich mit seinem Staubwedel an eines Eurer Fenster gekommen«, sagte sie. »Dabei ist leider eines der Bierfässer kaputtgegangen. Vielleicht könntet Ihr es Euch einmal ansehen?«

Dirck schüttelte den Kopf. »Ich fürchte, dass ich viel zu viel Arbeit habe, um mich um eine Reparatur zu kümmern«, sagte er. »Es tut mir leid, aber Ihr müsst Euch gedulden, bis ich wieder mehr Zeit habe.«

»Das habe ich befürchtet«, seufzte sie. »Ihr habt mit dem großen Fenster begonnen.« Sie zwinkerte ihm schelmisch zu. »Ob ich vielleicht einen Blick darauf werfen dürfte?«

Dirck war verblüfft.

»Gnädige Frau, die Einzigen, die den Entwurf bis jetzt gesehen haben, sind einige meiner Gesellen. Und Wouter natürlich. Alle anderen Bürger der Stadt werden das Fenster erst sehen, wenn es eingesetzt ist.«

»Natürlich, natürlich …«, sagte sie und blickte sich suchend um. »Nun, da Ihr von Eurem Bruder sprecht: Wo ist er eigentlich?«

Dirck erinnerte sich nur zu gut daran, dass die Witwe ein besonderes Interesse an ihm und seinem Bruder gezeigt hatte. Mit einiger Mühe war es ihm gelungen, sie auf Distanz zu halten, aber Wouter hatte sich etwas empfänglicher für ihre Avancen gezeigt. Glücklicherweise hatte sie ihre Besuche nach einiger Zeit eingestellt … Aber nun war sie wieder da.

»Er ist zur St. Janskirche gegangen«, sagte Dirck, »um noch ein paar letzte Ausmessungen vorzunehmen, bevor wir das Fenster mit der Taufe Jesu durch Johannes einsetzen. Ich habe zu viel mit dem Königsfenster zu tun.«

»Darf ich den Entwurf wirklich nicht sehen?« Sie begann sich dreist in der Werkstatt umzuschauen. Hier gab es für sie nichts zu entdecken, denn die Entwürfe lagen oben in Dircks Atelier. Aber er begann doch, nervös zu werden.

»Gnädige Frau, ich habe Euch bereits gesagt …« Er versuchte seine Ungeduld nicht zu zeigen, aber sie spürte sie nur allzu gut.

»Warum ist das für Euch so wichtig?«, fragte sie. »Ihr redet, als hinge Euer Leben davon ab.«

Dirck lachte grimmig. Frau De Meij hatte Recht: Für ihn ging es wirklich um eine lebenswichtige Frage. Seit er die leidenschaftlichen Bekenntnisse des Königs vernommen hatte, war er ein anderer Mensch geworden. Er hatte seinen Glauben an die Mutterkirche und die Reformen, die so dringend nötig waren, völlig verloren. Er hatte nur noch Angst vor Rom. Angst vor der Rachsucht und Blutgier der christlichen Regenten wie dem Kaiser und seinem Sohn.

Zuerst war er entsetzt gewesen über das, was er in Brüssel erlebt hatte; alle Mühe, die Erasmus sich gegeben hatte, um die Habsburger Regenten etwas über den Frieden zu lehren, war offenbar umsonst gewesen. Es war zum Heulen! Aber nach einiger Zeit begann sich Dircks Entsetzen in Wut zu verwandeln. Philipps Ehefrau Maria Tudor führte in England eine wahre Schreckensherrschaft. In Gouda brauchte man nicht viel Zeit, um ihren Beinamen »Bloody Mary« zu übersetzen.

Dirck überraschte dies alles in keiner Weise. Er hatte den Hass in Philipps Stimme gehört, die Angst in seinen Augen gesehen, und er wusste nun, dass dieser König das genaue Gegenteil des Friedensfürsten war, den er sich erhofft hatte. Vor drei Jahren hatte der Kaiser abgedankt, alt und gebrechlich. Triumphierend hatte Philipp die Herrschaft übernommen und sofort einen neuen Generalstatthalter in den Niederlanden eingesetzt: Emanuel Filibert, Herzog von Savoyen, der aus geheimnisvollen Gründen den Beinamen »Der Eiskopf« trug. Dieser Statthalter war eigentlich überflüssig, denn der König blieb vorläufig noch in Brüssel, weil er in den Niederlanden noch eine ganze Reihe finanzieller Dinge zu regeln hatte. Von Brüssel aus hielt Philipp die Zügel fest in der Hand. Jede Form von Ketzerei schlug er gnadenlos nieder – noch blutrünstiger, als sein Vater es getan hatte.

Die nördlichen Niederlande blieben von diesem Schrecken noch weitgehend verschont, aber Dirck wusste, dass es nur eine Frage der Zeit war, bis sich das änderte. In Gouda breitete sich die »Ketzerei« an allen Ecken und Enden aus. Er selbst war schon mehrmals mit Thalen zu dessen geheimen Zusammenkünften gegangen und hatte dort mehr Frömmigkeit erlebt, als er je in der St. Janskirche gesehen hatte. Dort wurde über die Angst gepredigt, die Rom säte, und wie das Wort Gottes untergegangen war in Machtspielen und Habsucht. Es wurde aus der Bibel vorgelesen – nicht auf Lateinisch, sondern auf Niederländisch, sodass jeder es verstehen konnte. Und nach dem Vorlesen wurde ausführlich über den Text gesprochen. Alle sollten begreifen, worum es ging.

Ebenso wie Dirck besuchten auch alle anderen Teilnehmer dieser Versammlungen weiterhin treu die Messen in der St. Janskirche. Niemand bekannte seinen neuen Glauben öffentlich – es war lebensgefährlich. In Gouda hatte Pfarrer Bourgeois das Sagen, der sich innerhalb kurzer Zeit als Mann entpuppt hatte, mit dem man rechnen musste. Er hatte sich zum Ziel gesetzt, in dieser Stadt, in der die Mutterkirche immer mehr Boden verlor, dem Ketzertum keine Chance zu geben. Mit geballter Faust drohte er der Stadtbevölkerung täglich mit der Hölle, die jeden abtrünnigen Sünder ohne Zweifel erwartete.

Dirck hörte jedes Mal zornig zu und tröstete sich mit dem Gedanken, dass er immerhin noch seine Arbeit hatte: Mithilfe seiner Fenster konnte er in versteckter Weise, wie Erasmus es gezeigt hatte, seine Gedanken über das führerlos wirkende Christentum zum Ausdruck bringen. Auf der Suche nach

Antworten und Inspirationen las er das *Corpus Vitrearum* wieder und wieder. Dieses Fenster, das Königsfenster, würde seine Art des Protestes sein, seine *Anklage*. Frau De Meij hatte zweifellos Recht: Es konnte eine Frage von Leben und Tod werden.

Wouter kam lachend aus der Kirche zurück. »Dreimal darfst du raten, mit wem ich gerade gesprochen habe!«

Ohne von seiner Arbeit aufzublicken, erwiderte Dirck: »Vielleicht mit Frau De Meij?«

»Aha«, sagte Wouter, »hier ist sie also auch schon gewesen. Zu mir sagte sie noch, was für ein Zufall es sei, dass wir uns in der Kirche träfen.« Wieder lachte er. »Die Frau ist ein bisschen verrückt, wenn du mich fragst.«

»Ein bisschen?« Nun sah Dirck doch auf. »Diese Person raubt mir den letzten Nerv.«

Wouter zog seinen Mantel aus, band sich die Schürze um und half seinem Bruder beim Anmachen der Grisaille. Dirck genoss es, ab und zu etwas zu tun, das normalerweise die Aufgabe der Lehrlinge war. Alle Gesellen waren in diesem Moment unter Goverts Anleitung in der Kirche beschäftigt. Das Fenster mit der Taufe Jesu durch Johannes sollte in ein paar Tagen eingesetzt werden. Dafür musste zunächst das grüne Glas entfernt und der Falz für das neue Fenster vorbereitet werden. Das Wetter war gut, jetzt im späten Frühling durfte man in der Kirche schon mal ein Fenster offen lassen.

Während Wouter mit einem Mörser das Glas zermahlte und Dirck inzwischen Öl und Gummiarabikum vermischte, wurde Dirck bewusst, dass sie in ihrer Kindheit, als sie von ihrem Vater angeleitet wurden, oft in ähnlicher Weise beschäftigt gewesen waren. Auch Wouter schien ähnliche Erinnerungen zu haben, denn er lachte und sagte: »Wenn Vater uns jetzt sähe ... Und wir haben noch nicht einmal Streit miteinander.«

Sie sprachen noch ein bisschen über die seltsame Frau De Meij, für die Wouter inzwischen keine Augen mehr hatte: Er war seit einem Jahr mit Neeltje verheiratet. Der schüchterne Gerrit hatte endlich den Mut aufgebracht, dem Mädchen seine Liebe zu gestehen, aber sie hatte ihn abgewiesen. Neeltje war in einen anderen verliebt …

Gerrit war nicht weniger überrascht gewesen als Dirck, als sich herausstellte, dass Wouter und Neeltje tatsächlich Gefallen aneinander gefunden hatten. Dirck hatte noch ein Gespräch mit Wouter geführt, in dem er versucht hatte seinem Bruder klarzumachen, dass Neeltje vom Alter her seine Tochter sein könnte – aber es hatte keinen Sinn gehabt. Wouter war, als er Neeltje kennenlernte, das Junggesellenleben nach all den Jahren plötzlich leid geworden. Er war verliebt wie ein junger Bursche. Die Hochzeit war ein prächtiges Fest gewesen und inzwischen lief Wouters junge Frau mit einem dicken, hochschwangeren Bauch herum.

»Wie geht es Neeltje?«, fragte Dirck. Wouter lachte und sah seinen Bruder stolz an.

»Wir hoffen auf einen Sohn!«, sagte er. Dann schien er etwas zu begreifen – das Lachen wich von seinem Gesicht.

»Und Jutgen?«, fragte er leise.

Dirck goss noch etwas Öl zu der Lösung in der Schale. Vor einem Monat hatte Jutgen es ihm erzählt: Sie war schwanger. Er war sehr erschrocken gewesen und hatte nicht gewusst, ob er sich darüber freuen sollte oder nicht. Jutgen war vierundvierzig – eigentlich zu alt für eine Schwangerschaft.

»Ich mache mir Sorgen«, sagte er. »Jutgen auch, aber du weißt, wie sie ist: Nichts anmerken lassen und einfach immer weiterarbeiten.«

»Das macht ihr doch alle beide«, sagte Wouter. »Und erst recht, seit ihr es wisst. Wäre es nicht besser, wenn sie sich ein bisschen mehr Ruhe gönnen würde? In ihrem Alter …«

Dirck antwortete nicht. Er bat sie jeden Tag darum, aber Jutgen wollte nichts davon wissen.

»Es dauert noch ein bisschen, bis ich einen dicken Bauch bekomme«, sagte sie jedes Mal. »Ich kann doch nicht die ganze Zeit stillsitzen!«

Dirck war da anderer Meinung. Jutgen hatte, Wunder über Wunder, das Kind noch nicht verloren und war schon fast im vierten Monat. Aber er wusste, dass es keinen Sinn hatte, wenn er von ihr verlangte, sich mehr zu schonen. Sie würde sich einfach nicht daran halten.

»Wir beten dafür, dass alles gut geht«, sagte er zu seinem Bruder und fuhr mit der Arbeit fort.

48

Frau De Meij hatte beschlossen, sich nicht so schnell geschlagen zu geben. Als Dirck ein paar Tage später von der Kirche zurückkam, wo er eine gründliche Inspektion durchgeführt hatte, da am folgenden Tag das neue Fenster eingesetzt werden sollte, saß sie in der Werkstatt und wartete auf ihn.

»Seid Ihr schon lange hier?«, fragte er. Es war ihm nicht recht, wenn Besucher allein hier waren.

»Hmm … seit etwa einer Stunde vielleicht. Eure Frau hat mich hereingelassen.«

Tja, dachte Dirck. *Ich kann mir vorstellen, dass Jutgen keine Lust hatte, diese Frau als Gast zu empfangen. Darum hat sie sie hier in aller Ruhe schmoren lassen. Jutgens kleine Rache …*

»Womit kann ich Euch dienen?«, fragte er, aber er wusste schon, was sie wollte.

Sie öffnete ein Beutelchen, und es kamen einige Scherben zum Vorschein.

»Ich dachte, vielleicht braucht Ihr die, wenn Ihr mein Fenster reparieren kommt«, sagte sie mit schmeichelndem Blick. Dirck unterdrückte einen tiefen Seufzer.

»Gnädige Frau, ich werde sobald wie möglich kommen, um Euer Fenster zu reparieren«, sagte er geduldig. »Aber in der nächsten Zeit, so fürchte ich, werdet Ihr Euch leider mit einem Loch im Fenster abfinden müssen.«

»Und Euer Bruder? Kann der mir nicht helfen?«

Noch nie in seinem Leben hatte Dirck eine Frau kennengelernt, die hartnäckiger war als Frau De Meij – abgesehen von Jutgen vielleicht.

»Mein Bruder arbeitet im Moment noch für mich, auch wenn er sich nach einer eigenen Werkstatt umsieht. Aber selbst dann werde ich ihn immer noch dringend brauchen.«

Sie nickte und schien Dircks Ablehnung unerwartet leicht zu akzeptieren.

»Ich verstehe das vollkommen«, sagte sie. »Ich werde Euch nicht länger stören, Meister Crabeth. Gebt mir einfach Bescheid, wenn Ihr wieder Zeit habt. Und bis dahin wünsche ich Euch viel Erfolg bei der Arbeit an dem großen Fenster. Ich bin sicher, dass Ihr ein echtes Kunstwerk daraus machen werdet!«

Und ohne noch weitere Schwierigkeiten zu machen, war sie verschwunden. Dirck wusste nicht mehr, was er von dieser Frau halten sollte.

49

»Ich wollte mir das Buch wieder einmal holen«, sagte Cornelis und legte den Mantel ab. »Und gleichzeitig bin ich unhöflich genug, um kurz vor dem Essen zu erscheinen!«

Er lachte und schaute zu Jutgen hinüber, die ihn sofort willkommen hieß: »An unserem Tisch ist immer Platz für dich, Cornelis, das weißt du doch.«

Sie ging in die Küche und Dirck fragte Cornelis: »Hast du noch mehr Rätsel gefunden, denen du mithilfe des *Corpus Vitrearum* auf den Grund gehen willst?«

Schon von dem Moment an, als sie das Büchlein gefunden hatten, waren sie sich darüber einig gewesen, dass es ihnen beiden gehörte. Darum wanderte es regelmäßig vom Regularenkloster zu Dircks Atelier und wieder zurück. Denn nicht nur Dirck fand Trost und Inspiration darin, wenn er an seinem Glauben zweifelte – auch Cornelis begann all das, was in der christlichen Welt geschah, immer mehr infrage zu stellen. Die grausamen Todesurteile und das Unvermögen der Kirche, Liebe und Vergebung zu üben, bereiteten ihm große Probleme. Und so las er die Schriften des Erasmus häufiger denn je.

Seit Professor Lethmaet vor einigen Jahren gestorben war, wussten Dirck, Jutgen und Cornelis als Einzige von der Existenz des Büchleins. Wouter hatte schon oft gefragt, woher Dirck seine Ideen für die Ikonografie hatte, und Dirck hatte ihm stets die ausweichende Antwort gegeben, dass er ein paar Bücher von Erasmus benutze. Einige Male war er drauf und dran gewesen, seinen Bruder in das Geheimnis einzuweihen. Aber dann war er zu dem Ergebnis gekommen, dass es sicherer wäre, wenn so wenig Menschen wie möglich darüber Bescheid wussten. Schließlich stand Erasmus seit Kurzem auf dem Index, genau wie Lethmaet prophezeit hatte. Seine Schriften wurden bei Hofe mehr und mehr als aufrührerisch empfunden. Es konnte durchaus einmal sehr gefährlich werden, ein unbekanntes Werk dieses Denkers zu besitzen.

Cornelis erzählte, ein junger Mann sei ins Kloster eingetreten, der ebenso wie er Cornelis hieß. Der Novize interessiere sich ebenso wie er selbst sehr für Literatur. »Prior Maes hat ihn gleich in die Bibliothek geschickt, und jetzt habe ich einen

Helfer«, grinste Cornelis. »Er ist ein feiner Junge: klug, wissbegierig, ein echter Student. Ein würdiger Namensbruder.«

»Kann man ihm vertrauen?«, fragte Dirck. Er stand auf, um in sein Atelier zu gehen, wo er das Büchlein aufbewahrte.

»Mach dir keine Sorgen«, sagte Cornelis. »Den *Corpus* bekommt er nicht zu sehen. Den kannst du mir getrost überlassen.«

Daran hatte Dirck nicht den geringsten Zweifel.

Am folgenden Tag wurde in der St. Janskirche das Fenster enthüllt, das die Taufe Jesu durch Johannes darstellte. Nach den Apostelfenstern war dies nun das vierte Fenster, das Dirck für die neue Kirche gestaltet hatte. Der Stadtrat und der Kirchenvorstand waren anwesend, und auch viele Bürger waren gekommen. Dennoch war zu spüren, dass alle gespannt auf das Königsfenster warteten, mit dem Meister Crabeth vor Kurzem begonnen hatte. Viele fragten Dirck danach, aber er gab immer dieselbe Antwort: »Ihr werdet alles sehen, wenn es fertig ist. Das wird noch ein bisschen dauern.«

Mit dem Fenster, das heute eingesetzt wurde, hatte Dirck sich besondere Mühe gegeben. Er hatte anderthalb Jahre daran gearbeitet, was für ein Fenster dieser Größe eine lange Zeit war. Der Stifter war Georg von Egmond, der Bischof von Utrecht und ehemals ein guter Freund von Professor Lethmaet. Der Bischof war am unteren Rand des Fensters abgebildet: auf den Knien betend, so wie es üblich war.

Dirck hatte sich mit diesem Fenster so angestrengt, weil er wusste, dass er das Fenster für Lethmaet nicht machen durfte. Digman Meynaert hatte sich in seiner Arbeit für die St. Janskirche genau an Dircks Vorschriften gehalten, aber der Entwurf, den er für Lethmaets Fenster eingereicht hatte, gefiel dem Rat letztlich besser als der von Dirck. Nun, da Lethmaet nicht mehr lebte, hatte der Rat an seiner Stelle entschieden.

Dirck hatte den Verdacht, dass man ihn dadurch persönlich verletzen wollte. Zumindest könnte diese Überlegung eine Rolle gespielt haben. Es verletzte ihn tatsächlich mehr, als er zugeben wollte: Er und niemand sonst war damals von Lethmaet beauftragt worden, das Fenster anzufertigen, und er hätte es mit Liebe gemacht.

Nach der kurzen Feier und der Enthüllung wurde Wein ausgeschenkt. Alle beglückwünschten Dirck zu seiner Leistung.

»Meister Crabeth, Ihr erstaunt mich immer wieder mit Eurer Kunstfertigkeit«, sagte Pfarrer Bourgeois zu ihm. »Ohne Zweifel besitzt Gouda den besten Glasmaler der Welt!«

Andere, die um ihn herumstanden, nickten beifällig und stimmten in das Lob ein. Dirck ließ es über sich ergehen. Er war das gewöhnt: Sobald Digman Meynaert oder wer auch immer hier ein Fenster einsetzen würde, wäre *dies* dann das schönste Glasfenster der Welt, von dem besten Glasmaler aller Zeiten angefertigt.

Komplimente sind leicht gemacht – aber begreifen sie auch, was das Fenster sagen will?

Er hatte Christus dargestellt, direkt nachdem Johannes ihn getauft hatte. Sein Haar und sein Lendentuch waren tropfnass und über seinem Kopf kam eine weiße Taube herabgeflogen. Vom Himmel aus sagte Gott: »Dies ist mein lieber Sohn, an dem ich Wohlgefallen habe.« Es war ein allgemein bekanntes Zitat aus dem dritten Kapitel des Matthäusevangeliums. Erasmus hatte im *Corpus Vitrearum* dieses Zitat noch um eine Aufforderung ergänzt, die an dieser Stelle gar nicht in der Bibel stand: »Den sollt ihr hören.« Im Matthäusevangelium finden sich diese Worte erst im 17. Kapitel, in der Geschichte von der Verklärung Jesu auf dem Berg.

Cornelis und Dirck hatten sich den Kopf darüber zerbrochen, warum Erasmus diese Worte schon bei seiner Darstellung der Taufe zitierte. Nach langen Diskussionen hatte Cornelis es begriffen, und Dirck hatte sie in seinen Entwurf aufgenommen. Im oberen Teil der Skizze war die Szene dargestellt, in der die Abgesandten zu Johannes kommen, um ihn zu fragen, ob er Elia sei. Nach einer Prophetie Maleachis sollte Elia erscheinen, bevor der Messias sich offenbarte. Als Johannes die Frage verneinte, berichteten sie dem Sanhedrin in Jerusalem, Jesus sei nicht der lang erwartete Messias.

Erasmus machte in seiner Skizze allerdings deutlich, dass Jesus sehr wohl der Sohn Gottes war. Indem er auf diese Weise auf den Berg der Verklärung hinwies und daran erinnerte, dass Jesus dort sowohl Mose als auch Elia erschienen waren, schloss er den Kreis und bewies: Jesus ist ohne jeden Zweifel der Messias. Mit der Aufforderung »den sollt ihr hören« wollte Erasmus unterstreichen, dass ein Christ geradezu verpflichtet war, das Neue Testament selbst zu lesen – in den Augen Roms ein unerhörter, ketzerischer Gedanke.

Frau De Meij ließ es sich natürlich nicht nehmen, Dirck persönlich zu gratulieren. Sogar Altbürgermeister Heije sprach ihm seine Anerkennung aus.

»Wir können es nicht leugnen, Meister Crabeth – Ihr seid ein begabter Glasmaler.« Heije schüttelte ihm die Hand, aber statt sie wieder loszulassen, zog er Dirck plötzlich zu sich heran. »Glaubt nur nicht, dass Ihr unantastbar seid«, flüsterte er ihm ins Ohr. »Wir sind nicht blind – im Gegenteil.«

Endlich ließ er Dircks Hand los. Dirck spürte, wie die Angst seinen Körper durchfuhr wie eine kalte Welle. Wovon sprach Heije? Von den geheimen lutherischen Zusammenkünften?

Aber der Altbürgermeister entdeckte Van Reijnegom und sagte: »Bitte entschuldigt mich.«

Dirck blieb sprachlos stehen und sah, wie Heije nun Van Reijnegom ansprach. Beide musterten ihn ungeniert, während sie sich unterhielten. Sein Zorn flammte wieder auf, so heftig, dass er die Angst in den Hintergrund drängte. Aber mit dem Zorn kam auch ein Gefühl, dass etwas Schlimmes drohte und dass Eile geboten war: Das Königsfenster musste fertig werden! Es würde etwas geschehen ... etwas Heimtückisches.

50

Es war schon spät am Abend, und Dirck und Jutgen wollten gerade ins Bett gehen, als laut an die Tür geklopft wurde. Sie blickten einander an. Dirck wollte gerade etwas sagen, als sie die Stimme von Floris van Assendelft hörten: »Crabeth, mach *sofort* die Tür auf!«

Jutgen schlug die Hand vor den Mund.

»Nicht *noch* einmal«, sagte sie flehend.

Dirck blieb kaum etwas anderes übrig als zu öffnen, denn der Schultheiß drohte, sich mit Gewalt Einlass zu verschaffen. Während Van Assendelft mit seinen Männern hereinstampfte, sah Dirck auf der anderen Straßenseite Thalen stehen. Der Schuhmacher stand in der Tür seines Ladens und schien furchtbar erschrocken zu sein. Dirck machte ihm schnell ein Zeichen, das ihn davon überzeugen sollte, dass er nichts zu befürchten hätte, aber als Dirck die Tür zuzog, schaute er immer noch besorgt.

»Was soll das jetzt wieder?«, fragte Dirck Van Assendelft in herablassendem Ton. Jutgen saß auf der Treppe und sah ängstlich zu. »Ist es euch vielleicht langweilig, dass ihr mir wieder lästig fallt?«

Der Schultheiß ignorierte ihn und sagte zu seinen Männern: »Beginnt im Atelier, da oben über der Werkstatt.«

Sie wissen genau, was sie suchen, schoss es Dirck durch den Kopf. *Und ich weiß es auch ...*

»Was fällt euch ein?«, rief er. »Niemand betritt ohne meine Erlaubnis die Werkstatt! Nicht, bevor das Königsfenster fertig ist!« Er ging zur Zwischentür und stellte sich davor.

»Niemand wird mein Fenster beschädigen!«

Einer der Männer stieß ihn grob zur Seite und riss die Tür auf. Während die Männer hineindrängten, sagte Van Assendelft mit verächtlichem Grinsen zu Dirck: »Wir sind nicht gekommen, um dein Fenster zu bestaunen.«

»Und warum dann? Doch wohl nicht, um wieder nach dem Abendmahlskelch zu suchen? Es ist nicht meine Schuld, dass dieser Kelch verschwunden ist – und es ist *bestimmt* nicht meine Schuld, dass du das Ding nicht wiederfinden kannst!«

Van Assendelft verschränkte die Arme vor der Brust und musterte Dirck geringschätzig.

»Ich habe aus zuverlässiger Quelle erfahren«, sagte er herablassend, »dass sich eine ketzerische Schrift in deinem Besitz befindet. Wegen dieser Schrift sind wir hier, und sobald wir sie gefunden haben, wird es mir ein Vergnügen sein, dich zu verhaften.«

Dirck wurde blass. Van Assendelft sah es.

»Du bist schuldig, Dirck«, zischte er. »Daran besteht nicht der geringste Zweifel. Und ich werde es beweisen.«

Dirck eilte zu Jutgen, die zu jammern begonnen hatte, als sie die drohenden Worte des Schultheißen vernahm. Er setzte sich neben sie und wiegte sie tröstend in seinen Armen. Aber diesmal wusste er, dass Van Assendelft nicht ohne Grund hier war, und er dankte Gott, dass das *Corpus Vitrearum* sicher bei Cornelis im Kloster lag.

»Sag kein Wort über das Büchlein«, flüsterte er Jutgen ins Ohr. »Kein Wort, hörst du, sonst ist mein Leben verwirkt.«

Jutgen hob den Kopf und sah ihn zitternd an, während ihr

die Tränen über die Wangen liefen. Sie nickte. Er wischte ihr die Tränen ab und zog sie wieder an sich.

»Wir können nichts finden, Kommandant«, berichtete ein Mann, der kurz darauf aus der Werkstatt kam. »Zumindest kein …« Der Mann zögerte.

»Sag es ruhig, Willem«, sagte der Schultheiß und sah Dirck hasserfüllt an. »Meister Crabeth weiß schon, wonach wir suchen.«

»Die Schrift, die Ihr hier vermutet habt, ist nicht da«, beendete der Mann seinen Bericht. »Was sollen wir tun?«

Nun zog ein triumphierendes Grinsen über Van Assendelfts Gesicht.

»Das liegt doch nahe«, sagte er. »Stellt das ganze Haus auf den Kopf.«

»Nein!«, rief Jutgen verzweifelt. Sie stand auf. »Halt sie davon ab, Dirck, ich bitte dich …«

Sie stürzte auf Van Assendelft zu und ergriff schluchzend seinen Arm.

»Was haben wir denn verbrochen? Dirck ist unschuldig! Ich flehe dich an, hör auf damit!«

Der Schultheiß wollte sie von sich wegstoßen, aber er holte viel kräftiger aus, als er beabsichtigt hatte. Er traf Jutgen voll im Gesicht. Sie fiel um und schlug mit dem Kopf hart auf dem Boden auf.

»Jutgen!« Dirck stürzte auf sie zu und kniete neben ihr nieder. Ihre Augen waren geschlossen; ein dünner Strahl Blut lief aus ihrer Nase. Er schüttelte sie sanft. »Jutgen?«

Es kam keine Antwort. Dirck sah auf zu Van Assendelft, der ziemlich hilflos dastand.

»Was hast du getan?!«, schrie Dirck außer sich. Der Schultheiß blickte zu seinen Männern hinüber, die alle schweigend zusahen. Niemand rührte sich; nur Dirck legte seine Arme um Jutgens Taille und zog sie vorsichtig hoch.

»Mein Gott«, sagte der Mann, der gerade Bericht erstattet hatte, und deutete auf den Fußboden. An der Stelle, wo Jutgen gerade gelegen hatte, hatte sich eine große Blutlache gebildet.

Jetzt sah Dirck es auch: Jutgens Röcke waren an der Rückseite durchtränkt von Blut. Und als er mit ihr die Treppe hinauf ins Schlafzimmer gehen wollte, sah er auf der Stufe, wo Jutgen zuvor gesessen hatte, ebenfalls einen Blutfleck.

»Was hast du getan?«, sagte Dirck noch einmal voller Entsetzen. Der Schultheiß schüttelte den Kopf.

»Ich tue nur meine Pflicht, das weißt du genau.«

Dirck antwortete niedergeschlagen: »Dann dienst du den falschen Leuten.«

Er sah den Schultheißen nicht mehr an; er drehte sich um und trug Jutgen nach oben.

51

Obwohl Van Assendelft die Hausdurchsuchung nicht abbrach, schickte er doch jemanden, um Ewiet, den Wundarzt, zu holen. Die Männer, die blieben, um »das Haus auf den Kopf zu stellen«, wie der Schultheiß gesagt hatte, waren tief betroffen. Jeder von ihnen hatte selbst Frau und Kinder. Viel rücksichtsvoller als die vorherigen Male durchsuchten sie die Wohnung – aber als sie auch ins Schlafzimmer wollten, stellte Dirck ohne Pardon von innen einen Stuhl vor die Tür.

»Hier kommt ihr nicht rein!«, fuhr er sie an. Niemand protestierte, selbst Van Assendelft nicht.

Kurz nachdem der Wundarzt eintraf, war auch Wouter plötzlich da. Thalen hatte ihn benachrichtigt, als er gesehen hatte, wie die Männer in Dircks Wohnung eindrangen. Als Wouter von Van Assendelft erfuhr, was mit Jutgen geschehen war, rannte er mit Riesensätzen die Treppe hoch. Dirck war verblüfft über sein plötzliches Erscheinen, aber er bat seinen Bruder, wieder nach unten zu gehen, damit er die Männer im Auge behalten konnte.

»Ich vertraue diesen Leuten nicht«, sagte Dirck. Besorgt sah er den Arzt an, der sich über Jutgen gebeugt hatte. Sie lag bewusstlos im Bett. »Du kannst hier nichts tun, Wouter – Ewiet, der Wundarzt, ist jetzt da, und er wird schon wissen, was zu tun ist.«

Wouter nickte verständnisvoll. »Ich werde unten aufpassen. Bleib du nur bei Jutgen. Und sag ihr, dass ich für sie bete, wenn du meinst, dass sie dich hören kann.«

Als sein Bruder gegangen war, schloss Dirck leise die Tür.

Van Assendelfts Männer fanden nichts – keine ketzerische Schrift und auch keine anderen Gegenstände, die in irgendeiner Form auf Dircks vermeintlichen Abfall vom rechten Glauben schließen ließen. Gegen Morgen verließen sie das Haus in der Zeugstraat, wobei sie von dem erbosten Wouter noch einiges zu hören bekamen. Als Van Assendelft an ihm vorbeiwollte, trat er ihm in den Weg und packte ihn am Kragen.

»Ich hoffe, du bist stolz auf dich«, sagte er. »Unschuldige Menschen mitten in der Nacht zu belästigen und zu misshandeln! Möge Gott dir vergeben, was du getan hast!«

Der Schultheiß wandte den Blick ab und verließ wortlos das Haus. Wouter schloss die Tür hinter ihm und machte sich ans Aufräumen. Weil die Magd noch nicht da war, holte er selbst einen Eimer Wasser und eine Bürste und begann die Blutflecken am Boden und auf der Treppe zu entfernen.

In Gedanken betete er für Jutgen – nur noch für Jutgen, denn für das Kind gab es keine Hoffnung mehr, daran bestand angesichts des vielen Blutes, das sie verloren hatte, kein Zweifel. Jutgen war nicht mehr die Jüngste, und sie war nie besonders stark gewesen; darum betete er von ganzem Herzen um ihr Leben.

Als die Sonne aufging, kam Dirck die Treppe herunter. Wouter sah ihn fragend an. Dircks Wangen waren nass von Tränen und er weinte immer noch, während er langsam, Stufe für Stufe, herunterkam. Er sah Wouters Blick und schüttelte den Kopf.

»Sie ist tot, Wouter ...«

Als er unten angekommen war, sank er hilflos auf die Knie, schlug die Hände vors Gesicht und wiegte sich langsam hin und her, von verzweifelten Schluchzern geschüttelt.

»Sie ist tot ... Mein Jutgen ist tot ...«

Wouter kniete sich neben seinen älteren Bruder und nahm ihn in die Arme, sprachlos vor Schmerz.

52

Die Beerdigungsfeier war schlicht; ein einfacher Gottesdienst in der St. Janskirche, wo Jutgen nach der Messe von den Totengräbern beigesetzt werden würde. Viele Trauergäste waren erschienen. Wie ein Lauffeuer hatte sich in der Stadt herumgesprochen, was in jener schicksalhaften Nacht in Crabeths Haus passiert war. Bei Van Assendelft war schon ein Stein durchs Fenster geflogen; viele gaben ihm die Schuld an Jutgens Tod. Die Goudaer Bürger waren empört.

Nach dem Gottesdienst kamen viele Menschen zu Dirck, um ihr Mitgefühl auszusprechen, aber er wollte nur nach Hause. Er hatte sich noch nicht von Jutgen verabschieden können, obwohl der Sarg schon einen Tag lang verschlossen und das Grab vorbereitet war. Mit dieser Frau hatte er alt werden wollen, und nun war sie fort und er allein zurückgeblieben. Wie sollte er jetzt weiterleben?

In den Tagen nach dem Begräbnis konnte er nicht arbeiten. Er wollte auch niemanden sehen, nur Wouter und Cornelis durften zu ihm. Zu dritt saßen sie beisammen und tranken ab und zu einen Schluck – Cornelis und Wouter, die darauf warteten, dass Dirck etwas sagen würde, und Dirck, der nichts sagen *konnte*. Sollte er ihnen erzählen, wie sehr er Jutgen jetzt schon vermisste? Wie die Zeit, die ihm noch zugemessen war, ihm wie ein langer, dunkler Gang erschien, ohne Türen und Fenster, ohne irgendein Licht? Wie sollte er das sagen, ohne seinen Schmerz hinauszuschreien?

Er klammerte sich an die Worte Hiobs: »Der Herr hat's gegeben, der Herr hat's genommen, der Name des Herrn sei gelobt!« Es dauerte lange, bis ihre Bedeutung zu ihm durchdrang.

Aus den Tagen wurden Wochen, aber Dirck nahm kaum wahr, wie die Zeit verstrich. Wouter kümmerte sich zusammen mit Govert um die anstehenden Aufträge; Dirck schloss sich in seiner Wohnung ein und setzte keinen Fuß über die Schwelle seiner Werkstatt. Welchen Sinn hatte es, schöne Dinge anzufertigen, wenn Jutgen tot war? Warum sollte er sich anstrengen, wenn ihn am Abend nur eine leere Wohnung erwartete? Es war völlig sinnlos. Das Einzige, wozu er sich noch aufraffen konnte, war, Jutgens Sachen in eine große Kiste zu stopfen und auf den Speicher zu bringen. Ansonsten tat er nichts. Er verbrachte seine Tage schweigend und starrte immer wieder auf die Treppenstufe, wo er Jutgen in jenen bangen Augenblicken zum letzten Mal liebkost hatte. Nachts zog er ihr Kissen an sich und grub sein tränennasses Gesicht hinein, um ihren Geruch in sich aufzunehmen …

Schließlich griff Wouter ein.

»Wenn du so weitermachst, stirbst du uns auch noch«, ermahnte er seinen Bruder. »Guck dich doch mal an, wie mager du geworden bist. So kann das nicht weitergehen, Dirck. Von jetzt an kommst du jeden Tag zu uns zum Essen! Und wenn du nicht rechtzeitig erscheinst, dann komme ich dich holen, und Neeltje wird dich wie ein kleines Kind füttern. Du musst essen, Junge!«

Und Dirck ging. Zuerst noch widerstrebend, denn er befürchtete, auf der Straße vielen Menschen zu begegnen, die ihn auf Jutgen ansprachen. Aber es war gar nicht so. Der eine oder andere sah ihn mitleidig an, was er verabscheute, aber die meisten grüßten ihn, als hätten sie ihn erst tags zuvor gesehen.

Das Leben geht immer weiter, dachte Dirck eines Nachmittags, als er auf dem Weg zum Haus seines Bruders eine junge Frau mit kleinen Kindern sah. *Seit Jutgen gestorben ist, sind schon wieder viele Kinder geboren worden.*

Als er das dachte, war es, als würde etwas in ihm erwachen – als würde der dunkle Nebel abziehen. Von jenem Augenblick an begann er wieder einen Blick für die alltäglichen Dinge zu bekommen: seine Hunde, die um Aufmerksamkeit bettelten, die Gesellen, die seine strenge Hand brauchten, das Essen, das ihm wieder zu schmecken begann. Und während er seinen Schmerz langsam verarbeitete, begann ihn eine Frage zu beschäftigen …

Wer hat Van Assendelft erzählt, dass er in meinem Atelier nach einem Büchlein suchen soll?

53

»Mein erster Gedanke«, sagte er zu Cornelis, »war der Novize, von dem du neulich gesprochen hast. Kann es sein, dass er das *Corpus Vitrearum* trotz deiner Vorsicht doch irgendwie zu Gesicht bekommen hat?«

Cornelis schüttelte den Kopf. »Das ist unlogisch«, sagte er. »Dann wäre Van Assendelft bei uns erschienen und hätte an die Klosterpforte getrommelt statt an deine Tür.«

»Ja, das habe ich mir auch gedacht«, sagte Dirck. Er saß mit Cornelis auf einer Bank in seinem Hinterhof. Das Unkraut in den Beeten war erschreckend hoch aufgeschossen, und die Rosensträucher mussten dringend geschnitten werden. Er versuchte nicht an Jutgen zu denken, die den Garten immer so gut in Ordnung gehalten hatte.

»Jemand muss das Büchlein bei mir im Atelier gesehen haben«, sagte er. »Denn Van Assendelft wusste sofort, wohin er seine Männer schicken musste. Und das begreife ich nicht, denn ich habe es immer gut versteckt. Niemand in der Werkstatt wusste davon, selbst Wouter nicht. Man musste wirklich danach *suchen*, und um das zu tun, musste man erst einmal wissen, dass es überhaupt existiert!«

Cornelis dachte nach. »Natürlich hat Jutgen nichts damit zu tun, und außer ihr gibt es meiner Ansicht nach niemanden, der von dem Buch wusste oder weiß. Aber es kann sein, dass noch andere Menschen darüber im Bilde sind, dass es dieses Werk gibt. Als Erasmus es verfasste, hat der Prior des Klosters zweifellos Wind davon bekommen, denn er hat Erasmus verboten, weiter daran zu arbeiten. Das bedeutet, es ist gut möglich, dass auf einem anderen Weg, von dem wir nichts wissen, bekannt wurde, dass ein verschwundenes Werk von Erasmus existiert. Vielleicht kennt man sogar seinen Titel.«

»Aber woher wussten sie dann, dass sie *bei mir* danach suchen mussten?« Dirck begriff es immer noch nicht, aber der ganze Fall hinterließ in ihm ein unbehagliches Gefühl: Wurde er denn so scharf beobachtet?

Plötzlich erinnerte er sich an Frau De Meij, die einige Tage vor Van Assendelfts gewaltsamem Eindringen über eine Stunde lang allein in seiner Werkstatt gewartet hatte.

»Es wird doch nicht ...«, murmelte er. Cornelis sah ihn an.

»Was?«

Dirck wusste nicht, wie er beginnen sollte. »Es klingt beinah, als würde ich sie beschuldigen, weil ich sie nicht mag«, sagte Dirck und erzählte von der Witwe.

»Und wie soll sie von einem Buch wie dem *Corpus Vitrearum* gehört haben?«, fragte Cornelis. Das wusste Dirck auch nicht.

»Aber ich weiß, dass sie mit Van Reijnegom gut befreundet ist und dass der zum streng katholischen Kern des Stadtrats gehört«, sagte er. »Ob man in Rom von dem Büchlein weiß?«

Beide schwiegen nachdenklich.

»Ich wünschte, ich könnte sagen, dass dies unmöglich wäre«, meinte Cornelis schließlich. »Aber der Prior kann es seinerzeit gemeldet haben. Es ist mir nicht gelungen herauszufinden, was damals genau geschehen ist; Erasmus war selbst auch sehr gut darin, Mythen und Halbwahrheiten zu verbreiten. Eines ist mir jedoch klar geworden: Der Prior war überzeugt davon, dass Erasmus das *Corpus Vitrearum* vernichtet hatte.«

Er sah Dirck an, während er das Büchlein aus seiner Kutte zog.

»Vielleicht«, sagte er, »sollten wir beide das nun tun.«

Dircks Blick schoss von dem Büchlein zu Cornelis. »Was, ein Werk von Erasmus vernichten? Niemals!«

Cornelis schwieg. Dann sagte er: »Gut. Aber dies ist ein sehr gefährliches Buch. Anscheinend ist jemand dahintergekommen, dass es noch existiert und dass es sich in deinem Besitz befindet. Es könnte an deiner Arbeit liegen – vielleicht hat jemand darin etwas entdeckt, was ihm zu denken gegeben hat. Oder vielleicht hat Lethmaet sich versehentlich verplappert … Alte Menschen sind manchmal verwirrt. Wenn er in seiner Sterbestunde ähnliche Fieberträume hatte wie Theobald, dann kann er unbeabsichtigt die ganze Geschichte erzählt haben. Oder er hat bei einem Priester gebeichtet, der es mit seiner Schweigepflicht nicht so genau nahm. Wie auch immer: Es ändert nichts an der Tatsache, dass nun weitere Menschen nach diesem Werk suchen. Es muss wieder verschwinden – und diesmal, ohne eine Spur zu hinterlassen.«

Dirck sah ein, dass Cornelis Recht hatte. Es erschien ihm durchaus im Bereich des Möglichen, dass ein Priester, der Lethmaet die Beichte abgenommen hatte, das Geheimnis ausgeplaudert hatte, und Dirck begann zu begreifen, dass er in Gefahr war, solange man ihn in irgendeiner Form mit diesem Büchlein in Verbindung bringen konnte. Wenn es kein Büchlein mehr gab, konnte man ihn auch nicht mehr beschuldigen.

»Aber dann wird niemand mehr wissen, was Erasmus die Welt lehren wollte«, sagte er noch.

Cornelis widersprach: »Und was ist mit deinen Fenstern? Du bist doch dabei, seine Gedanken in die Tat umzusetzen! Dank deiner Arbeit werden die Fenster der St. Janskirche die Geheimnisse von Erasmus bewahren!«

Betrübt sah er das Büchlein an.

»Die Welt ist noch nicht bereit für das, was Erasmus sagen will«, meinte er. »Hoffen wir, dass deine Fenster lange genug halten, Dirck, und dass genügend Menschen kommen, um sie anzuschauen. Vielleicht wird die Botschaft von Erasmus eines Tages zu ihnen durchdringen.«

»Wo du es auch versteckst«, sagte Dirck und warf einen letzten Blick auf das fleckige alte Papier, bevor Cornelis es wieder einsteckte, »sorg dafür, dass es ein sicherer Ort ist. Es ist so kostbar ... Aber sag mir nichts davon. Wenn du willst, dass es verschwindet, ohne eine Spur zu hinterlassen, darfst du niemandem sagen, wo du es verbirgst. Auch mir nicht.«

Cornelis nickte.

»Ich verspreche dir, dass ich mein Bestes tun werde, um es für die Ewigkeit in Sicherheit zu bringen«, sagte er seufzend. »Aber dir nichts davon zu sagen – das wird mir schwerfallen. Wir haben es zusammen gefunden ...«

»Und doch ist es besser so.« Dircks Stimme klang entschlossen.

54

Mit unaufhaltsamem Eifer stürzte Dirck sich nun auf das Königsfenster. Er war nie ein rachsüchtiger Mensch gewesen, aber nun wollte er nichts lieber tun als sich zu rächen, und zwar auf die einzige Art, die er kannte: mit seiner Arbeit.

Seine Enttäuschung über den neuen König und sein Ekel über das blutige Vorgehen der Inquisition, sein Zorn über offensichtliches Unrecht, sein Abscheu über die Angst, die gesät wurde, sein Schmerz über Jutgens Tod – all das kam zum Ausdruck in dem größten Fenster, das er je in seinem Leben gemacht hatte.

Er achtete peinlich genau darauf, den Entwurf geheim zu halten. Gouda sollte so wenig wie möglich davon erfahren, bevor das Werk enthüllt würde. Er wollte um jeden Preis verhindern, dass der Schultheiß ihn wieder überfiel und ihm alle möglichen Verbote und Drohungen um die Ohren schlug.

Außer Wouter durften ihm nur zwei seiner Mitarbeiter helfen: Govert und Gerrit. Für die anderen hatte er genügend andere Arbeit. Er würde bestimmt zwei Jahre lang an diesem Fenster arbeiten, und je mehr Leute in der Werkstatt davon wussten, desto größer war die Gefahr, dass jemand aus dem Nähkästchen plauderte.

Er ließ die beiden schwören, dass sie den Mund hielten, aber er wusste, dass das im Grunde überflüssig war. Sowohl Govert als auch Gerrit genossen seit vielen Jahren sein absolutes Vertrauen.

Er hatte Wouter endlich im Vertrauen von dem *Corpus Vitrearum* erzählt und ihm erläutert, wie er die Vorstellungen von Erasmus auch bei diesem Fenster umsetzen wollte. Wouter hatte es großartig gefunden, als er Dircks Anmerkungen las, auch wenn er darüber staunte, dass sein braver, tüchtiger Bruder es gewagt hatte, in ein solches Wespennest zu stechen.

»Lethmaet hat mich beauftragt«, hatte Dirck ihm erklärt, aber Wouter hatte lachend abgewinkt.

»Unsinn«, hatte er geradeheraus gesagt. »Du warst genauso erpicht darauf, das Büchlein zu finden, wie der alte Professor. Das sehe ich doch an deiner Arbeit!«

Gut zwei Jahre lang arbeitete Dirck an seinem Königsfenster, während ganz Gouda gespannt wartete. Bei seiner Enthüllung würden viele Bürger zum ersten Mal ihren neuen König zu sehen bekommen. Die Ausmaße, die das Fenster bekommen sollte, waren so enorm, dass die Leute allerlei Spekulationen darüber anstellten, was Dirck daraus machen würde. Es wurden bereits Wetten abgeschlossen, wie lange es dauern würde, bis das Fenster einstürzte – niemand hatte je von einem Bleiglasfenster dieser Größe gehört. Viele zweifelten ernstlich daran, ob das, was der König und Meister Crabeth wollten, tatsächlich möglich war.

Aber im Herbst des Jahres 1559 kündigte Dirck ungeachtet all dieser Zweifel dem Stadtrat und dem Kirchenvorstand an, das Fenster sei fertig und könne eingesetzt werden. Es wurde ein Gerüst errichtet, das bis in die hohe Dachschalung der Kirche reichte und mit großen Tüchern umhüllt wurde, damit die Gesellen ungestört arbeiten konnten. Noch immer durfte niemand das Fenster sehen …

1559

55

In der Kirche war es so voll wie nie zuvor. Die Bänke waren zusammengerückt worden, damit alle Platz fanden. Während die Menge sich zusammendrängte, um so nahe wie möglich unter dem neuen Fenster zu stehen, blickte Dirck sich nervös um.

Diese Menschenmasse ist groß genug, um mich in Stücke zu reißen und totzutrampeln.

Wouter stand neben ihm und schüttelte viele Hände. Dirck lief aufgeregt hin und her: nach draußen, um nachzuschauen, ob das Tuch noch fest saß und ob Govert auch nicht vom Dach gefallen war; zu den Gesellen, um dafür zu sorgen, dass sie alle auf dem richtigen Platz standen, um gleich das Zeichen weitergeben zu können; wieder zurück zu Wouter, der soeben Cornelis begrüßte.

Cornelis streckte die Arme aus, als er Dirck sah.

»Das ist dein Tag!«, rief er begeistert. »Und auch ein bisschen meiner: Ich finde es ja ein starkes Stück, dass du selbst mir nichts über dein großes Fenster verraten hast – aber gleich kann ich es endlich sehen und beurteilen, ob du wirklich solch ein großer Künstler bist, wie man sich erzählt.«

Trotz seiner Nervosität konnte Dirck nun doch noch lachen.

»Ich hoffe nur, dass ich deine hohe Erwartung erfüllen kann«, sagte er lächelnd. »Und ich hoffe, dass sie es begreifen ... und dass sie mich hinterher nicht an einem Baum aufknüpfen.«

Pfarrer Bourgeois kam auf Dirck zu. »Meister Crabeth, wir müssen jetzt anfangen. Ich glaube, ganz Gouda ist schon versammelt.«

Er ging zu dem kleinen Podest, das vor dem Fenster aufgestellt war, und bedeutete Dirck, ihm zu folgen. Während Bourgeois die wenigen Stufen hinaufstieg, blieb Dirck bescheiden neben dem Podest stehen. Es wurde still in der Kirche, als man sah, dass der Pfarrer ans Rednerpult trat. Die Leute drängten sich noch dichter zusammen, weil jeder vorn stehen wollte, wenn das Tuch fiel.

Bourgeois sprach über Philipp, den neuen König – der Regent sei in seiner Gnade so gütig gewesen, der Stadt Gouda beim Wiederaufbau ihrer Kirche behilflich zu sein, und der Goudaer Glasmaler Meister Crabeth habe den Auftrag bekommen, Seine Majestät in einem riesigen Glasfenster zu verewigen, das möglicherweise das größte Bleiglasfenster der Welt sei. Bourgeois fasste sich zur allgemeinen Erleichterung kurz; er war selbst genauso neugierig wie die übrigen Anwesenden.

»Lasst uns nicht länger zögern«, schloss der Pfarrer seine Ansprache und sah Dirck an. »Meister Crabeth, ich bitte Euch, dem König Ehre zu erweisen und uns Euer Werk zu zeigen. Wenn Ihr so gut sein würdet?«

Die Hand, mit der Dirck Gerrit das Zeichen gab, zitterte. Der junge Lehrling gab es weiter an Jacob, der es seinerseits an Jan weitergab, der an der Tür stand; einige Augenblicke später sank an der Außenseite der Kirche das Tuch herab.

Ein ehrfürchtiger Seufzer ging durch die Menge, als das Licht durch das riesige Fenster fiel. Es war beinah 65 Fuß hoch und 15 Fuß breit – ein schmales, aber turmhohes Glasgemälde. Voller Bewunderung schauten die Menschen hoch und zeigten auf kleine Details. Es war viel zu sehen auf dem Königsfenster.

Die Fläche war in drei Register eingeteilt, die wie Stockwerke übereinanderlagen. Das oberste Register war das größte von ihnen und stellte die Einweihung von Salomos Tempel dar. Der Entwurf dieses Teiles hatte Philipp auf Anhieb gefallen. Der Königshof hatte gewisse Gründe, warum man gerade dieses Bild wollte: Während in Gouda dieses Fenster enthüllt wurde, begann in Spanien, ganz in der Nähe von Madrid, die Arbeit am neuen Königspalast, dem Escorial. Dieses imposante Bauwerk war viel mehr als nur ein Palast: Es war auch eine prunkvolle Grabstätte für den alten Kaiser, der vor einem Jahr gestorben war. Vor allem jedoch war es ein Kloster, ein salomonischer Tempel, in den der strenggläubige König sich zurückziehen konnte – Philipps persönliche Gebetsstätte.

Im mittleren Register hatte Dirck das letzte Abendmahl gestaltet, mit dem König und seiner Ehefrau als ehrfürchtige Zuschauer. Sie knieten am linken unteren Bildrand, der König in seiner Rüstung als Ritter des Goldenen Vlieses – eine Erinnerung an das *Echiridion Militis Christiani* (»Handbüchlein eines christlichen Streiters«). Das Ehepaar blickte betend zu dem Tisch, an dem Jesus und seine Jünger in ein lebhaftes Gespräch vertieft waren. *Ein* Jünger fehlte: Oben rechts war gerade noch der Rücken eines Mannes zu sehen, der davonging, und in einer Banderole standen die Unheil verkündenden Worte: *»Der Verräter verlässt den Saal.«*

Ganz unten im Bild war ein kleiner weißer Hund zu sehen, die Nase schnuppernd in einen Korb gesteckt, in dem ein paar Bücher lagen. Das war Dircks persönliche Erinnerung an Jutgen, für die Ewigkeit festgehalten: Sientje, ihr Liebling. Er hatte die Hündin absichtlich etwas größer gemacht, als sie in

Wirklichkeit war, und sie an eine auffällige Stelle gemalt, damit sie gut sichtbar war. Jeder, der Jutgen gekannt hatte, wusste, wie lieb sie das Tierchen gehabt hatte.

Das untere Register wurde zum größten Teil von einem reich geschmückten Rahmen gefüllt, in dem geschrieben stand, dass König Philipp der Stifter des Fensters war. Ein schmeichelnder Text beschrieb ihn als erlauchten Regenten, Sohn Kaiser Karls V., Herrscher über weiträumige Gebiete. Er endete mit dem Wunsch, dass der König ebenso wie die Sonne in Ewigkeit regieren möge. Der Text war Dirck vom Sekretär des Brüsseler Hofes zugeschickt worden und der einzige Bestandteil des Fensters, bei dem der Glasmaler keinerlei Mitspracherecht gehabt hatte.

Die Goudaer Bürger waren begeistert von Dircks Werk.

»Wo ist Meister Crabeth?«, rief jemand. Dirck wurde nach vorn auf das Podium geschoben, auch wenn er widerstrebte. Er blickte zu den Menschen hinunter, die nun ihre Mützen hochwarfen und ihm zujubelten.

Er war erleichtert, aber gleichzeitig auch enttäuscht. Denn wenn sie es *so* schön fanden, wenn alle es *dermaßen* schätzten … dann hatte es wahrscheinlich niemand gesehen.

Nach der feierlichen Zeremonie in der Kirche feierten die Ratsherren noch stundenlang in den Goudaer Wirtschaften weiter. Viele Fässer Goudaer Kuytbier wurden an jenem Nachmittag angestochen. Auch wenn der Bau der Kirche noch lange nicht vollendet war – das Prunkstück war nun an seinem Platz. Die ganze Welt konnte sehen, dass Gouda eine Stadt von Format war. Vielleicht nicht, was ihre Einwohnerzahl betraf, aber ganz gewiss im Blick auf ihr Kunstverständnis. So stolz, als hätten sie es selbst gemacht, stießen die Herren auf das prächtige Fenster an, das ihre Treue zum König bewies und das Ansehen der Stadt mehren sollte.

Dirck jedoch war noch ein wenig in der Kirche geblieben, nachdem alle anderen gegangen waren. In der Stille betrachtete er sein Werk, das großartigste seines Lebens.

Es ist für dich, Jutgen, ich hoffe, du findest es schön.

Er schluckte seine Tränen hinunter; es gab noch so viel zu tun. Er hatte keine Zeit mehr für Kummer. Es mussten noch viele, viele Fenster gemacht werden.

Hinter sich hörte er Schritte. Er blickte sich um und sah einen jungen Mann, der ganz verzaubert die früher eingesetzten Fenster betrachtete. Er ging von der Gefangennahme des Johannes zur ersten Predigt Jesu und dann zur Taufe Jesu durch Johannes, neben der die Predigt des Johannes hing. Der junge Bursche schien Dirck nicht bemerkt zu haben; er war ganz versunken in das, was er sah.

Dirck ging zu ihm hinüber. »Seid Ihr ein Kunstfreund?«, fragte er.

Der so Angesprochene fuhr erschrocken herum.

»Bitte entschuldigt«, sagte Dirck. »Ich wollte Euch nicht erschrecken.«

»Seid Ihr Meister Crabeth«, fragte der junge Mann, »der diese Fenster gemacht hat?«

Dirck nickte. »Und wer seid Ihr?«

»Man nennt mich Faes Dirckszoon«, antwortete sein Gegenüber. Er sah Dirck bewundernd an. »Wenn ich Euer Werk betrachte, dann wünschte ich, ich hätte auch Glasmaler werden können. Mein Handwerk ist einfacher als das Eure: Ich bin Stuhlmacherlehrling.«

Dirck lachte. »Das kommt ganz darauf an, wie man es sieht. Ich würde es nicht wagen, mich auf einen Stuhl zu setzen, den ich selbst gemacht habe.«

Faes lachte nun auch.

»Euer Werk ist schön, Meister Crabeth«, sagte er. »Es ist beinah, als könnte ich Gott sehen in Euren Fenstern.«

Während der letzten Stunden hatte Dirck mehr Glückwünsche erhalten als jemals in seinem Leben, aber er hatte kaum etwas dabei empfunden. Die einfache Bemerkung dieses jungen Mannes jedoch berührte ihn tief.

»Dann habe ich meine Sache gut gemacht«, sagte er und neigte bescheiden den Kopf.

»Ich habe gewartet, bis alle weg waren«, sagte Faes, »damit ich das große Fenster in aller Ruhe betrachten kann.«

»Ich will es Euch zeigen«, bot sich Dirck an.

Sie verließen miteinander den Chor. In dem Augenblick, als Faes das Königsfenster sah, hörte Dirck ihn tief einatmen. Nun, da er selbst es auch wieder sah, musste er zugeben: Es war auf geradezu bestürzende Weise beeindruckend, allein schon durch seine Höhe. Er sah, dass Faes sich die Zeit nahm, das gesamte Fenster in sich aufzunehmen. Dirck wartete schweigend. Ab und zu trat der junge Mann näher an das Fenster heran, dann ging er wieder ein paar Schritte zurück. Und plötzlich lachte er laut auf.

»Ihr wagt Euch wirklich weit vor, Meister Crabeth!« Faes kam auf ihn zu. »Ihr habt sicher viel Kritik zu hören bekommen, als die Leute die ausgestreckten Finger sahen?«

Dirck war angenehm überrascht: War es möglich, dass dieser Zimmermannslehrling es begriff?

»Was meinst du?«, fragte er Faes mit unschuldiger Miene.

Der junge Mann grinste und zeigte auf das Bild des letzten Abendmahles.

»Ich sehe es doch, dass die Finger auf Philipp zeigen!«

Dirck schloss die Augen und lächelte in sich hinein.

Er sieht es …

Das war sein Protest gegen den Herrscher, der kein Friedensfürst sein wollte, der nicht gelernt hatte, die andere Wange hinzuhalten, der nicht vergeben wollte und so die Lehren Jesu verraten hatte: Fast alle Jünger auf dem Bild zeigten mit dem Finger anklagend auf Philipp, während der König und seine Frau vor dem leeren Stuhl des Judas knieten, der soeben den Saal verlassen hatte. Zusammen bildeten die zeigenden Finger einen Kreis, der die beiden Verräter miteinander verband.

Philipp hatte ohne weitere Bemerkungen sein *Vidimus* gegeben – in der Annahme, die Finger zeigten auf ihn, um zu demonstrieren, dass er der von Gott eingesetzte Herrscher war. Dirck hatte es geschickt angestellt: Dieser Faes war der Erste, dem es auffiel. Aber Dirck wusste, dass es nur *einen* aufmerksamen Betrachter brauchte, damit es früher oder später jeder wusste.

»An diesem Punkt der Geschichte hat Johannes Jesus doch gefragt: *Wer ist es, der dich verrät?*« Faes war fasziniert. »Und dann lasst Ihr alle auf den König zeigen ... Was steht dort um den Kopf Jesu herum geschrieben, in dem Strahlenkranz?«

Er kniff die Augen zusammen, um es lesen zu können, aber Dirck antwortete sofort: »Siehe, hier ist mehr als Salomo.«

Nun sah Faes ihn ratlos an.

»Verstehst du es nicht?«, fragte Dirck.

Der junge Bursche schüttelte den Kopf. Dirck sagte: »Das macht nichts, ich habe selbst auch lange darüber nachdenken müssen.«

Er selbst hielt das für die wichtigste Botschaft seines Fensters: die Erinnerung an die Tatsache, dass kein einziger Herrscher über dem König der Könige steht und dass Philipp bei all seiner Macht doch immer noch ein sterblicher Mensch war. Und ein Sünder wie jeder andere. Er erklärte es Faes und erzählte ihm von Erasmus und anderen Denkern wie Luther und Calvin. Faes schien jedes Wort in sich aufzusaugen.

»Es wird zu viel Blut vergossen«, beendete Dirck sein Zeugnis. »Und das wird noch schlimmer werden, glaub mir. Unser König ist von der Angst verblendet, dass es ihm nicht gelingen könnte, sich seinen Platz im Himmel zu verdienen. Er denkt, dass er Gottes Willen tut, aber er ist auf dem Irrweg.«

Faes schaute ihn mit flammendem Blick an. »Ich weiß«, sagte er. »Aber ich fürchte diesen König nicht.« Dirck war beeindruckt von der tiefen Überzeugung, die aus seinen Worten sprach.

»Meine Seele wird ihm niemals gehören«, sagte Faes bestimmt. »Ich diene keinem irdischen König – ich diene Gott. Und Euer Fenster sagt mir, dass ich das Richtige tue.«

Die Seitentür öffnete sich, und der Küster trat ein. Faes nahm es zum Anlass, sich von Dirck zu verabschieden. Dann ging er langsam zu dem breiten Hauptportal. Dirck sah ihm mit gemischten Gefühlen nach – er war stolz, aber auch besorgt.

Was würde auf sie alle zukommen mit diesem gefährlichen, rachsüchtigen König? Er schaute zum Küster hinüber, hob grüßend die Hand und verließ ebenfalls die Kirche.

1574

Epilog

Dirck schwitzte unter dem dicken, feuchten Federbett. Das ganze Zimmer war erfüllt von Schweißgeruch und dem Dunst des in Essig getränkten Tuches, das vor seinem Bett aufgehängt war und es vom Rest des Zimmers abtrennte.

Endlich hatte er wieder einmal fest geschlafen und dabei sogar von Jutgen geträumt. Sie hatte plötzlich vor ihm gestanden, in seiner Werkstatt, und ihm stolz zugelacht. In ihren Armen hielt sie Sientje, die kleine weiße Hündin, die kurz nach der Einsetzung des Königsfensters gestorben war. Sie drückte das Tierchen an sich und sagte: »Dein Werk ist vollbracht, Dirck. Es wird Zeit, dass du nach Hause kommst, findest du nicht?«

Er hatte atemlos genickt, während ihm die Tränen über die Wangen liefen.

»Wo warst du denn die ganze Zeit?«, hatte er sie gefragt. Aber sie hatte nicht geantwortet – sie war aus der Werkstatt gelaufen, und als er hinter ihr herging, war sie weg. Dann war er erwacht und hatte begriffen, dass er geträumt hatte. Am liebsten wäre er wieder eingeschlafen und hätte weitergeträumt. Er sehnte sich danach, wieder bei Jutgen zu sein.

Es wird nicht mehr lange dauern, dachte er zufrieden.

Auf der anderen Seite des Tuches öffnete sich die Tür. Auf

dem groben Leinen zeichnete sich die Silhouette seines Bruders ab – des einzigen Menschen, der dieses Zimmer noch zu betreten wagte.

Dirck versuchte sich aufzurichten. Aber die dicke schwarze Beule in seiner linken Achselhöhle war ihm im Weg; das ekelhafte Ding pochte und stach. Er hatte das Gefühl, dass sein linker Arm in Flammen stand. Das hohe Fieber machte ihn schwindlig, und ihm war ohnehin schon übel. Er beschloss, liegen zu bleiben und sich hinfort nicht mehr aufzurichten. Er wollte zu Jutgen.

Er sah, wie Wouters Hand das Tuch zur Seite zog. Seine andere Hand stellte ein Tablett mit Essen und Trinken auf das kleine Tischchen neben dem Bett. Dann glitt das Tuch wieder zurück.

»Dirck?«, fragte Wouter leise.

Dirck räusperte sich kurz, um seine Kehle frei zu bekommen, und antwortete heiser: »Ich bin noch da.«

»Ich habe dir Essen hingestellt«, sagte Wouter und setzte sich auf den Hocker. Dirck betrachtete fasziniert den Schatten, der sich scharf gegen das Tuch abzeichnete, und bildete sich für einen Moment ein, dass er ein Bleiglasfenster anschaute. Er sah Tausende von Farben in dem Schatten, Farben, die er noch nie gesehen hatte und von denen er noch nicht einmal geahnt hatte, dass es sie gab … dann war das Bild wieder verschwunden.

Nein, Jutgen, es wird nicht mehr lange dauern …

Die ganze Zeit über hatte er sie furchtbar vermisst. Er hatte sie gezählt – siebzehn lange Jahre waren es gewesen. Jahre, in denen sich die ganze Welt verändert hatte. Erinnerungsfetzen traten in sein Bewusstsein. Lebte der alte Kaiser noch, oder war er längst gestorben? Er wusste es nicht mehr. Aber er wusste noch genau, dass alle Versuche, die Pfarrer Bourgeois unternommen hatte, um die Reformationsbestrebungen in Gouda zu unterdrücken, misslungen waren. Selbst die Hinrichtung von Faes, dem Stuhlmacher, jenem sympathischen jungen Mann, dem Dirck in der St. Janskirche begegnet war, hatte das Blatt nicht wenden können. Voller Abscheu hatten die Goudaer Bürger miterlebt, wie der Ärmste auf der Folterbank gequält wurde und wie er schließlich singend und betend in den Flammen sein Leben aushauchte. Es hatte einen unauslöschlichen Eindruck auf die Menschen gemacht: Dieser Mann, der sogar noch die Gelegenheit bekommen hatte, die Flucht zu ergreifen, war freiwillig für seinen Glauben an Gott in den Tod gegangen.

Dirck dachte schaudernd an den alten Alba, den Eisernen Herzog, und an den Bildersturm, den dieser Mann im Auftrag Philipps niedergeschlagen hatte.

»Die Fenster sind doch noch da?«, fragte er Wouter, plötzlich beunruhigt. »Die Fenster in der St. Janskirche?«

Er sah sie vor sich: die Königin von Saba, die Salomo besuchte, Judith, die das Haupt des Holofernes in einen Sack steckte, den dunkelhäutigen Mann aus Brüssel in dem Fenster, das die Tempelreinigung darstellte ... Allerlei Figuren aus den Fenstern, die er gemacht hatte, zogen in bunter Folge über den Himmel seines Bettes. Aber auch den zwölfjährigen Christus, den der sympathische Digman Meynaert gemalt hatte, sah er vor sich – und natürlich das Fenster, mit dem Wouter sich seinem Bruder als ebenbürtig erwiesen hatte. Genau gegenüber dem Königsfenster prangte ein zweites Fenster, das beinah dieselben Ausmaße hatte; es zeigte das Opfer Elias auf dem Karmel und die Fußwaschung des Petrus. Es war Wouters Werk, und Dirck war stolz darauf.

»Die Fenster sind in Sicherheit«, sagte Wouter. »Bourgeois hat das Schlimmste verhindern können, so viel Autorität besaß er zum Glück noch.«

Dirck seufzte. Es war so vieles vernichtet worden durch die

Wut des Volkes! Wie wilde Tiere waren die Leute überall im Land in die Kirchen eingedrungen und hatten kaputt geschlagen, was sich kaputt schlagen ließ, ohne Rücksicht auf Wert oder Schönheit. Aber wie durch ein Wunder waren seine Fenster verschont geblieben ... Wouter sagte es selbst.

»Deine Fenster werden sie niemals vernichten«, sagte Wouter nun. »Hier in Gouda lieben sie deine Arbeit viel zu sehr.«

Dirck konnte es nur hoffen. In einem Chaos von Gewalt und Machthunger konnte alles Mögliche geschehen – er hatte es selbst miterlebt. Da gab es den jungen Prinzen von Oranien, für den er das Fenster mit der Tempelreinigung gemacht hatte. Obwohl Wilhelm von Oranien, der spätere Berater König Philipps, in einem lutherischen Haushalt geboren worden war, wurde er am Hof Kaiser Karls in katholischem Geist erzogen. Dieser deutsche Fürst hatte den Mut gehabt, sich dem König und seiner blutrünstigen Herrschaft öffentlich zu widersetzen. Er hatte einen Adelsverbund gegründet und sofort von allen Seiten Zulauf erhalten. Von jenem Moment an war der Damm gebrochen. Auch Gouda hatte nicht neutral bleiben können.

»Weißt du noch«, lallte Dirck mit schwerer Zunge, »wie Van Swieten mit den Geusen in die Stadt eingefallen ist?«

Er hörte seinen Bruder lachen. »Sie trafen noch nicht einmal auf viel Widerstand«, sagte Wouter. »Aber es war ein netter Anblick: siebzig Geusen und ihr Anführer vor der Stadt, und das Tor ging einfach auf ... ha, ha!«

Gouda hatte einen Vertrag mit den Eindringlingen geschlossen und war als erste Stadt in die Hände der Geusen gefallen. Die Gruppe um Heije und Van Reijnegom hatte noch verschiedene Versuche unternommen, die Macht in Gouda zurückzuerobern, aber ohne Erfolg: Heijes Schwiegersohn musste dabei sogar sein Leben lassen.

Wouter lachte immer noch, und auch Dirck lächelte kurz.

»Der Prinz von Oranien hat das Fenster nie bezahlt«, sagte Dirck. »Vielleicht kannst du ihm das Geld noch abknöpfen.«

Wouter hatte schließlich seine eigene Werkstatt eröffnet, und es war nicht zu vermeiden gewesen, dass zwischen den Brüdern wieder eine gewisse Rivalität entstand. Das Ganze hatte manchmal kindische Formen angenommen: Wouter, der geheimnisvoll ein Tuch über sein Werkstück warf, wenn Dirck seine Werkstatt betrat, und Dirck, der ihm einen guten Lehrling abspenstig gemacht hatte. Aber sie hatten das Kriegsbeil inzwischen längst begraben. Sie waren zu alt geworden, um einander noch in den Haaren zu liegen. Dirck hatte in seinem Testament festgelegt, dass Wouter, allein Wouter seine Werkstatt übernehmen dürfe. Es gab niemanden auf der ganzen Welt, dem er so vertrauen konnte wie seinem Bruder, mit Ausnahme von Cornelis vielleicht.

»Wo ist Cornelis?«, fragte er; plötzlich wurde ihm bewusst, dass er seinen Freund schon lange nicht mehr gesehen hatte. Cornelis hatte das Kloster verlassen, weil er sich mit der Lehre seiner Kirche und wie diese gewaltsam durchgesetzt wurde nicht mehr identifizieren konnte. Wie viele andere war er als Wanderprediger über Land gezogen, um die Lehre Calvins zu verbreiten.

Wouter räusperte sich. »Cornelis ist tot, Dirck. Weißt du das nicht mehr? Er kam zurück nach Gouda, kurz bevor die Pest ausbrach. Vor drei Monaten ist er gestorben.«

Jetzt fiel es Dirck wieder ein. Seine Augen füllten sich mit Tränen.

Ach nein, nicht Cornelis, dachte er traurig. *Nicht mein kluger junger Freund, für den es noch so viel zu tun gab ...*

Er erinnerte sich an andere, die inzwischen ebenfalls nicht mehr lebten – Thalen, den Schuhmacher, der durch eine unsaubere Wunde eine Blutvergiftung bekommen hatte, und

Boudewijn, den alten Glöckner, der während eines strengen Winters ausrutschte und im Hafenbecken durch das Eis brach, darunterglitt und ertrank. Dirck sah ihre Gesichter ganz deutlich vor sich. Und dann trat ihm das Gesicht von Frau De Meij vor Augen.

Am Ende war es tatsächlich sie gewesen, die Van Assendelft von dem Büchlein erzählt hatte. Sie war zu Dirck gekommen, kurz nachdem Faes hingerichtet worden war, und hatte ihm weinend ihren Verrat gestanden: wie Van Reijnegom ihr erzählt habe, dass man Dirck verdächtige, im Besitz einer ketzerischen Schrift zu sein, und ob sie nicht danach suchen könne, da sie doch mit dem Glasmaler in Verbindung stehe ...

»Aber ich begreife nun, wie falsch das war«, hatte die sonst so selbstbewusste Frau geschluchzt. »Vergebt mir, Meister Crabeth!«

Dirck hatte ihr vergeben – selbstverständlich. Und Frau De Meij war daraufhin zum Zeichen ihrer Reue ins Catherina-Spital gegangen, um bei der Versorgung der Kranken und Alten zu helfen. Als vor einem Jahr in Gouda die Pest ausbrach, war sie eines der ersten Opfer. Dirck war dabei gewesen, als sie in aller Stille beigesetzt wurde.

»Iss etwas«, drängte Wouters Stimme hinter dem Leintuch, »damit du wieder zu Kräften kommst.«

Dirck lächelte. Dafür war es zu spät.

»Hör mir gut zu, Wouter«, sagte er müde. »Hinten in meiner Werkstatt steht eine Kiste. Untendrin findest du viele Papiere mit Cornelis' Handschrift. Es sind Dokumente, die er mir gegeben hat, bevor er abgereist ist. Ich konnte sie ihm nicht mehr zurückgeben, als er wieder nach Gouda kam, weil er so schnell krank geworden ist.«

Er hatte sich nicht einmal von seinem Freund verabschieden können: Als der rücksichtsvolle Cornelis merkte, dass er sich angesteckt hatte, hielt er sich soweit irgend möglich von allen fern, vor allem von denjenigen, die ihm lieb und wichtig waren.

Er hätte mich ebenso gut zu sich lassen können, dachte Dirck ironisch.

»Was soll ich damit machen?«, fragte Wouter.

Dirck musste kurz Luft holen. »Bring sie zu den Regularen.« Über seinem Kopf sah er die Farben wieder; diesmal bildeten sie eine tanzende Spirale. Er ignorierte sie. Das musste er jetzt erst noch erledigen. »Da findest du einen Bruder, der auch Cornelis heißt. Cornelis Loos. Er war damals, als er Novize war, mit unserem Cornelis befreundet. Ihm kannst du vertrauen.«

»Gut, ich kümmere mich darum«, sagte Wouter.

Dirck war beruhigt. Cornelis hatte so viel über Erasmus geforscht ... Seine Aufzeichnungen durften nicht verloren gehen. Bei dem jungen Cornelis Loos würden sie in guten Händen sein.

»Und das *Corpus Vitrearum?«*, fragte Wouter.

Dirck sah Lethmaet vor sich, den alten Professor, der der Welt so gern mitteilen wollte, was er von Erasmus gelernt hatte. War das wirklich geschehen? Konnte es wirklich sein, dass ein Mann wie Lethmaet der Ketzerei Vorschub geleistet hatte? Er wurde immer verwirrter. Nun sah er sich selbst mit Cornelis an einem Tisch sitzen. Vor ihnen lag ein verschlissenes Büchlein, fleckig und alt ... Es schienen Bilder aus einem Traum zu sein, den er vor langer Zeit gehabt hatte.

Die Farben über seinem Kopf drehten sich immer schneller. Im Herzen der Spirale sah er eine Fensterrose mit David im Zentrum eines sechszackigen Sternes. Der Mittelbalken des Fensters bildete ein Kreuz mit den Linien des Sterns, er verband den höchsten und tiefsten Punkt ... versöhnte Himmel und Erde ...

Alles floss zusammen in ein grelles Licht, das ihn bis in sein

Innerstes hinein wärmte. Seine Schmerzen schwanden, und er spürte, wie ihn eine wohltuende Ruhe durchdrang.

»Wouter?«, sagte er schwach. »Wouter, mach keine Räuberhöhle aus meiner Werkstatt …«

Wouter grinste hinter dem Tuch. »Ich werde dein Heiligtum behandeln, als würdest du mir über die Schulter gucken«, beruhigte er seinen Bruder. »Und wie ich dich kenne, wirst du das bestimmt auch tun.«

Er hörte den langen, tiefen Seufzer, den Dirck ausstieß, und dann wurde es totenstill im Bett.

»Grüß Jutgen von mir, großer Bruder«, murmelte Wouter. Er schlug ein Kreuz, sprach ein Gebet und ging leise aus dem Zimmer.

Die historischen Fakten hinter der Geschichte

Gouda oder Rotterdam?

Wurde Erasmus denn nun in Gouda geboren oder nicht? Wir werden es wohl nie erfahren, denn einen eindeutigen Beweis gibt es nicht, weder in Rotterdam, noch in Gouda. Wir besitzen zwar eine Erklärung des Arztes Reinier Snoy, einem guten Freund des Gelehrten – aber sie ist lediglich eine Mitteilung, die er einem Schreiber gegenüber gemacht hat. Dieser hat die Aussage notiert, wie er selbst sagt. Es gibt keine anderen Quellen, die dasselbe berichten. Und doch gibt es gute Gründe, die Selbstverständlichkeit infrage zu stellen, mit der stets Rotterdam als Geburtsort von Erasmus genannt wird.

Erasmus war ein emotionaler Mensch. Das kommt vor allem in seinen Briefen zum Ausdruck. Er war leicht erregbar und konnte sehr nachtragend sein. Und er war ein stolzer Mann. Seine Jugend in Gouda, die Abstammung aus einer »illegitimen« Beziehung passte nicht dazu; in den Augen seiner Zeitgenossen war sie eine große Schande. So verwundert es nicht, dass Erasmus, der eine akademische und kirchliche Karriere anstrebte, alles tat, um sein Image aufzubessern, und sich dazu auch von seiner Heimatstadt Gouda distanzierte. Es ist immer wieder erstaunlich, wie oft elementare Gefühle die Ursache für Entscheidungen von großer Tragweite sind. Das gilt auch für einen Menschen wie Erasmus, der sich durch seine starke Persönlichkeit, vielleicht sogar Dickköpfigkeit, zu einem weltbekannten Gelehrten entwickelte. Ein gewisses Maß an Eitelkeit besitzen wir ja alle.

Freundschaften

Es ist nicht klar, in welcher Beziehung Erasmus und sein Freund Servatius wirklich zueinander standen. In seinen Briefen bringt Erasmus große Zuneigung für diesen Freund zum Ausdruck, den er wie einen Bruder betrachtete, sogar wie einen Teil seiner selbst. Sie zeigen eine starke Sehnsucht nach Liebe und Sicherheit; ein Feld-, Wald- und Wiesenpsychologe würde sogar ein gewisses Maß an Verlassenheitsängsten aus ihnen herauslesen.

Wenn man Erasmus' Briefe liest (nicht allein die an Servatius!), wird auf jeden Fall deutlich, dass er ein bewegtes Gefühlsleben hatte. Und zudem besaß er eine ordentliche Portion Raffinesse: Er verstand es immer wieder, seine Geldgeber einzuwickeln.

Das »verschollene« Buch

Das »Corpus Vitrearum« gibt es nicht. Es ist ein Werk, das wir erfunden haben, um den Einfluss zu konkretisieren, den Erasmus auf die Goudaer Glasmalerei hatte. Denn dieser Einfluss ist ganz offensichtlich.

Dirck Crabeth und sein Bruder Wouter waren gebildete Männer und mit Erasmus' Gedankengut vertraut. Auch die

Tatsache, dass Lethmaet, ein ehemaliger Schüler und guter Freund des Erasmus, sich an der Finanzierung beteiligte, trug dazu bei, dass die Glasfenster der St. Janskirche vom Geist des Erasmus geprägt waren. Obwohl Gouda zur Zeit des Wiederaufbaus der Kirche noch überwiegend katholisch war, bestand doch ein gewisses Bedürfnis nach Erneuerung und Fortschritt. Die Schöpfer der Goudaer Glasfenster haben es verstanden, reformerische Ideen auf äußerst subtile Weise in ihren Bildern zu verarbeiten, und so Kunstwerke geschaffen, die ihresgleichen suchen – sowohl in künstlerischer als auch in reformatorischer Hinsicht.

Die Glasmalerfamilie Crabeth

Der Vater von Dirck und Wouter Crabeth kam ursprünglich aus Cuijck und war Glasmaler. Anlass für seinen Umzug war die Goudaer Glaskunst, die damals schon berühmt war. Aber erst durch die Arbeit seiner beiden Söhne kam die Glasmalerei dort zu voller Blüte. Acht Fenster der St. Janskirche stammen von Dirck, vier von Wouter.

Über die beiden Brüder ist relativ wenig bekannt. Von Dirck wissen wir, dass er verheiratet war, aber keine Nachkommen hatte; Wouter dagegen hatte Kinder. Die gesellschaftliche Stellung, die sich die Crabeths mit ihrer Kunst erobert hatten, lässt sich am beruflichen Werdegang seiner Kinder ablesen. Sein Sohn Pieter beispielsweise wurde Bürgermeister von Gouda. Wouters Enkel, Wouter Crabeth II., war ein bekannter Kunstmaler. Und es war Dirck Crabeth, der den jungen Cornelis Ketel dazu ermutigte, zu malen.

Weitere Personen

Der junge Mönch Cornelis ist ein fiktiver Charakter. Cornelis Loos, der Mönch, der am Ende des Buches als der Bruder genannt wird, dem die Schriften von Cornelis übergeben werden sollen, ist dagegen historisch: Er ist der Verfasser einer wichtigen Biografie von Erasmus, in der übrigens die Notiz über seine Herkunft erwähnt wird.

Sasboud senior ist auch historisch, aber in Bezug auf ihn haben wir uns einige Freiheiten herausgenommen. Erasmus erwähnt ihn in verschiedenen Briefen, und es sind auch ein paar Briefe erhalten geblieben, die die beiden einander schrieben. Die hier erwähnten Zitate aus dem Brief von Erasmus an Sasboud finden sich in verschiedenen Veröffentlichungen von Erasmusbriefen, und wir haben sie benutzt, um die Existenz des »Corpus Vitrearum« zu suggerieren. Bruder Theobald, der alte Freund von Sasboud, ist hingegen wieder ein rein fiktiver Charakter.

Der »greifbarste« Teil unseres Buches sind jedoch die Goudaer Glasfenster selbst. Es gibt sie immer noch – bunte, kunstvolle Zeugen einer bewegten Zeit. Aber die schauen Sie sich am besten selbst einmal an!

Ines van Bokhoven / Maurits Tompot